논문 쓰기의 기술

Original Japanese title : JOUHOU SEISANSHA NI NARU
by Chizuko Ueno
Copyright ⓒ Chizuko Ueno 2018
Original Japanese edition published by Chikumashobo Ltd.
Korean translation rights arranged with Chikumashobo Ltd.
through The English Agency (Japan) Ltd. and Danny Hong Agency.

논문 쓰기의 기술

정보생산자를 위한 글쓰기 매뉴얼

초판 1쇄 펴낸날 2020년 9월 18일

지은이 우에노 지즈코
옮긴이 한주희
펴낸이 이건복
펴낸곳 도서출판 동녘

전무 정낙윤
주간 곽종구
책임편집 구형민
편집 정경윤 박소연
마케팅 권지원
관리 서숙희 이주원

등록 제311-1980-01호 1980년 3월 25일
주소 (10881) 경기도 파주시 회동길 77-26
전화 영업 031-955-3000 편집 031-955-3005 **전송** 031-955-3009
블로그 www.dongnyok.com **전자우편** editor@dongnyok.com
인쇄·제본 새한문화사 **라미네이팅** 북웨어 **종이** 한서지업사

ISBN 978-89-7297-967-8 (03800)

• 잘못 만들어진 책은 바꿔드립니다.
• 책값은 뒤표지에 쓰여 있습니다.
• 이 도서의 국립중앙도서관 출판시도서목록(CIP)은 e-CIP홈페이지(http://www.nl.go.kr/ecip)와
 국가자료공동목록시스템(http://www.nl.go.kr/kolisnet)에서 이용하실 수 있습니다.
 (CIP제어번호: CIP2020037463)

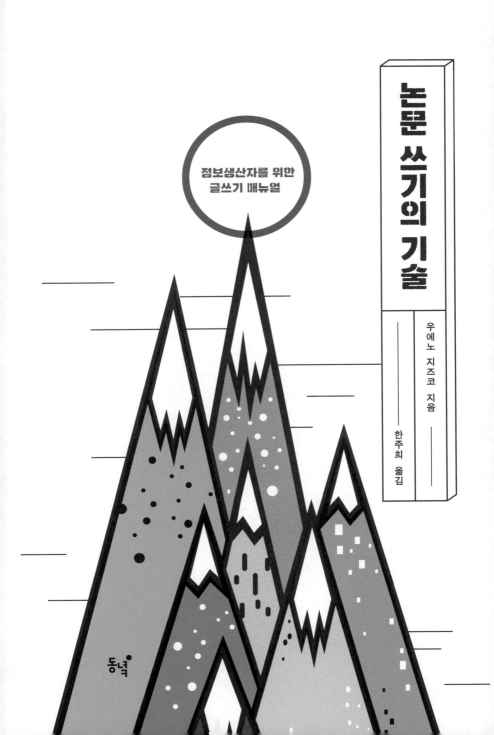

논문 쓰기의 기술

정보생산자를 위한
글쓰기 매뉴얼

우에노 지즈코 지음

한주희 옮김

동녘

이론도
방법도
사용하기 나름

정보를 수집해
분석하다

아웃풋하다

독자와
소통하는
글쓰기

들어가며

학문을 하고자 하는
당신에게

학문하는 사람을 학자 또는 연구자라 부르는데, 연구자에게는 연구와 교육이라는 두 개의 현장이 존재한다. 교육도 내가 있는 현장 중 하나였다. 나는 40년 이상 고등교육기관에서 학생들을 가르쳐왔다. 전문학교, 단기대학, 대학, 대학원 그리고 사회인 교육까지 고등교육자로서 경험의 폭이 넓은 편이라고 생각한다.

여기서 강조하는 것은 '정보생산자가 돼라'이다. 고등교육 이상의 단계에서는 억지로 하는 공부가 아니라, 배우고 질문하는 학문이 필요하다. 정답이 있는 질문이 아니라 아직 답을 찾지 못한 질문을 만들어 스스로 그 질문에 답을 찾아야 한다는 말이다. 이것이 바로 질문을 추구하는 연구다.

연구는 아직 누구도 해결한 적 없는 가설 아래 증거를 수집해 논리를 구성하고 답을 제시해 상대를 설득하는 과정이다. 이를 위해서는 이미 있는 정보에만 의지해서는 부족하고, 스스로 새로운 정보생산자가 되어야 한다.

대학에서 내 강의의 수업목표는 '정보생산자가 되는 것'이었다. 정보에는 생산·유통(전달)·소비의 과정이 존재한다. 미디어는 정보전달의 매체로 많은 사람이 여기서 얻은 정보를 소비한다. 물론 배움의 기본은 '모방'이다. 따라서 다른 사람이 생산한 정보를 적절하게 소비하는 것은 스스로 정보생산자가 되기 위한 전제조건이다.

세상에는 많은 정보가 유통되며, 많은 정보소비자가 있다. 신문이나 텔레비전 등 매스미디어의 정보를 기웃거리며 물정을 잘 아는 척하기를 반복하기만 하는 사람도 있고, 다른 사람이 모르는 정보원에 접촉해 희귀한 정보를 얻는 정보 오타쿠도 있다. 거기에 정보미식가나 정보대식가, 정보통까지 있다. 정보소비자는 '통(通)'에서 '둔감'까지 폭이 넓은데, 정보통으로 정보의 질을 따지는 사람을 정보디렉턴트라 부른다. 물론 질 좋은 정보제공자가 있어야 정보의 질이 높아지겠으나, 나는 정보도 요리도 소비자보다 생산자가 더 대단하다고 단언한다. 요리는 미식가나 소비자보다 요리를 만드는 사람이 몇 배나 더 대단하다. 왜냐하면 생산자는 언제라도 소비자를 사로잡을 수 있으나 소비자는 아무리 '통'이라 해도 생산자를 따라잡을 수 없기 때문이다.

나는 학생들에게 항상 정보소비자가 되기보다는 생산자가 되라고 요구한다. 특히 정보디렉턴트가 되기보다는 아무리 사소한 것이라도 좋으니 다른 그 누구의 것도 아닌 창의적 정보생산자가 되라고 한다.

　　성적이 좋은 학생들은 취향이 다양한 정보디렉턴트가 될 가능성이 크다. 그리고 이는 종종 생떼나 말꼬리를 잡는 경향이 있다. 다른 사람의 생산물에 신랄한 비평은 누구나 할 수 있으며 이는 때로 쾌감을 주기도 하지만, '그러면 당신이 직접 해보라'는 말을 듣고 대체물을 제시하는 것은 쉬운 일이 아니다. 대학생이라면 어느 정도 이해할 수 있다. 하지만 대학원생처럼 학문의 재생산 제도권 안에 들어온 사람은 '불만이 있으면 당신이 직접 해보라'는 비평에서 자유로울 수 없다. 따라서 정보생산자의 입장에 서는 것을 각오하고 소비자가 되면 정보소비의 방식도 변한다. 이 정보는 어떻게 생산된 것인지 그 이면을 생각하기 때문이다.

　　무엇보다 정보생산자가 되는 것은 정보소비자가 되는 것보다 몇 배나 즐겁고 보람되며 의미 있는 일이다. 한번 맛보면 푹 빠져버리는, 이것이 바로 연구라는 길이다.

1부

정보생산의
사전 단계

정보란 무엇일까?

정보란?

정보는 노이즈에서 생산된다. 이것은 정보공학의 기본이다. 노이즈가 없는 곳에서는 정보가 형성되지 않는다. 그렇다면 노이즈란 무엇일까? 노이즈는 이질감, 거슬림, 의구심, 불편함을 말한다. 말하자면, 당연하게 받아들이고 어떤 의심도 품지 않는 환경에서 노이즈는 생성되지 않는다.

정보로 발전하지 못한 채 노이즈로 끝나는 노이즈가 있는가 하면, 노이즈 속에서 의미 있는 정보가 생성되는 경우도 있다. 따라서 가능한 노이즈가 많이 발생하는 환경을 조성하면 그만큼 정보생산성이 높아진다.

스스로 당연하게 받아들이고 어떤 의심도 품지 않는 환경에서 노이즈는 생성되지 않는다고 했다. 이를 사회학에서는 '자명성'이라 한다. 반대로 내게서 너무 멀어서 정보를 수신하는 안테나가 닿지 않는 경우에도 노이즈는 생성되지 않는다. 이를 사회심리학에서는 '인지 부조화'라 한다. 들어야 할 말은 듣지 않고 듣고 싶은 것만 듣는 '선택적 난청'을 경험해본 이들이 많을 것이다.

따라서 노이즈는 자명성의 영역과 자명성의 외부영역 사이, 말하자면 내 경험의 주변부인 회색지대에서 생성된다. 정보생산성을 높이기 위해서는 먼저 노이즈 발생장치를 만들어야 한다. 노이즈 안에서 의미 있는 정보 또한 생성되기 때문이다[도표1-1].

도표1-1. 정보는 노이즈에서 생성된다.

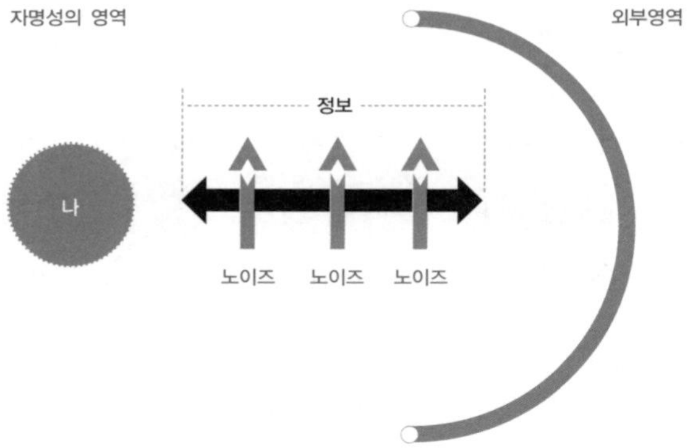

자명성의 영역   외부영역

정보

노이즈   노이즈   노이즈

노이즈 발생장치를 활성화하는 방법은 간단하다.

자명성의 영역과 자명성의 외부영역을 축소하면 된다. 이를 통해 정보가 발생하는 경계부인 회색지대를 확장하는 것이다. 두 가지 모두 자신에게는 당연한 일이 당연하게 받아들여지지 않는 환경에 자신을 노출함으로써 실현할 수 있다. 이는 그리 어려운 일은 아니다. 언어와 관습이 다른 문화를 접하는 방법도 있고, 만약 이에 드는 비용이 부담스럽다면 성장 과정이나 가정환경이 다른 사람 또는 장애를 가진 사람과 접촉하는 방법도 있다.

다른 말로 하면 정보란 시스템과 시스템의 경계에서 발생하는 것이다. 복잡한 시스템을 두루 접하거나 시스템 주변에 위치하면 정보생산성이 향상된다. 따라서 시카고학파 로버트 에즈라 파크(Robert Ezra Park)의 주장처럼 '주변인'[1](marginal man, 성질이 매우 다른 둘 이상의 집단이나 사회에 동시에 소속되어 행동의 기준 체계가 매우 불안정한 사람—옮긴이)의 위치에 있는 사람이 사회학자로서 적합하다 할 수 있다. 복잡한 시스템의 경계에 있으면 근거리에서 다양하게 통찰할 수 있기 때문이다.

인류학자도 타문화 안에서는 주변인이다. 주변인이라는 위치 덕분에 동일 문화권 안에 있는 사람들이 미처 보지 못하는 정보를 수집할 수 있는데, 그들의 세계에 참여하면서 관찰자로서 자신을 주변인화하는 것이 가능하다. 민속 방법론[2](미국의 사회학자 가펑클이 만든 말로 사회 구성원들이 일상의 언어와 행동을 통해 사회 질서를 구축하는 방법을 연구하는 이론—옮긴이)은 일상적 생활세계를 타문화로 만드는 방법의 하나다.

어떤 사회에도 속하지 않는 유대인은 주변인의 전형이다. 사회학자 중에는 유대인의 비율이 높은데, 사회학은 유대인의 학문이라고 말해도 과언이 아니다.

질문 설정

정보를 생산하기 위해서는 질문 설정이 가장 중요하다. 나아가 지금까지 누구도 제기하지 않은 질문을 던져야 한다. 적절한 질문을 설정했다면 연구의 절반은 성공이라 볼 수 있다. 연구질문 설정이란 현실의 단면을 어떤 방식으로 보여줄 것인가와 같은 핵심을 찌르는 날카로운 통찰력과 명확한 문제의식을 말한다.

연구질문을 설정하는 데는 직관과 기술이 필요하다. 기술은 노력을 통해 향상할 수 있으나 직관은 그렇지 않다. 직관에는 현실에 대해 어느 정도의 거리와 태도를 유지하는지 등의 사고방식이 드러난다.

대학에서 "연구질문을 제시해보라"고 하면 어떻게 해야 할지 몰라 당황하는 학생들을 자주 봤다. 대학에 들어오기 전까지 이런 질문을 받아본 적이 없기 때문이다. 문헌을 비판적으로 읽으라고 해도 설득당해서 비판이 떠오르지 않는다며 당황하는 학생도 있었다. 하지만 모든 것은 훈련과 학습을 통해 해결할 수 있다. 공부해서 익히고 몸소 실천하는 것만큼 좋은 것이 없다. 질문을 제설정하는 것, 나아가 좋은 질문을 설정하는 것 또한 반복적인 경험을 통해 익힐 수 있다.

연구질문을 설정할 때 두 가지 조건이 있다. 첫 번째로 답이 도출되는 질문일 것, 두 번째로 제한된 시간 내에 측정 가능한 질문이어야 한다. 사회과학은 형이상학적인 학문이 아니라 형이하학을 추구하는 경험과학이기 때문에 '신은 존재하는가' 또는 '살인은 용서받을 수 있는가'와 같이 증명할 수 없고 반증 불가능한 공준(postulate)의 명제를 연구질문으로 설정하지 않는다. 예를 들어 위의 질문을 '신의 존재를 믿는 사람들은 어떤 사람들인가', '어떤 조건에서 살인은 용서받을 수 있고 어떤 조건에서는 용서받지 못하는가'처럼 맥락화(contextualized)하면 이들 질문에 답할 수 있다. 다음으로 인간은 시간과 자원이 한정적인데, 질문에는 하루 만에 해결할 수 있는 것과 1개월 또는 1년이 걸리거나 아니면 평생토록 해결하지 못하는 것도 있다. 질문 범위를 잘 가늠해 한정된 시간 안에 답을 도출할 수 있는 질문을 설정하고, 질문 설정부터 결론을 도출하기까지의 과정을 거치며 '결론을 도출하는 과정'이 무엇인지를 직접 경험해야 한다. 한번 이 과정을 거쳐보면, 그 후에는 질문 범위를 확장하거나 질문 대상을 변경하며 응용할 수 있다.

독창성이란?

누구도 제기하지 않은 가설을 독창적인 가설이라 한다. 독창적인 가설에서는 독창적인 답이 도출된다. 이것이 독창적인 연구다.

그렇다면 독창성이란 무엇일까?

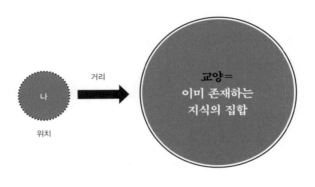

도표1-2. 독창성이란 거리를 말한다.

독창성은 이미 존재하는 정보의 집합에 대한 거리를 말한다. 거리를 영어로 distance라 하는데, 이미 존재하는 지식의 집합으로부터의 거리(distance)가 자신이 있는 위치(stance)다[도표1-2].

누구도 제기하지 않은 가설을 제기하기 위해서는 이미 누군가가 어떤 가설을 세우고 어떤 답을 도출했는지를 알아야 한다. 이미 존재하는 정보의 집합을 지식으로 알고 있는 것을 '교양'이라고도 한다. 교양이 없으면 자신의 가설이 독창성이 있는지 없는지조차 판단할 수 없다. 따라서 독창적인 가설을 설정하기 위해서는 교양이 필요한데, 교양과 독창성은 종종 상충하기도 한다. 교양은 노력으로 채울 수 있으나 독창성은 직관력이다. 따라서 교양과 독창성 둘 중 어느 쪽이 중요하냐고 한다면 둘 다 중요하지만, 굳이 하나를 꼽자면 교양이 있고 독창성이 떨어지는 것보다는 독창성이 있고 교양이 부족한 것이 더 낫다고 생각한다. 왜냐하면 독창적인 사람은 지금부터 교양을 배울 수 있지만, 교양만 있는 사람이 지금부터 독창성을 지니기는 힘들기 때문이다.

1차 데이터와 2차 데이터

정보에는 1차 데이터(first hand data)와 2차 데이터(second hand data)가 있다. 1차 데이터는 경험적 현실에서 자신의 눈과 손으로 얻은 정보고, 2차 데이터는 second hand라는 영어처럼 일단 타인의 손을 거쳐 가공된 정보다. second hand를 줄여서 '세코항'(セコハン, 일본어로 중고를 뜻하는 말—옮긴이)이라 말하듯, 중고정보를 의미한다. 다른 사람의 손에서 가공된 정보는 이미 2차 데이터다. 신문이나 잡지, 블로그 등의 미디어에서 얻은 정보는 모두 2차 데이터에 해당한다.

2차 데이터를 보존하는 곳이 도서관이다. 연구자는 도서관에 파묻혀 책만 파고드는 사람이라 생각하는 사람도 있으나 이는 연구자의 단면에 불과하다. 물론 도서관을 주된 데이터 수집 장소로 하는 연구도 있는데, 이를 라이브러리 서베이(library survey)라 한다. 최근에는 인터넷 서핑만으로 데이터를 수집하는 학생도 있는 것 같다. 하지만 도서관이나 인터넷만이 데이터를 수집하는 장은 아니다. 도서관 바깥, 오프라인 영역에는 방대한 경험이라는 영역이 펼쳐져 있다. 이 경험의 현장에서 자신의 손으로 얻은 정보를 1차 데이터라 한다.

　최근 학교에서 화제가 되고 있는 이른바 '조사학습'의 대부분은 라이브러리 서베이를 의미하는 듯하다. 현대의 정보콘텐츠는 도서관에 가지 않아도 온라인상에 흘러넘치기 때문에, 인터넷으로 정보를 수집해 복사한 후 붙여넣은 리포트가 초등학생부터 대학생까지 횡행하지만 이를 연구라 부르지는 않는다. 도쿄대학교 우에노 세미나에서는 미디어의 정보를 잘 정리하기만 한 리포트는 절대 용납하지 않으며 정보를 누가 제공한 것인지, 1차 데이터인지 2차 데이터인지를 철저하게 따진다.

　물론 특정 주제에 관해 누구에 의해 무엇이 얼마나 알려져 있는지를 밝히는 행위에는 나름의 가치가 있다. 이런 리포트를 서평논문(review essay)이라 하는데, 여기에는 한계가 있다. 세상에는 두루두루 살피는 서평논문을 적확하게 정리하는 인재가 있는데, 이런 사람은 교육과정에서 오랫동안 '다음 문장을 읽고 정해진 글자 수에 맞춰 정리하라'는 훈련을 받았을 것이다. 그 분야에서 무엇이 과제고 어디까지 연구되었는가 하는 서평논문은 연구의 전 단계에 지나지 않는다. 결국에 잘 정리한 독서 서평의 영역을 벗어나지 못하는 것이다. 연구논문에서는 이를 '선행연구의 검토'라 한다. 왜냐하면 연구는 내가 세운 정도의 질문은 나 이전에 다른 사람이 이미 제기했다는 전제에서 출발하기 때문이다.

　독창적인 가설이라 해도 아무도 제기한 적 없는 질문은 거의 없다. 그러나 '선행연구의 비판적 검토'를 통해 자신이 세운 가설이 어디까지 진행되었으며 어디서부터 연구되지 않았는지를 알 수 있는데, 이때 비로소 자신의 독창적인 가설이 무엇인지 알게 된다.

인풋과 아웃풋

정보를 소비하거나 수집하는 것을 인풋(입력)이라 한다. 입력한 정보를 가공해 생산물로 만들어내는 과정을 정보처리(information process)라 한다. 정보처리의 '프로세스'는 '가공'인 동시에 '과정'이기도 하다. 정보생산의 최종목표는 정보생산물을 아웃풋(출력) 하는 것이다. 박식하게 아무리 많은 정보를 입력해도, 혹은 그 후에 효율적으로 많은 정보를 처리하는 과정을 거친다 해도 결과를 출력해내지 못하는 한 연구가 될 수 없다.

정보생산자가 되기 위해서는 아웃풋을 상대방에게 제대로 전달해야 한다. 왜냐하면 정보생산은 커뮤니케이션 행위이기 때문이다. 정보가 상대에게 전해지지 않은 책임은 온전히 정보생산자에게 있다. 만약 오해를 일으켰다면 그 책임 또한 순전히 정보생산자가 진다. 이런 점에서 연구라는 정보생산의 특징은 시나 문학처럼 다의성을 허용하지 않는 것이라고 볼 수 있다. 오해의 여지가 없는 명쾌한 표현과 흔들림 없는 논리적 구성을 바탕으로 근거를 제시해 자신의 주장을 상대방에게 설득하는 기술이 바로 논문이라는 아웃풋에 요구되는 조건이다.

언어만 정보일까?

그렇다면 1차 데이터는 어떻게 손에 넣을 수 있을까? 정보에는 언어정보와 비언어정보가 있는데, 연구는 언어적 생산물이다. 1차 데이터는 관찰, 경험, 커뮤니케이션, 대화, 인터뷰, 설문조사, 통계 등으로 얻을 수 있으나 최종적으로 언어적 생산물로 아웃풋하기 위해서는 모든 정보를 언어정보로 변환해야 한다.

정보수집(data collection)의 기회는 도처에 있다. 일상생활 그 자체가 정보수집의 현장이라 해도 과언이 아니다. 또 2차 데이터라 해도 미디어의 연설, 편지, 일기, 증언, 재판기록 등을 1차 데이터로 메타 분석의 대상으로 다룰 수도 있다.

연구는 기본적으로 언어정보를 입력해 언어정보를 생산물로 출력하는 정보처리의 과정이다. 학문의 세계에는 신체보다 정신, 감정보다는 지성과 같은 언어정보를 우위에 두는 서열이 있다. 그러나 비언어정보를 입력해 그대로 비언어정보로 출력하는 방식도 괜찮을지 모른다. 예를 들어 영상에서 영상으로, 또는 시각적 표현이나 행위예술에 의한 출력도 불가능한 것은 아니다. 나는 학문을 가르치고 항상 자신의 인풋과 아웃풋이 언어에 편중되어 있다고 생각했다. 내가 알고 있는 것은 언어적 정보처리의 노하우뿐이라서 이것밖에 가르칠 수 없지만, 세상에는 틀림없이 더 풍부하고 다양한 비언어적 정보처리의 인풋과 아웃풋의 노하우를 알고 이를 전달해줄 사람들이 있다. 다만 이를 학문이라 부르지 않을 뿐이다. 언어를 매개로 정보처리를 하는 사람들은 자신이 언어밖에 다루지 못한다는 한계를 인정해야 한다.

학문이란?

마지막으로 학문이란 무엇인지에 대해 말해보겠다.

나는 학문을 전달 가능한 지식의 공유재라고 정의한다. 전달할 수 있기에 학습도 가능하다. 학문에는 예술이나 종교처럼 비법이나 은밀한 가르침과 같은 부분이 없다. 배움은 원래 모방이란 단어에서 왔다[일본어로 '배우다'는 まなぶ(마나부)라 읽고, '모방하다'는 まなぶ(마네부)라 읽는다―옮긴이]. 간단명료하고 배우려고 마음먹으면 배울 수 있는 그리고 그 성과물인 정보재는 사유재가 아니라 공공재로 만드는 것이 목적이다.

따라서 나는 연구자를 예술가보다는 장인이라고 생각한다. 예술가는 '괴테의 작품'이나 '로댕의 조각상'처럼 고유명사가 붙는 것과 타인을 모방하지 않는 것이 결정적으로 중요한 요소지만, 장인은 자신의 작품에서 최종적으로 고유명사가 사라지는 것과 누구나 이용 가능한 공공의 재산이 되는 것을 최종목표로 한다. 따라서 '푸코의 담론 분석'이라 부르는 대신 고유명사화되어 그냥 '담론 분석'이라는 도구가 사회과학에서 공공재로 쓰이고, 이를 제기한 사람의 존재가 사라지는 것이야말로 사회과학자에게는 명예로운 일이다.

그렇게 '아이덴티티'나 '준거집단'과 같은 다양한 개념이 연구자 집단의 공유재산이 되어왔다. 자신도 이런 전문가 집단의 일원으로 참여하는 것이 연구자가 되는 길이다. 만약 정말로 독창적이고 누구도 흉내 내지 못할 자신만의 독자적인 표현이나 작품을 생산하고 싶다면, 여러분은 연구자보다는 예술가나 크리에이터가 되는 쪽이 현명할 것이다.

　바로 이것이 학문이라는 정보생산자가 되는 일이다. 다음 장에서는 어떻게 하면 정보생산자가 될 수 있는지 차근차근 설명하겠다.

연구질문을 설정하라

글쓰기 교육에 대한 오해

정보생산자가 되려는 의욕이 좀 생겼는가? 거듭 강조하는 이유는 정보소비자보다 정보생산자가 되는 것이 몇 배나 즐거운 일이어서다.

우리가 앞으로 착수해야 하는 일은 연구라는 작업이다. 간단하게 '조사해서 작성하는 작업'이라 해도 좋다. '느끼고 쓰는' 또는 '생각하고 쓰는' 것과의 차이가 여기에 있다.

초등학교부터의 오랜 글쓰기 교육을 받는 과정에서 선생님에게 '느낀 점을 솔직하게 쓰라'는 말을 들어봤을 것이다. 개인적으로 이런 교육 방식은 그다지 도움이 되지 않는다고 생각한다. 이보다는 '생각한 바를 데이터를 근거로 논거를 제시하고 다른 사람에게 전달하듯이 쓰라'는 문장교육을 해야 한다.

'생각하고 쓰는 것'만으로는 부족하다. 근거 없는 생각은 '아집'의 대명사다. 자기 안에 있는 것만 판다고 이렇다 할 발견을 할 수 있는 게 아니다. 다른 사람은 여러분의 감정이나 경험, 편견이나 신념을 듣고 싶어 하지 않는다. 사람들이 타인의 인생에 그다지 관심이 없다는 사실을 절실하게 깨달을 때가 많다. 정보생산자가 된다는 것은 자신뿐 아니라 다른 사람에게도 가치 있는 정보를 '지식의 공유재' 안에 추가하는 행위이므로 이에 공헌하는 정보를 생산해야 한다.

말이 나온 김에 사견을 덧붙이자면, 의무교육 이후 국어 교과서의 대부분이 문학 작품으로 채워져 있다는 사실에 나는 분노를 느낀다. 산문뿐 아니라 운문도 포함해 어떻게 해서든 '해석'하고 '감상'할 수 있는 다의적인 문장을, 심지어 문학청년 출신인 국어교사가 강의하는 것은 국어교육으로서 잘못되었다. 이것이 지나쳐서 때로 일본어는 논리적 사고에 적합하지 않다는 둥 폭언을 쏟아내는 사람이 있는데, 이는 사실이 아니다. 그 사람은 논리적 문장을 읽거나 쓴 경험이 없을 뿐이다. 나는 국어 교과서에 인문사회과학자가 쓴 논리적 문장을 더 많이 실어야 한다고 생각한다.

그리고 시험문제는 '이 시점에서 저자가 느낀 것은 무엇인가?'라고 묻는 대신 '이 논증 방식은 설득력이 있는가?'라고 물어야 한다. 이런 훈련을 받지 않은 학생들은 대학생이 되면 문장 쓰는 법부터 배워야 한다.

문장이 논리적이려면 다의적으로 해석 가능한 문장이어서는 안 된다. 모든 용어를 일의적으로 해석할 수 있도록 정의하고, 일단 용어를 확정하면 설사 단조롭더라도 처음부터 끝까지 같은 용어로 통일하고 논리가 흔들리지 않도록 치밀하게 논증을 구성해야 한다. 왜냐하면 문장은 상대에게 정확하게 전달될 때 의미가 있기 때문이다. 만약 문장을 오독하는 경우가 생긴다면 이는 저자의 책임이다. 이것이 연구논문의 글쓰기 법이다.

이런 따분한 일은 하고 싶지 않다는 생각이 든다면 당신은 정보생산자에 맞지 않는 사람이다. 물론 작가나 시인도 넓은 의미에서 정보생산자이지만, 정보는 소비될 때 비로소 가치가 생긴다. 자신에게 가치 있는 정보가 다른 사람에게도 가치가 있으리란 법은 없다. 어떻게 해서든 자신에게 절실하고 중요한 자신만의 정보를 생산하고 싶은 사람은 어디에나 존재하지만, 소비자가 없다면 그저 독백일 뿐이다. 세상에는 독자가 없는 '벽장 시인'이나 '블로그 작가'는 넘쳐나지만, 연구자에게는 정보가 공유되지 않는다면 가치가 없다.

유익한 논의를 하라

사회과학은 경험과학이다. 신념이나 신조를 바탕으로 주장하는 것이 아닌 검증 가능한 사실을 바탕으로 근거 있는 발견을 해야 한다. 나는 강의에서 학생들에게 종종 '여러분의 신념은 필요 없다'고 말한다. 그리고 '주장의 근거가 무엇인가?'를 끈질길 정도로 묻는다.

근거 없는 신념은 단지 혼자만의 생각에 불과하다. 다른 말로 '편견'이라고도 한다. 설사 강의에서 토론이 활발하게 이뤄지는 듯 보여도 논증할 수 없고 반증 불가능한 각자의 사견만 난무한다면 '다양한 의견이 있군' 또는 '그렇게 생각하는 사람도 있군'에서 논의가 끝난다. 결론에 도달하지 못하는 것이다. 이를 논의(argument)라 하지 않는다.

다른 대학의 세미나 수업에서 활발하게 발언이 오가는 듯 보여도 사실 유익한 논의는 조금도 이뤄지지 않는 경우가 있다. 나는 질문에 답을 하면 반드시 질문자에게 "방금의 대답이 당신 질문에 답이 되었습니까?" 하고 확인한다. 요즘 학생들은 노이즈가 발생하는 것을 두려워하고 납득되지 않는 대답이나 오해에 대한 논의에서도 입을 다물고 잠자코 있는 경향이 있기 때문이다.

"그녀/그의 대답이 당신 질문에 답이 되었는가(Did s/he answer your question)?"라고 유도하는 것만으로 "사실은 잘 이해하지 못했습니다"라고 질문자가 납득하지 못했음을 알 수 있다. 만약 사회자가 있다면 사회자의 역할은 유익한 논의를 유도하는 것이다.

그러고 보면 국회에서는 논의가 이뤄지지 않는다. "방금의 대답이 당신 질문에 답이 되었는가?"라는 질문을 국회 토론에서야말로 하나하나 확인했으면 하는데 말이다. 그런 시간 보내기 식의 설전이나 논쟁을 보고 학생들이 논의라고 생각한다면 안타까운 일이다.

화가 나서 그만 말이 옆길로 새버렸다.

연구란?

연구 이야기로 돌아가자.

연구란 무엇일까? 연구 과정의 흐름을 [도표2-1]에 도식화했다.

연구는 (1) 먼저 질문을 설정하고 (2) 자신과 비슷한 질문을 이미 제기한 사람이 있는지 선행연구를 검토한다. 이미 결론이 났거나 아직 결론이 도출되지 않아서 연구 가능하다면 가설을 초점화하고 (3) 대상과 (4) 방법을 설정한다. (2)와 (3), (4)는 순서가 바뀌어도 상관없다. 그다음 (5) 가설에 대해 예상 가능한 이론가설을 세우고 (6) 이를 검증 가능한 경험적 작업가설로 변환한다. (7) 검증에 필요한 1차 데이터를 수집하고 (8) 얻은 데이터는 반드시 분석을 거쳐서 (9) 분석 결과를 바탕으로 가설을 검증하거나 반증해 새로운 발견을 한다. (10) 그 발견으로 다른 곳에도 적용할 수 있는 일반화 가능한 모델이 구축되었다면 연구성과로 가치를 부여받고 (11) 마지막으로 자신의 연구가 학술 공동체의 지적 공유재산에 어떤 식으로 기여하는지 연구의 의의를 밝히고 (12) 이와 함께 자기 연구의 한계를 밝힌다.

이런 연구의 흐름은 뒤에 나오는 '연구계획서'의 서식에 반영된다. 또 이것이 논문이라는 정보생산물, 즉 아웃풋의 구성이기도 하다. '정보생산자가 돼라'는 우에노 세미나의 커리큘럼은 이 연구 흐름을 그대로 반영하며, 특별한 비밀이 있는 것이 아니다. 참고로 강의를 위한 흐름도 [도표2-2]를 제시한다.

도표2-1. 연구 과정.

1. 연구질문을 설정한다.
2. 선행연구를 검토한다(대상/방법, 이론/실증).
3. 대상을 설정한다.
4. 방법을 채택한다.
5. 이론가설을 세운다.
6. 작업가설을 세운다.
7. 데이터를 수집한다(1차 데이터/2차 데이터).
8. 데이터를 분석한다.
9. 가설을 검증한다(검증/반증).
10. 모델을 구축한다.
11. 발견과 의의를 주장한다.
12. 한계와 과제를 도출한다.

도표2-2. 강의의 흐름.

1. 연구질문을 설정한다.
   (Making a research question)
2. 연구계획서를 작성한다.
   (Writing a research proposal)
3. 선행연구를 비판적으로 검토한다.
   (Survey of the existing literature: critical reading)
4. 데이터 수집: 정성조사의 기법.
   (Date collection: learning the method of the qualitative survey)
5. 데이터 수집: 정량조사의 기법.
   (Date collection: learning the method of the quantitative survey)
6. 차례를 구성한다.
   (Constructing the table of contents)

```
  7. 문제 설정을 작성한다.
     (Writing the problematic)
  8. 콘텐츠를 만든다.
     (Creating the contents)
  9. 1장 원고를 작성한다.
     (Writing the first draft+making a comment)
 10. 검토하고 수정한다.
     (Revising the paper+making a comment)
 11. 구두로 보고한다.
     (Oral presentation)
 12. 연구논문을 완성한다.
     (Finishing the final version)
```

연구질문 설정

연구는 연구질문을 설정하는 것부터 시작한다. 연구에서의 질문을
연구문제라 한다. 따라서 연구자에게는 항상 "당신의 연구문제는
무엇인가?"라는 질문이 따라다닌다.

연구질문을 설정하는 것이 가장 어려운 일일지도 모른다. 왜냐
하면 연구질문을 해명하는 법은 가르칠 수 있어도 질문을 설정하는
방법은 가르칠 수 없기 때문이다. 게다가 누구도 제기한 적 없는 질
문, 아직 답이 도출되지 않은 질문 설정에는 삶의 방식과 직관이 관
여한다.

예전에는 이를 '문제의식'이라 부르기도 했다. 문제의식이 없는
질문은 없다. 정보론 관점에서 노이즈를 발견하는 통찰력이라 바꿔

말해도 좋다. 노이즈는 현실에 대한 이질감, 의문, 불편함과 같은 것이다. 당연하게 받아들여지는 자명성의 세계에서 사고가 정지된 사람은 느낄 수 없는 감각이다.

답이 도출되는 연구질문을 설정하라

연구질문에는 답이 도출되지 않는 것과 도출되는 것이 있다. 예를 들어 '영혼은 존재하는가?'와 같은 질문은 경험적으로 검증할 수도 반증할 수도 없다. 경험과학으로서의 사회과학은 경험적 대응물 (empirical referent)이 없는 신이나 영혼 같은 개념을 다루지 않음으로써 형이상학과 선을 긋는다. 또 '삶의 의미란 무엇인가?'와 같은 질문은 이를 제기한 사람에게는 절실한 주제일지 모르지만, 결국에 답이 도출되지 않는 질문이다. 사회과학자라면 이 질문을 맥락화해서 '인간은 언제 삶의 의미를 느끼는가?'와 같은 질문으로 바꾼다. 이런 질문이라면 답을 도출할 수 있다.

참고로 사회과학자는 '본질'이라는 비역사적 개념을 사용하지 않는다. 예를 들어 '여성의 본질은 모성이다'라는 명제는 증명할 수 없으나, '언제부터 여성의 본질을 모성이라고 여겼는가?' 또는 '여성의 본질을 모성이라고 주장하는 사람은 어떤 사람들인가?'와 같은 질문에는 답을 도출할 수 있다.

정보생산자가 설정한 질문은 일단 답이 도출되는 질문이다. 그리고 답은 언제나 잠정적인 것으로 언제라도 새로운 답으로 교체될 수 있다. 이를 학문의 발견이라 부른다. 그리고 선행연구가 존재함에도 새로운 질문을 설정하는 것은 지금까지 도출된 결론에 여러분이 수긍하지 못해서다.

질문에는 누구나 생각할 수 있는 평범한 것과 그렇지 않은 것이 있다. 평범한 질문은 자기 외에도 많은 사람이 생각할 수 있을 법한 것이기 때문에 3장 '선행연구'에 대한 설명에 나오듯 여러분 외에 많은 사람이 이미 답을 도출했을 가능성이 크다. 예를 들어 '트럼프 대통령 이후의 미국은 어떻게 될까?'는 많은 사람이 관심을 두고 있는 주제고 게다가 예상할 수 없으며 아직 답이 도출되지 않은 질문이지만, 이에 아무리 관심이 있다 해도 여러분 이상으로 트럼프 대통령에 대한 정보를 가진 전문가가 이미 자세하게 분석했다면 여러분의 연구는 이보다 못할 것이다. 이런 질문은 깨끗하게 포기하는 것이 현명하다.

한편으로 창의적인 질문이란 아무도 제기한 적 없는 질문을 말한다. 그렇다면 이 질문에 대한 답을 도출하면 여러분은 개척자가 되는 것이며, 자신 외에 경쟁자가 없으므로 그 분야의 선구자가 될 수도 있다. 하지만 이런 창의적인 질문은 보기 드물기에 선행연구도 없고, 데이터조차 없을 가능성이 있다. 초창기 여성학에서 '에도시대 여성들은 어떤 생리용품을 사용했을까?'라는 의문을 품은 사람이 있었다. 일본에는 1961년에 생리대가 등장했다. '생리대 등장 이전의 생리용품은 무엇이었을까?'라는 질문에는 고령 여성의 증언을 활용할 수 있으나, 에도시대라면 생존한 증인도 없고 문서기록도 없다. 민속학적 자료를 통해 유추하거나 그나마 남아있는 유곽 등의 사료로 판단할 수밖에 없다. 이에 따르면 예전 남성용 속옷과 비슷한 붕대를 사용하거나 붉은색 비단으로 만든 천을 방추(紡錘) 모양으로 감아서 탐폰으로 쓰고 이를 세탁해 재사용했다고 전해지는데, 유곽의 자료는 어디까지나 유곽에서 통용되던 것이다. 처녀는 탐폰을 사용하지 않는다. 서민 여성은 어땠을까? 처녀성이 중요한 무가(武家)의 여성과 동침 관행이 있는 농민 간의 계급 차이는 어땠을까? 등 알고 싶어도 자료가 없는 것들뿐이다.

자료에 접근할 수 있는가 하는 여부도 질문 설정에서 중요하다. 예를 들어 아무리 사형수의 심리가 알고 싶어도 교도소 안에 들어가 인터뷰하는 것은 불가능하다. 사형수는 마지막에 무엇을 먹는가? 같은 질문이라면 사형 집행관을 인터뷰해 답을 들을 수 있을지 모른다. 약물 사용자에 관한 연구를 진행하고 싶어도 대상자에게 접근할 수 없다면 단념할 수밖에 없다. 비밀결사 조직이나 폐쇄적인 단체의 경우 내부자가 되면 데이터에 접근할 수 있겠지만, 그렇다 하더라도 입수한 정보를 공개할 수 있을지 없을지 장담할 수 없다.

질문을 축소하라

질문에는 다시 광범위한 질문과 핵심적인 질문이 있다. '지구온난화의 미래'는 매우 광범위한 질문으로 우리가 살아 있는 동안 답이 도출될 가능성이 없다. 자연사적 시간에서 발생하는 일은 인류에게는 큰 문제일지라도 지구에는 그다지 중요한 문제가 아닐지도 모른다. 광범위한 질문은 핵심적인 질문으로 축소하자.

예를 들어 '일본의 매스컴에서 지구온난화를 얼마나 다룰까?' 같은 질문은 제한된 시간의 폭과 범위 안에서 답을 도출할 수 있다. 왜냐하면 '지구온난화'라는 용어는 비교적 새로운 용어로 개념이 탄생한 지 그리 오래되지 않았기 때문이다. 매스컴에도 종류가 다양하므로 데이터베이스가 존재하는 전국 매체로 한정하고 '지구온난화'라는 용어가 처음 등장한 이후의 데이터로 한정한다면, 검색엔진이 발달한 오늘날에는 비교적 간단하게 정보수집을 할 수 있다. 그래도 정보의 양이 어느 정도인지 계산해보면 개인이 처리할 수 있는 건수는 세 자릿수가 최대이다.

1990년대 우에노 세미나에서 '성인 비디오의 사회사'를 주제로 졸업논문을 쓴 학생이 있었는데, 그가 연구질문을 설정하는 방법에 감동했다. 왜냐하면 성인 비디오가 일본에 등장한 1970년으로 거슬러 올라가야 한다는 것을 알고 있었기 때문이다. 이 해에 가정용 비디오 기기가 등장하면서 초기의 성인 비디오가 판매촉진용 사은품으로 보급되었다. 따라서 그는 1970년 이후 대략 20여 년의 역사를 추적했다. 게다가 비슷한 선행연구가 별로 많지 않았기 때문에 그의 연구는 이 분야에서 선구자격이 되는 성과를 올렸다.

내가 학생들에게 항상 당부하는 것은 '답이 도출되는 연구질문을 설정하라', '감당할 수 있는 연구질문을 설정하라' 그리고 '정보에 접근할 수 있는 대상을 선정하라'이다.

일반적으로 학문의 초심자일수록 감당하기 힘든 원대한 꿈을 꾸기 마련이다. '연구문제를 설정하는' 요령은 '감당할 수 있게 범위를 축소하는 것', 즉 축소하는 방법을 배우는 것이다. 이를 가설 초점화(focus) 또는 축소(narrow down)라고 한다.

좀 더 난이도 있는 질문에 도전하고자 하는 의지가 생길 수도 있다. 그러나 연습을 할 때는 우선 연구질문을 설정하고 이를 해결하는 연습문제를 풀어본다. 일단 질문의 답을 도출하는 방법을 익히면 그 후에는 좀 더 수월하게 응용할 수 있다. 간단한 질문을 해결해보고 그다음에 어려운 질문, 광범위한 질문에 도전하는 것이 좋다.

연구는 방탕아다

한 가지 더 중요한 요소가 있다.

바로 다른 누구도 아닌 자신의 연구질문을 설정하는 것이다.

내가 학생들을 지도할 때 스스로 다짐하는 바가 있다. 학생의 연구질문이 무엇이든 그 질문의 가치 크기나 우열을 절대로 판단하지 않는다는 것이다. 왜냐하면 모든 연구질문은 나의 질문이지 다른 사람의 질문이 아니기 때문이다. 그리고 인간이 다른 사람의 질문을 해결하는 것은 결국 불가능하기 때문이다.

영어에 '당신이 무슨 상관이죠(It is none of your business)'라는 말이 있는데 이를 살짝 바꾸면, 그것은 '당신의 질문이지 나의 질문이 아니다(It is your question, but none of my question)'라고 할 수 있다. 정보생산은 지식의 공유체로서 가치 있는 정보의 공공재를 생산하는 것이라는 말과 모순될지도 모르지만, 자신만의 질문을 강조하는 이유는 연구가 시간과 노력 그리고 에너지가 필요한 까다로운 작업이어서다. 해결하고자 하는 질문이 없다면 이 까다로운 과정을 지속할 수 없다. 다른 사람에게는 의미가 없어도 연구자 자신에게 의미가 있다면 '설득'이라는 보수를 획득할 수 있다. 그리고 '그래, 바로 이거였어!' 같은 '깨달음'이라는 카타르시스만큼 연구자에게 가치 있는 보수는 없다.

이런 태도로 학생을 대하기 때문에 수강생들은 다른 강의에는 절대 제출하지 않을 기상천외한 질문 또는 빈축을 살 만한 주제를 끊임없이 제출했다. 켤코 이 주제가 하찮다는 말은 아니지만 '크리스마스이브를 어떻게 보낼 것인가?'처럼 군이 필요한가 싶은 주제부터, '자신이 생각하기에 가장 야한 성행위는 무엇인가?' 또는 '유흥업소를 찾는 사람은 무엇을 소비하는가?' 등의 주제까지 등장했다. 선행연구가 없으니 데이터는 스스로 수집해야 한다고 조언하면 그들은 각자 1차 데이터를 바탕으로 납득할 만한 연구 성과를 제출하고 수업을 통과했다.

강의에 따라서는 강사가 주제를 설정하고 이를 분담해 학생들에게 과제를 내는 형식도 있지만, 내 강의 방식은 달랐다. 또 조사학습과 다른 점은 원래 있던 2차 데이터를 그대로 수집해 누가 정리해도 큰 차이가 없는 보고서 작성을 절대 허용하지 않았다는 것이다. 우에노 세미나는 연구질문 설정에서 압박이 적고, 말하자면 노이즈가 발생하기 쉬운 환경이라 할 수 있다. 만약 내 강의에서 독창적인 인재가 계속해서 육성된다면 이런 이유가 아닐까 싶다.

자신의 질문은 스스로 해결하라

여기서 당사자 연구에 대해서도 짚고 넘어가자.

당사자 연구는 홋카이도 남부 우라가와 마을의 '베델의 집'[3]에서 시작되었는데, 이를 본 순간 당사자 연구는 우리가 훨씬 전부터 이미 해오던 연구방법이라는 생각이 들었다. 당사자 연구는 자신의 질문을 스스로 해결하는 것을 말한다. 여성학은 여성이라는 수수께끼를 여성 스스로가 해결하는 것으로 지금 생각해보면 당사자 연구의 선구자 격이다.

여성학이 받아온 '저항'을 생각하면 당사자 연구가 학문의 세계에서 당면할 장벽을 예상할 수 있다. 저항은 승인의 반동이다. 만약 이런 '저항'이 조금도 없었다면, 당사자 연구는 지적 장애인의 '생존 기법'에 지나지 않는다며 학계로부터 인정받지 못했다는 증거가 될 수 있다. 즉, SST(Social Skill Training)처럼 정신요법의 일종이 '연구'라 칭해지는 것일 뿐이라고 비웃음당하는 것을 시사한다. 여성학은 학문의 세계에서 시민권을 획득하고, 학회를 설립해 학술 저널을 간행하고 연구소와 강의 그리고 직위와 연구비를 획득해왔는데, 당사자 연구가 이와 같은 전철을 밟을지는 미지수다(우에노, 2017).

연구질문은 문제라고 바꿔 말할 수 있다. 문제는 question이기도 하며 동시에 problem이라 쓰기도 한다. 여성학은 여성 문제에서 출발했는데 이는 여성에 대한 문제일 뿐 아니라, 여성이 제기하는 문제의식이기도 하다.

내게 여성은 거대한 수수께끼다. 여성이라는 것만으로 사회에서

받는 차별이나 다른 사람이 취하는 태도는 부조리 그 자체였다. 이 수수께끼를 풀고자 했더니 선행연구의 대부분은 남성이 여성이란 무엇인지를 가르치는 것뿐이었다. 여성에 관해서는 남성인 내가 가장 잘 알고 있으니 내 말을 들으라고 말하는 것 같았다. 읽어도 납득되지 않을 뿐 아니라 남성의 여성에 대한 망상으로 점철되어 '속 편한 소리 하네'라는 반발심이 들었다.

'여성은 무엇인가, 어떤 경험을 하고 어떤 감정을 느끼는가?' 이는 여성 본인이 가장 잘 안다. 여성에 의한 여성 연구가 적었던 것은 아카데메이아(Academeia)에 여성 연구자가 절대적으로 적었기 때문이다. 그렇다면 '여성에 의한, 여성을 위한, 여성에 대한 연구(studies on women, by women, for women)'의 시작이 여성학의 성립이다.[4]

이것이 가능해지자마자 '여성이 여성을 연구하면 주관적이다' 또는 '중립적이지 않아서 학문으로 인정할 수 없다' 아니면 '왜 남성이 할 수 없다고 생각하느냐'라며 다양한 비판을 받았다. 학문의 세계 속에 존재하는 '중립성'과 '객관성'의 신화는 지금도 여전히 뿌리 깊게 남아있으며, '여성학? 그게 학문인가?'라며 면전에서 무안을 주기도 한다.

당사자 연구는 자신이 자신의 전문가라는 입장이다. 여성학은 여성이 여성의 전문가이기 때문에 여성 연구를 하기 위해 여성이 학문의 객체에서 주체로 전환되면서 성립했다. 여성학을 처음 접했을 때 자신을 학문의 대상으로 삼을 수 있는가와 같은 눈초리를 받은 기억이 선명하다. 지금까지 나 자신도 학문을 중립적이고 객관적이라 세뇌하고 있기 때문이다.

따라서 문제는 먼저 무엇보다 자기 자신의 문제를 가리킨다.

어느 날 한 수강생이 "교수님, 문제란 무엇입니까?" 하고 질문을 한 적이 있다. 지나치게 단순한 질문은 그 솔직함으로 상대에게 근원적인 대답을 끌어내는 경우가 있다. 나는 그 질문에 바로 이렇게 대답했다.

"자신을 끈질기게 물고 늘어지는 것입니다."

그리고 이 대답에 나 자신도 놀랐다.

내가 여성이라는 것은 어린 시절부터 나를 끈질기게 따라다니던 질문이었기 때문에 나는 이를 연구질문으로 삼기로 했다. 특히 어머니가 전업주부였고 게다가 불행한 전업주부였기 때문에 '주부란 무엇일까, 무엇을 하는 사람인가?' 또는 '왜 여성은 주부가 되는가?'나 '주부가 되면 어떤 상황에 처하는가?' 같은 질문을 끊임없이 제기하자 '주부' 연구가 깊이 있는 주제임을 알 수 있었다. 그리고 '주부'를 통해 근대사회의 구조를 폭로한 것이 내가 쓴 《가부장제와 자본주의》(1990/2009)다. 하물며 여성이 주부가 되는 것은 그당시에는 '당연한' 일로 받아들여졌기 때문에 그때까지 누구도 이에 대해 제대로 질문을 제기한 적이 없으며, 따라서 선행연구가 별로 없다는 사실을 알게 되었다.

마찬가지로 자신이 장애인, 재일교포, 강간 피해자라면 여러분을 끊임없이 따라다니는 질문이 될지도 모른다. 외국에서 태어나고 자란 한 일본인 여성은 자신이 여성이라기보다 '일본인'이라는 점에

의문이 들었다고 했다. 처한 환경이나 경험의 차이에 따라 그 사람이 해결하고자 하는 질문은 다양하다. 하지만 진정으로 해결하고 싶은 질문을 만나는 것은 연구자에게는 축복받은 일임이 틀림없다. 마음을 다해 해결하고 싶은 질문이 아닌 한 연구에 전념할 수 없기 때문이다.

학문은 방탕이다

나는 학문을 자신이 명쾌하게 답을 찾고 싶은 정도의 죽을 만큼 힘든 길이라 말한다. 어떤 사람이 '학문'을 '가난한 사람의 취미'라고 부른다는데 실제로 학문에는 시간과 여유, 비용이 들기 때문에 '가난한 사람'이라는 것은 잘못된 말이다. '방탕'이나 '취미'라는 말은 음악이나 연극 등 다양한 '방탕'에 비해 학문에 특별한 가치가 있다고 생각하지 않도록 겸손하기 위해서다. 방치하면 학문은 다양한 인간의 문화적 영위 속에서 자신이 가장 가치 있다고 자만하는 경향이 있다.

질문을 설정한다는 것은 항상 자신만의 질문을 설정한다는 의미다. 그 질문은 다른 사람에게 얻은 것이 아니다. 따라서 자신의 연구가 세상에서 인정받지 못하거나 지위를 얻지 못하는 것을 한탄하는 대학원생들에게 나는 항상 이렇게 말한다. "누가 하라고 해서 하는 것이 아닌 자신만의 질문을 스스로 해결하는 그런 방탕을 누리면서 대체 누구에게 불평하며, 그렇게 사치 부릴 여유가 있느냐"고 말이다.

바다의
지도가 되는
계획 세우기

선행연구를 비판적으로 검토하라

선행연구란?

연구는 일단 연구질문을 설정하는 것에서 출발한다. 이를 연구문제라 한다.

연구에 기여하는 질문은 답이 도출되는 질문, 감당 가능한 질문, 경험적으로 검증 가능한 질문이다. 실존적 질문이나 종교적 질문은 경험과학의 연구주제로 적합하지 않다.

질문을 설정하면 먼저 자기가 생각할 수 있는 질문은 틀림없이 비슷한 의문을 제기한 다른 이가 이미 질문을 설정했을 수도 있음을 각오해야 한다. 완전히 독창적인 질문, 아무도 생각한 적 없는 질문을 설정하기는 지극히 어려운 일이다. 독창적이라고 생각해도 그것은 다른 누군가가 이미 제기한 질문이거나 아직 답이 도출되지 않았을 수 있는데, 단지 자신이 이를 인지하지 못한 것일 수도 있다.

자신 이외의 누군가가 이미 제기한 질문과 결과의 집합을 학문 영역에서는 '선행연구'라 부르고 이를 영어로 'existing literature'라 하는데, 이미 눈앞에 있는 문제로 쓰인 것의 집합을 의미한다.

선행연구를 검토할 필요는 자신이 설정한 연구질문의 어느 부분이 이미 해결되었고, 어디서부터 연구하면 되는지를 확인하기 위해서다. 만약 이미 어딘가에 답이 존재하는데 이를 인지하지 못했을 뿐이라면 단순한 무지고, 이미 해결되어 그 해답을 여러분이 진심으로 수긍한다면 더이상 그 연구질문을 주장할 필요가 없다. 어딘가에 답이 있는 것을 모르고 자신의 연구질문을 연구해 열심히 해답을 도출했더니 이미 존재하는 것과 같은 결과를 얻을 수도 있다. 이런 경우에는 고생만 하다 끝난 셈이다. 자기 스스로 '납득'이라는 보수를 얻을 수 있겠지만 '지식의 공유재'인 학문의 세계에 이름을 올릴 만한 가치는 없다.[1]

연구는 돌연변이처럼 정보의 진공 지대에서 생겨나지 않는다. 자신이 세운 연구질문은 지금까지 자신이 경험하고 접한 방대한 정보의 축적물에서 파생되는 경우가 많다.

1장에서 말했듯이 정보는 텍스트와 텍스트 사이에서 발생하는 노이즈의 일종이다. 따라서 이미 존재하는 텍스트가 무엇인지를 아는 것이 새로운 정보를 창출하는 조건이다. 문학 텍스트와 연구논문의 큰 차이점은 참고문헌이 있는가인데 '참고문헌'은 선행연구의 목록이기도 하다. 말하자면 그 논문이 다루는 정보의 집합인 것이다. 솔직히 말하면 문학도 선행 텍스트에서 많은 도움을 받지만, 이 사실을 잊었거나 자각하지 못했을 뿐이다.

선행연구에 대해 알고 싶다면 가장 간단한 방법은 여러분이 영향을 받았거나 이질감, 저항감을 느낀 텍스트에 기재된 참고문헌을 하나하나 찾아보는 것이다. 일단 '참고문헌' 목록을 보면 이전에 나온 다른 논문의 '참고문헌'이 등장한다. 이 텍스트와 그 텍스트가 만들어내는 그물망을 따라가면 어디에 무엇이 있고 없는지를 파악할 수 있다. 이를 텍스트 간의 관련성(intertextuality)이라 하는데 텍스트 간 인용, 영향, 대항 등 여러 텍스트 사이에 존재하는 관련성을 말한다. 어떤 텍스트라도 텍스트의 진공 지대가 있기 마련이다. 정보생산은 이런 텍스트의 재고들에 새롭게 무언가를 첨가해가는 작업이다.

거듭 말하지만 '지식의 공유재'인 학문에는 자신의 연구가 앞선 무언가로부터 영향을 받았는가와 관련된 정보를 공개한다는 법칙이 있다. 이러이러한 재료를 준비해서 이런 순서로 요리하면 여러분도 틀림없이 이 맛을 재현할 수 있다는 요리법과 비슷하다고 생각하면 된다. 재료가 무엇인지 알지만 이 맛을 어떻게 내는지 도저히 흉내 낼 수 없는 비법이나 손맛이 물론 학문의 세계에도 적용되는데, 예술이 그렇다. 연구자는 어디까지나 장인이다. 그러므로 연구는 배우고(모방) 가르칠 수도 있다.

1장에서 언급했듯이 독창성을 기르기 위해서는 이미 거기에 무엇이 존재했는가를 알아야 한다. 이미 거기에 무엇이 존재했는지 방대한 정보의 축적을 아는 것을 '박식하다' 또는 '교양이 있다'고 한다. 그러나 교양만 있다고 독창성을 기를 수는 없다. 반대로 독창성을 기르기 위해서는 교양이 필요하다. 교양과 독창성은 상충하는 개념이 아니라 본래 상호보완하는 관계라 할 수 있다.

선행연구 검토방법

축적된 선행연구를 살펴보는 것을 '검토'라고 하는데 어떻게 하는 것일까?

옛날과 달리 지금은 전자 데이터를 온라인으로 간단히 검색할 수 있다. 자신의 연구질문 안에서 핵심적인 키워드를 몇 개 꼽아 책, 잡지, 전문지 등을 검색해보면 된다. 예전에는 잡지에 실린 논문은 색인을 찾아봐야 해서 번거로웠으나 지금은 인터넷에서 정보를 얻을 수 있다. 그 때문에 검색에 잘 걸리는 키워드를 논문에 기재하게 하기도 한다. 최근에는 전문지나 학술 저널의 온라인판도 제작되는 추세이므로 전자 데이터를 그대로 손에 넣을 수 있다. 예전에는 검색한 논문을 도서관에서 복사하는 것이 연구자의 주된 일이었고, 복사한 자료를 산처럼 쌓아놓고 뿌듯함을 느끼기도 했으나 이제 그런 시대는 지나갔다.

선행연구를 검토하기 위해서는 다음 사항에 주의해야 한다.

1. 단행본만 찾아봐서는 부족하다. 어떤 아이디어가 책으로 나

올 때까지는 몇 년이 걸린다. 그 사이에 정보는 시의성을 잃는 경우가 많다. 정보의 시의성은 잡지나 관련 분야의 신문, 전문지가 훨씬 앞선다. 매스컴에서 다루거나 책으로 출간될 때에는 업계에서 이미 '상식'으로 자리 잡은 경우가 적지 않다. '전문가'라 불리는 사람들 대부분은 관련 업계의 정보를 대중화하는 역할을 한다. 어떤 가설이라도 그 분야의 전문가가 존재하며 이들 사이에서 무엇이 이미 논의되었는지를 아는 것은 매우 중요하다.

2. 자기 전문분야에만 매몰되면 선행연구를 놓칠 수 있다. 점점 학문 영역의 경계가 허물어지고 학제적(interdisciplinary)일 뿐 아니라 초학제적(transdisciplinary)인 경향을 띠고 있다. 예를 들어 '섭식장애'를 주제로 택했다면 곧바로 심리학이나 정신의학 분야를 떠올리는 사람도 있겠지만, 사회학이나 문학도 이를 다룬다. 최근에는 〈섭식장애의 인류학〉(이소노, 2015)도 등장했다. 혹시 '섭식장애의 정치학'이나 '섭식장애의 철학' 같은 것도 있을 수 있다. 같은 주제를 다른 분야나 다른 문맥에서 살펴보면, 여러분이 예상하지 못한 연구질문과 결과가 이미 나와 있을지도 모른다.

3. 여기서부터는 난도가 좀 높은데 언어의 장벽을 뛰어넘어야 한다. 모국어로 검색할 수 있는 것은 모국어권에 한정된 정보다. 모든 언어를 배우라는 말이 아니다.[2] 적어도 세계 공용어인 영어, 물론 여기서 말하는 영어권이란 앵글로색슨족이 아니라 전 세계 공용어로서의 영어로 된 정보를 키워드로 검색할 수 있을 정도는 익혀 두었으면 한다. 반대로 말해서 일본어로 된 정보는 언어라는 비관

세장벽 때문에 일본어권에서 외국으로 진출할 수 없다. 전 세계용 구글에서는 영어만 검색된다. 아무리 발버둥을 쳐도 영어가 세계 공용어인 현실에서 도망갈 수는 없다. 그러므로 영어로 정보를 발신할 수 있는 능력은 매우 중요하다.

평범한 연구질문에는 선행연구가 많다

직접 해보면 알겠지만, 세상에는 방대한 정보가 존재한다. 키워드를 검색하거나 복잡한 키워드를 입력하고 조합해도 너무 많은 정보량에 잠식당할 듯해 더 이상 정보를 수집하고자 하는 의지를 잃을 수도 있다.

선행연구는 다음과 같은 경향이 있다.

누구나 생각할 수 있는 평범한 가설에는 수많은 선행연구가 존재하고, 반대로 다른 사람이 좀처럼 생각하지 못한 가설에는 선행연구가 적다. 시험 삼아 '지구온난화 문제'라는 연구질문을 설정해보자. 분명 아직 결론이 도출되지 않았지만 우선 질문이 너무 광범위해서 감당하기 어렵다. 또 많은 양의 선행연구가 존재하기 때문에 이를 살펴보는 데만 평생이 걸릴 것이다. 여기에 언어권을 초월한 정보가 축적되어 있다. 이런 광범위한 연구질문에는 대개 전문가 집단이나 업계가 조직되어 있고, 그들이 상세한 데이터를 축적하고 있으며 대부분 전업으로 연구에 종사한다. 말하자면 상대가 되지 않는다. 패배가 분명한 승부는 처음부터 하지 않는 것이 좋다.

하지만 만약 '지구온난화가 일본의 사과 산지 아오모리에 미치는 영향'으로 범위를 좁히면 어떨까? 최근 온난화로 사과 작황이 좋지 않고, 엘니뇨 현상으로 갑작스럽게 태풍이 북상해 수확 직전의 사과 농가가 큰 타격을 입었다. 이런 주제라면 선행연구를 상당히 좁혀볼 수 있다. 하지만 이런 기후변동이나 농산물의 변화에 대한 장기적인 과학적 데이터를 축적해야 하고, 어쨌든 산지의 사활이 걸린 문제이므로 아오모리현 산업기술센터나 농업협동조합이 적극적으로 연구를 진행할 것이다. 조사해보니 역시 아오모리현 산업기술센터에는 '사과 연구소'가 있다.

그렇다면 '아오모리현의 사과 생산자가 생각하는 지구온난화 대책'은 어떨까? 정확한 대책은 찾을 수 없을지 몰라도 사과 농가가 얼마나 힘든 상황인지는 알 수 있다. 이런 연구라면 감당 가능하다. 선행연구도 그렇게 많지 않을 것이다. 게다가 아직 답이 도출되지 않은 가설에 현이나 농업협동조합, 생산자 그리고 판로 등 다양한 이해관계자(stakeholder)가 시행착오를 겪는 현상의 문제점을 분석하고 전망할 수 있을 것이다.

선행연구가 많으면 정보의 양이 많으니 어떤 면에서는 연구가 쉽다고 생각할 수 있지만, 다르게 생각하면 독창성을 발휘하기 어렵다. 반대로 선행연구가 별로 없으면 단서가 될 만한 자료가 없으므로 앞이 깜깜한 상태에서 연구를 진행해야 하지만, 그만큼 과거의 축적된 데이터에 얽매이지 않고 자유롭게 접근할 수 있다. 무엇보다 그 분야에서 선구자이자 일인자가 될 수 있다. 자신 외에 경쟁자가 없기 때문이다. 그 대신 '왜 이런 이상한 일을 진행했는가?'라는 빈축을 사거나 사람들을 설득하지 못해 고독해질 수밖에 없다.

히토쓰바시대학교 사토 후미카 교수의 《군대와 젠더》(사토, 2004) 연구는 일본에서 선구자 격인 연구로 알려져 있는데, 지금으로부터 20여 년 전에 그녀가 '자위대의 여성'을 연구주제로 정했을 때는 이에 관한 선행연구가 거의 없었다. 어째서 그런 인기 없는 비주류적 연구를 하려고 하냐며 주위로부터 이해받지 못한 상태에서 그녀는 고군분투했는데, '자위대와 여성' 연구가 거의 이뤄지지 않았던데는 이유가 있었다.

(1) 먼저 자위대 연구는 있었어도 군대사나 조직론 분야에 한정되었고, '젠더'라는 단어는 주목받지 못했으며 여성은 군대 안에서 압도적 소수파로 '보이지 않는' 존재였다. (2) 한편 젠더 연구 측면에서 보면 군대라는 '여성이 배제된 집단'은 고려의 대상에도 포함되지 않았다. 그뿐 아니라 여성들 사이에 존재하는 뿌리 깊은 평화주의가 '군대 안의 여성'이라는 주제에 직면하는 것을 주저하도록 만들었다. (3) 또 일본에는 '자위대' 연구에 대한 정치적 금기 의식이 자리 잡고 있었다. 자위대는 군대, 즉 '군사력'이 아니라 '실력'이라 불렸는데 자위대를 군대로 인정하는 순간 위헌 여지가 있는 군사조직을 기정사실로 인정하게 된다는 정치적 금기다. 세계에는 '남녀가 공동으로 참여하는 군대'가 다수 존재하며 '군대와 젠더'는 국제적으로 주목받을 수 있는 주제임에도 사토가 박사논문을 쓸 때 '군대와 젠더'라는 제목을 사용하는 것이 허락되지 않아 '군사조직과 젠더'라는 애매한 제목을 써야 했을 정도다. 왜냐하면 '자

위대'를 '군대'라고 표현하는 것만으로도 '자위대=군대'를 인정하
는 꼴이 되기 때문이다.[3]

학위논문을 바탕으로 한 사토 교수의 단행본에 내가 쓴 추천사
를 소개하면 다음과 같다.

'군대에서의 남녀 공동 참여가 남녀평등의 궁극적 목표인가? 이
라크에 주둔하는 미군 여성 병사를 생각하는 사이에 일본 자위대에
도 여성 지휘관이 차츰 증가하고 있다. 여자도 남자처럼 전쟁에 나
간다는 것은 이제 악몽이 아닌 현실이다. 페미니즘 최대의 금기에
도전하는 본격 사회학자의 등장.'

나름대로 잘 쓴 문장이라고 생각하는데 예상대로 사토 교수는
지금은 자위대에서의 젠더 연구의 일인자가 되었고, 세계의 '군사
화와 젠더' 연구자 네트워크의 핵심인물 중 한 명이기도 하다.

아무도 제기한 적 없는 질문

아무도 제기한 적 없는 질문이라는 말을 들으면 떠오르는 학생이
한 명 있다. 졸업논문 주제로 '임신중단'을 선택한 여학생이었다.
그런 주제를 선택하면 다른 학생들로부터 '임신중단 경험자'라는
시선을 받을 수도 있다는 것을 각오해야 하지만, 그럼에도 연구를
진행하고 싶다고 했다. 여성학 분야에서 '임신중단'이 이제 막 주
제로 부상하던 시기였기에 임신중단에 관한 책을 몇 권 소개해주었
다. 1주일 후에 그녀는 책을 돌려주려 연구실에 들러서는 '이것은
자신이 하고 싶은 연구가 아니다'라고 말했다. 그녀가 진짜 해결하

고 싶은 질문은 '임신중단 후 어떻게 성행위를 재개할 수 있을까' 였다. 그리고 그 연구질문이 그녀에게 절실한 문제이기도 했다는 사실을 알았다.

나는 임신중단에 대해 상당한 양의 문헌을 읽었지만 편협했으며, 이 주제에 제대로 접근한 선행연구를 본 적이 없다. 그뿐 아니라 임신중단을 경험한 여성이 산부인과 의사에게 '언제부터 성생활을 다시 할 수 있는가?'를 묻는 것도 민망한 상황이고, 게다가 임신중단 경험을 하게 한 남성과의 사이에서 트라우마와 심리적 저항을 극복한 사례를 다룬 연구도 없었다.

임신중단에 한정하지 않고 여성의 상징인 가슴과 자궁 적출술을 받은 후에 남편이 아내를 '여자가 아니다'라며 대놓고 멸시하고 섹스를 거부하던 세대였다. 후에 미국의 '여성과 건강'에 관한 문헌을 읽었을 때, 부인과 관련 수술을 받은 후 여성이 성적 자신감을 회복하기 위해서라는 대목에 이런 말이 쓰여 있었다. '남편이 아닌 남자와 섹스할 것.' 나는 지나치게 개방적인 이 조언에 아연실색하면서 감탄했다.

참고로 그 여학생에게 나는 다음과 같이 말해주었다.

"안타깝네요. 학생의 가설에 답이 될 만한 선행연구가 없습니다. 그렇다면 스스로 데이터를 축적해 연구해보면 어떨까요?"

이 제안대로 그녀는 같은 상황을 경험한 비슷한 세대의 여성들을 대상으로 인터뷰조사를 실시했고, 자신이 만족할 만한 졸업논문을 쓰고 졸업했다.

분야와 언어권을 초월하라

선행연구의 검토에 참고가 될 만한 몇 가지 사항에 관해 이야기해 보자.

연구는 대상과 방법이 하나의 세트로 이뤄진다. 연구의 대상이 되는 키워드, 예를 들어 여기서는 '자위대'나 '여성'을 검색해도 그다지 많은 정보를 얻지 못할 수 있다. 하지만 직접 대상이 되는 소재에 대한 정보는 적어도 그와 비슷한 다른 분야의 다른 대상을 연구하는 방법으로 많은 것을 배울 수 있다. 예를 들어 '자위대와 여성' 연구라면 'NATO와 여성' 또는 '미군과 여성' 연구 등이 선행연구로 무엇보다 도움을 줄 것이다. 또는 조직론이나 경영학에서 시사점을 발견할 수도 있다. '군대'라는 주제에서 한발 떨어지면 직장으로서의 자위대 안에서 여성의 처우는 종합직과 일반직의 차이에 대응할 수도 있다. 그러므로 분야와 언어권을 초월하는 것이 중요하다.

한편 방대한 선행연구를 앞에 두고 망연자실하기도 한다. 자위대를 연구하려면 전후 정치사도 알아야 하고 구시대의 군대부터 관련된 조직이나 인맥, 안전보장정책, 미일 관계, 군사의 역사, 장비, 훈련 등 모르면 안 되는 자료가 계속해서 나올 것이다. 하지만 연구문제가 선명해졌다면 그 주제 안에서 자신의 주제에 필요한 정보와 불필요한 정보를 선별할 수 있다. 연구질문은 현실의 단면을 자르는 각도다. 따라서 그 각도에 들어오지 않은 정보는 일단 제쳐둬도 좋다.

'비판적' 시각을 가져라

이 장의 마지막에서 중요한 이야기를 하려고 한다. 선행연구의 검토에 어째서 '비판적'이란 표현이 따라오는 것일까?

무수한 선행연구에 설득되었다면 더이상 여러분이 그 질문을 해결할 필요가 없다. '비판적'이란 표현이 붙는 것은 여러분이 이미 존재하는 답을 납득하지 못했다는 의미다. 독창성이란 이미 거기에 존재하는 것과의 거리, 이질감, 차이를 말하기 때문이다. 자신의 질문이 선행연구로 80퍼센트는 해결되었어도 나머지 20퍼센트는 가설도 세워지지 않았고 해결되지 않았다고, 어떤 책이나 논문을 읽어도 분명 그런 느낌을 받을 것이다.

따라서 우에노 세미나에서는 아무리 저명한 학자가 쓴 논문이라도 '비판적으로 읽는' 연습을 한다. 그중에는 '설득당해서 비평이 떠오르지 않는다'는 학생도 있었다. 하지만 그런 일은 없다. 막스 베버는 자신의 가설을 해결했고, 푸코는 푸코의 가설을 해결했다. 여러분의 가설은 여러분 외에 다른 누구도 대신 해결해주지 못한다. 여러분이 세운 가설에는 반드시 아직 해결되지 않은 부분이 있기 마련이다.

'비판적'이란 거기에 이미 존재하는 것이 아닌 거기에 존재하지 않는 것을 발견하는 힘을 말한다. 단순히 꼬투리 잡기가 아니다. 거기에 없는 것을 발견하기 위해서는 공백 위에 발을 올리고 새로운 시각을 창조하는 구상력이 필요하다. 이를 보충해야 한다, 이것이 부족하다, 이 부분이 걸린다, 납득할 수 없다 등 매우 사소한 지적이라도 충분하다.

우에노 세미나의 문헌 강독 강의에서는 문헌을 요약하지 않을 뿐 아니라 이를 용납하지도 않았다.

문장은 그 문장을 쓴 본인이 가장 잘 설명할 수 있으며, 저자 외에 설명을 대신해서 할 수 있는 사람은 없다. 따라서 해설서나 입문서가 아니라 짧더라도 저자 본인이 직접 쓴 원전을 읽는 것을 중요하게 생각한다. 성적이 우수한 학생은 '다음 문장을 읽고 제한된 글자 수 내로 요약하시오'라는 문제에 답하는 훈련을 몇 년에 걸쳐 받았겠지만, 텍스트를 요약하는 훈련만으로는 새로운 것을 창조하는 힘을 기를 수 없다. 물론 정답은 필요하지만 경우에 따라 텍스트를 오독하면서 독창성이 발휘되기도 한다. 우에노 세미나를 청강하러 온 학생들은 학부생들이 제법 토론을 하며 에릭슨이나 피에르 부르디외를 비판하는 모습을 보고 아연실색하지만 그래도 괜찮다. 비판은 언제나 신입생(late comer)의 특권이기 때문이다.

[도표3-1]에 우에노 세미나에서 사용한 문헌보고 서식을 실었다.

텍스트를 읽고 보고서를 작성하라고 해도 이를 한 번도 해본 적 없다면 갑자기 해낼 수 없다. 요약을 생략하고 자신의 의견을 쓰라고 하면 초등학생 수준의 감상문을 써오는 학생도 있다. 정해진 서식이 없으면 자기 마음대로 생각나는 것을 써오기 때문에 이 정도면 무난하다고 생각할 만한 서식을 만들었다. 텍스트를 읽는 방법의 예시다.

```
┌══════════════ 도표3-1. 문헌보고(hand out) 서식. ══════════════┐

  담당 텍스트:
  보고자:
  저자소개:
  1. 주제
  2. 대상
  3. 방법
  4. 검증의 타당성/ 발견/ 의의와 효과
  5. 방법의 한계와 문제점
  6. 기타 코멘트

  문헌보고는 아래를 참고해 작성하세요.
  1. 요약은 하지 않는다.
  2. 저자의 약력과 소개
  3. 본론의 연구사상 위치
  4. 가설은 무엇인가?
  5. 대상과 방법은 무엇인가?
  6. 발견 내용과 그 타당성, 의의는 무엇인가?
  7. 분석의 문제점, 방법의 한계, 비판할 점은 무엇인가?
  8. 논술, 문체, 표현은 적절한가?
  9. 본론의 발전 그리고 응용 가능성이 있는가?

└────────────────────────────────────────────────────────┘
```

　문헌보고 서식의 항목을 자세히 살펴보면 연구논문은 논문의 구성 순서를 반대로 거슬러 올라가며 분석할 수 있는, 즉 해부대에 올려져 있는 것이라는 사실을 알 수 있다. 논문은 완성작이다. 구조물을 하나씩 분해하듯이 논문의 구조를 분해하면 어떤 논문의 비밀도 풀 수 있다. 좋은 논문을 쓰는 방법은 좋은 논문을 많이 읽는 것인데, 이를 위해 대학에서는 문헌 강독 같은 수업을 개설한다. 이른바 제자 훈련 같은 것으로 스승의 등 뒤를 보며 그 능력을 훔치는 것과 비슷하다. 이를 하나씩 조각내고 분해해 형식으로 해석하면 아무리 뛰어난 스승이 쓴 논문이라도 일정한 구조물로 해독할 수 있다. 그 다음 해체한 조각을 다시 조립해 자신도 비슷한 구조물을 만드는 노하우를 익히는 것이다.

지도교수가 없다고 가정하라

의지할 곳 없던 교토대학교 대학원생 시절 연구실 주임교수와 사이가 원만하지 않았던 나는 이해관계가 없는 인접 분야의 교수님 연구실에 도움을 청하러 들어갔다. 거기 교육학자 도이다 토모요시 교수님과 인류학자 요네야마 토시나오 교수님이 계셨는데, 그중 사회심리학자인 기노시타 토미오 교수님의 말씀을 지금도 잊을 수가 없다.

내 연구가 누구도 설득하지 못했으며, 지도해줄 교수도 찾지 못했다고 털어놓았을 때였다. 기노시타 교수님은 이렇게 대답했다.

"자기 연구의 지도교수(당시에도 국립대학의 교수는 교관이었다)가 세상에 있다고 생각하지 마세요. 설사 있다면 그런 연구는 쓸모없다고 보면 됩니다."

정신이 번쩍 들었다. 아직 일본에는 존재하지 않았던 '사회심리학'이라는 새로운 분야를 개척해서 스스로 교수 자리에 오른 기노시타 교수님다운 말이었다. 그렇게 자신도 '여성학'이라는 당시까지 존재하지 않던 새로운 학문 분야를 개척하는 선구자가 된 것이다.

결국에 이 장도 '연구질문을 설정하는 법'에 대한 이야기가 되었다. 그도 그럴 것이 선행연구의 검토는 어떤 연구질문이 남아있는지, 가치 있는 연구질문은 무엇인지를 발견하기 위한 것이기 때문이다.

따라서 선행연구는 논문의 순서로 보자면 '연구질문 설정' 다음이지만, 실제로는 선행연구가 축적되었을 때야말로 자신이 세워야 하는 연구질문을 발견하는 경우가 많다.

선행연구의 배치를 전체적으로 살펴보고 작성한 논문을 서평 논문이라 부른다고 앞 장에서 언급했다. 학문 분야에서는 두루 살핀 서평논문을 작성하는 것 또한 하나의 업적이지만 그것만으로는 연구라 할 수 없다. '학설사'라는 분야가 있는데, 이 경우에도 이미 존재하는 텍스트를 어떻게 문맥으로 치환할지에 대한 창의력이 필요하다.

'선행연구의 비판적 검토'는 자신이 세운 질문의 정당성을 주장하고, 본론으로 들어가기 위한 전제조건에 불과하다. 또 진정한 창의성이란 지금부터 미래의 선행연구에서 답을 도출하지 못하는 질문에 대한 답을 도출하는 것이다.

연구계획서를 작성하라

연구를 예고하라

연구질문을 설정했다면 연구계획서를 작성하자.

연구계획서는 앞으로 이렇게 연구를 진행하겠다며 제삼자에게 하는 선언 같은 것으로 자신에게는 이 방향으로 연구하겠다는 나침 반 역할을 한다. 어쨌든 답이 없는 질문에 착수하는 것은 지도 없이 바다에서 항해하는 것과 같기에 어떤 방향으로 가야 하는지를 알려 주는 나침반이 필요하다.

연구계획서에는 포맷(서식)이 있으므로 멋대로 쓸 수는 없다. 대 학원에 진학할 때 반드시 제출해야 하며, 연구비 획득을 위해서도 반드시 거쳐야 하는 과정이다. 연구업계는 재미있는 곳인데, 성과에 보수가 지급되는 것이 아니라 앞으로 이런 성과를 내겠다는 예고로 선투자를 받는 선물투자의 업계다.

재정이 부족한 오늘날의 대학에서 연구자는 경쟁적으로 점점 더 '외부자금'이라는 명목으로 정부의 과학연구비와 같은 국민의 세금이나 민간재단이 연구비를 출현하기를 기다릴 수밖에 없다. 따라서 연구계획서는 스폰서가 연구비를 지급할 마음이 들도록 매력적으로 써야 한다.

여기서 연구라는 이름으로 이뤄지는 여러분의 개인적 '방탕'은 사회와 접점을 가진 것이다. 누구에게 의존할 수도 없는 여러분의 연구주제는 제삼자가 투자해도 좋은 공공의 가치가 있다고 평가받는다. 연구에는 비용과 시간이 든다. 특히 경험적 연구는 종이와 연필만으로 진행할 수 없다. 필드로 조사를 위한 여행이라도 가지 않으면 안 되고, 녹음이나 촬영기기도 필요하다. 따라서 연구는 '가난한 사람의 취미'라는 말은 성립하지 않는다. 특히 세금으로 지원받기 위해서는 납세자에게 환원할 수 있는 내용이어야 한다.

다시 말해 프로 연구자란 평생 연구계획서를 쓰는 사람이라고 해도 과언이 아니다.

연구계획서 서식

연구계획서의 서식을 실었다. 서식에는 표준형이 있고, 순서에 차이가 있겠지만 어느 것이나 비슷하다[도표4-1].

순서대로 살펴보자.

┌───┐
│ ▤□▤▤▤▤▤▤▤▤▤▤ **도표4-1. 연구계획서(표준형).** ▤▤▤▤▤▤▤▤▤□ │
├───┤
│   │
│   (1) 연구주제   │
│   (2) 연구내용   │
│   (3) 이론가설과 작업가설   │
│   (4) 연구대상   │
│   (5) 연구방법   │
│   (6) 선행연구와 관련 자료   │
│   (7) 연구용 기재·연구비용   │
│   (8) 연구일정   │
│   (9) 본 연구의 의의   │
│ (10) 본 연구의 한계   │
│   │
└───┘

(1) 연구주제

자신의 연구주제를 적절하게 언어화하는 작업은 매우 중요하다. 주제는 한 줄 이내로 작성한다. 부제를 추가해도 되지만 한 줄로 설명할 수 있다면 부제가 없는 편이 더 좋다.

예를 들어 '왜 방문간호사가 증가하는가?' 같이 연구문제를 정확하게 언어화하면 그것만으로도 이 연구가 무엇을 묻는지 전해진다.

최악은 '고대 접속(일본에서 2021년도부터 도입할 '대학입시 희망자 학력평가 테스트' 등 새로운 입시제도에 대한 주목을 바탕으로 고등학교와 대학교가 함께 추진하는 교육개혁의 일환—옮긴이)의 제(諸) 문제'와 같은 것이다. '제 문제'라는 표현부터 벌써 탈락이다. 아무 의미도 없기 때문이다. '고대 접속의 과제'[4] 또는 '고대 접속을 둘러싼'도 말하고 싶은 것이 무엇인지 전달되지 않는다. 이를 '대학 선행학습은 왜 필요한가? 고대 접속문제를 둘러싼 논의'라고 한다면 가설이 좀 더 분명해진다.

(2) 연구내용

연구주제는 한 줄이나 두 줄로 작성하는 것이 좋다. 예로 든 '고대 접속문제'를 대입하면 다음과 같다.

'대학에 합격한 신입생 대부분이 입학 후 대학 생활에 적응하지 못하는 5월병 등에 시달린다는 보고가 있었다. 최근 교육시스템이 전혀 다른 고등학교와 대학교육을 잇는, 신입생이 대학에 입학하기 전에 적응하게 돕는 대학 선행교육의 필요성이 대두되고 있다. 이 실천사례를 통해 대학 선행학습이 왜 필요한지, 그 효과는 무엇인지 그리고 과제가 무엇인지 밝혀졌다.'

이러면 앞으로 무엇을 연구해야 하는지 분명히 알 수 있다.

(3) 이론가설과 작업가설

가설은 간단히 말하면 '편견'이나 '예단'의 다른 이름이다. 완전한 백지상태에서 연구에 착수하는 연구자는 없기 때문이다. 처음으로 가설을 설정하는 시점에서 연구자에게는 이미 전제된 예단이 있기에 가설이 가설로 성립된다. 예를 들어 고대 접속문제를 '과거의 입시경쟁으로 인한 번아웃 현상이 아닐까?'라고 생각한다면 문제는 심리적 문제가 된다. 또 '담임과 학급이 없는 대학에서의 고립'에 초점을 맞추면 조직문제가 된다. 교양 교육 수준의 문제 또는 수업의 질적 폐해라면 문제는 교육 커리큘럼에 있다. 또 전원 대학진학 시대를 맞아 수업을 따라오지 못하는 학생의 문제는 학력 문제가 된다. 문제는 위와 같은 요인의 하나 또는 그 이상의 복합 요인에서 비롯된다고 생각할 수 있다. 이에 따라 저마다 다른 방법이 있으며 다른 선행연구와 다른 정보가 필요하다.

이론가설이 '과도한 입시경쟁에 의한 번아웃이 대학진학 후 적응을 힘들게 만든다'라면, 작업가설은 이를 검증 가능한 경험적 명제로 치환하는 것을 말한다. 이 가설을 '과도한 입시경쟁'이라는 제도적 문제로 환원할 수도 있으나 모든 학생이 적응하지 못하는 것은 아니므로, 예를 들어 '과도한 입시경쟁'의 압박을 받는 학생과 그렇지 않은 학생을 구별해 비교하는 방법이 효과적이다. 이때 작업가설은 '재수 경험생과 추천 입학생 중 전자가 후자보다 진학 후 적응에 어려움을 겪는 경향이 강하다'라고 설정할 수 있다. 재수를 경험한 학생이 '과도한 압박'을 받았다고 추론할 수 있기 때문이다. 이렇게 하면 구체적인 대상을 설정해 검증할 수 있다. 만약 '진학 후 고립이 적응을 방해한다'는 조직상의 문제라면 '학급과 담임제의 여부가 적응도를 좌우한다'는 가설을 증명하면 된다. 대학에 따라서 학급과 담임제를 도입한 곳과 그렇지 않은 곳이 있으므로, 그 둘을 비교할지 아니면 같은 대학에서 담임제를 도입한 해 이전과 이후의 변화를 비교하는 방법을 채택한다.

각 가설과 함께 대상을 어떻게 선택할지, 어떤 방법을 채택할지가 달라진다. 다만 각각의 경우에 '번아웃'이 어떤 상태를 말하는지, 어떻게 추정할지, '적응'이란 무엇인지, '적응의 정도'를 어떻게 측정할지 같은 문제가 따라오므로 이에 답할 준비를 해야 한다.

이것이 가설검증형 연구다. 연구문제에 대해 예상할 수 있는 답을 준비하고 그것이 맞는지 틀리는지 경험적 증거를 제시해 증명한다. 가설이 맞으면 검증되고, 틀린다면 반증되는 것이다. 가설은 부분적으로는 맞지만, 부분적으로는 틀릴 수도 있다. 가설을 초월한 현상이나 요인이 발견될 수도 있다. 그리고 가설을 뒤집는 새로운 발견이 있다면 연구자에게 그보다 기쁜 보답은 없다.

가설을 세울 수 없으면 어떻게 해야 하냐고 묻는다면, 사실 요령이 있다. 가설은 예단과 편견의 다른 말로 가설 없이, 다시 말해 지도 없이 항해에 나서는 사람이 없다는 것은 사실이다. 그러나 잘 모르는 대상에 대해 '이것은 대체 무엇인가?' 또는 '여기서 무슨 일이 일어날까?' 같은 호기심에서 접근하는 방법도 있다. 이 경우에는 '가설이 무엇인가?'라고 물어도 답하기 힘들다. 가설은 연구의 전 단계가 아니라 연구 과정을 통해 연구 후에 떠오르기도 한다. 이런 연구에 '가설생성형'이라는 훌륭한 이름을 붙인 것이 미노우라 야스코 교수다.[5] 따라서 '당신의 연구가설은 무엇인가?'라는 질문에 답하기 어렵다면 '가설생성형'이라고 답하면 된다.

(4) 연구대상

질문과 가설이 정해지면 이를 증명 또는 반증하기 위해 대상과 방법을 결정한다. 대상과 방법은 세트고, 대상과 가설에는 적절한 조합과 그렇지 않은 조합이 있다.

'고대 접속문제'를 예로 들어보자. 이 주제를 제기하기 위해 신문이나 잡지 등 미디어에서의 보도를 대상으로 하면 어떨까? 미디어는 이미 누군가에 의해 가공이 끝난 2차 데이터, 말하자면 중고 정보의 집합이다. 미디어에서 얻은 정보는 어디까지나 미디어가 가공한 정보다. 알 수 있는 것은 '고대 접속'이 문제가 된 시점이 언제부터인지, 그것이 어떻게 다뤄지는지와 같은 '미디어연구'에 지나지 않기 때문에 분석하기 쉽지만, 아무리 미디어를 연구한다 해도 이는 '담화 연구'의 일종으로써 알 수 있는 것은 미디어에 대해서일 뿐이지 대학이나 학생의 실태는 알 수 없다.

따라서 2차 데이터가 아니라 1차 데이터에 접근하는 것이 중요하다. 1차 데이터를 연구하는 각 대학의 담당자를 대상으로 청취조사를 하거나 질문지조사를 하는 방법이 있다. 선진사례로 여겨지는 대학의 사례를 연구할 수도 있다. 그런데 이를 통해 알 수 있는 것은 어디까지나 대학의 대처에 지나지 않는다. 대학이 고대 접속문제를 어떻게 다뤘는지 알 수 있지만, 그 방식이 적절했는지 또는 거기서 파생된 대책이 학생에게 공헌했는지는 별도로 검증해야 한다.

고대 접속문제는 처음부터 대학의 문제인가 아니면 학생의 문제인가. 그것도 아니면 둘 다 원인을 제공했는가. 내가 대학을 다니던 시절에는 완전한 방임주의로 하숙집에서 틀어박혀 있어도, 학교에서 재적을 당해도 '자기 책임'이었다. 학생을 성인으로 간주했기에 학급이나 담임제도 없었으며, 하물며 성적이나 수업 출석률을 집으로 통보하는 일 등은 상상할 수 없었다. 하지만 지금은 입학식에 부모님 외에 조부모도 참석하는 시대다. '학생 유아화(幼兒化)'라는 가설이 있다. 정신연령이 낮아진 학생들에게 지금까지의 엘리트 양성을 위한 대학의 방임형 교육시스템이 부적응을 야기한다는 것이다. 이는 심리환원설이라 불러도 좋다. 그러면 이로써 학생의 '성숙도'를 심리 스케일로 측정하는 실증 데이터를 축적해야 하고, 과거와 비교해 '유아화'가 진행되었는지 시간의 경과를 살펴야 한다. 그리고 학생의 '성숙도'와 입학 후의 '적응도'가 높은 상관관계가 있음을 증명해야 한다. 간단한 가설이라도 증명하려면 시간과 노력이 필요하다.

대학진학률이 높아지고 고객(마켓)이 변모했기 때문에 대학이 이에 대응해야 하는 것은 당연하지만, '고대 접속문제' 같은 경우만 봐도 가설이 틀리면 대상과 방법의 조합이 모두 달라진다는 것을 알 수 있다.

(5) 연구방법

대상과 방법이 하나의 세트로 알려진 연구방법을 다른 말로 조사방법(survey method)이라고도 하는데, 데이터 수집방법을 말한다. 6장에서 설명하겠지만, 연구의 이론적 방법론(methodology)과는 다르다.

데이터에 1차 데이터와 2차 데이터가 있다는 것은 이미 언급했다. 2차 데이터인 가공이 끝난 정보를 대량으로 저장한 장소가 도서관이다. 따라서 도서관을 무대로 많은 정보를 수집하는 것을 도서관조사라 한다고 했다. 지금으로 치면 결국 인터넷조사(internet survey)에 해당할 것이다.

정보에는 유량(flow)과 저량(stock)이 있다. 도서관은 정보의 저량을 저장하는 곳이다. 이용하지 않으면 사장 재고(dead stock)가 되기 때문에 유량화하는 것이 좋다는 말은 할 필요도 없다. 도서관조사도 조사에는 차이가 없어도 창의적인 연구가 될 수는 없다. 있는 그대로의 정보를 상이한 방법으로 재분석해 다른 결과를 도출하는 것도 가능하지만, 경험 분석이라면 다른 누구의 것이 아닌 1차 데이터 수집을 목표로 해야 한다.

그렇다면 누구에게, 어디서, 무엇을, 얼마나, 어떻게 정보를 수집해야 하는지 계획을 세우는 것이 이 항목이다. 여기서 중요한 것은 2장에 나온 정보 접근의 실행 가능성(feasibility)이다. 이 정보는 어디에 얼마만큼 존재하는가. 접근 가능한 정보인가. 감당할 수 있는 양과 질인가. 여러분이 '강간 가해자 연구'에 관심이 있다고 가정해보자. 이 주제에서는 대상에 접근할 기회가 지극히 제한적이다. 아무리 관심이 크다 해도 입수할 수 없거나 난관이 높은 데이터는 포기하는 것이 좋다. 연구대상과 방법을 선정하기 위해 접근 가능성(accessibility)이 큰 데이터를 선택하는 것이 현명한 태도다. 또 어떻게 이 대상을 선택했는지에 대한 질문을 받았을 때, '접근이 쉬워서'라고 답하는 것은 전혀 부끄러운 일이 아니다.

흔한 연구주제지만 '인생 상담으로 보는 세상의 변천'이라는 가설이 있다. 다행히 예전과 달리 지금은 신문의 데이터베이스를 검색할 수 있어 데이터 접근이 쉬워졌다. 그렇다면 어떤 미디어를 선택해야 할까. 《요미우리신문》의 '인생 안내'는 2016년에 100주년을 맞이한 인생 상담의 노포, 상담하는 이도 받는 이도 성실하게 임하기 때문에 '세상을 반영한다'는 가설을 세우자. 틀려도 《아사히신문》 토요일판 be면의 '고민의 도가니'를 선택해서는 안 된다. 대부분 이름으로 하는 말장난에 불과하다. 검색해서 나오는 건수는 수십만 건, 도저히 감당할 수 없는 양이라는 것을 알았다면 포기하자. 기간과 주제를 한정하고, 상담자의 성별과 나이 등을 한정하면 '개호보험(介護保險) 시행 후 일본에서 신문 인생 상담 코너로 보는 개호 문제'와 같은 주제로 압축할 수 있다. 개호보험 이전과 이후라면 개호 상황이 크게 달라졌기 때문에 개호보험 시행 이후로 한정하면 기간은 18년, 그동안의 상담 중에서도 '개호 문제'로 한정하면 대상 데이터 건수는 상당히 줄어든다.

다만 샘플 사례를 고려해야 한다. 처음부터 '신문 독자'란 어떤 사람인가, 그중에서도 《요미우리신문》의 독자층은 어떤 사람들인가, 굳이 '인생 상담'에 투고하는 사람은 어떤 사람인가. 젊은 세대는 특히 신문을 보지 않는 경향이 있으므로, 이 연구로 알 수 있는 것은 중년층의 동향에 한정될 수도 있다. 여기에 신문사 자체의 선별과 편집도 영향을 미칠 것이다. 그러면 이 연구의 예기치 못한 발견은 '이제 신문은 세상을 반영하지 못한다'가 될지도 모른다.

수강생이 연구대상과 연구방법을 제출하면 나는 '누구에게 조사할 것인가?', '샘플은 얼마나 만들 것인가?', '접근 가능한가?'

그리고 '감당할 수 있는 정보량인가?'를 집요하게 묻는다. 하고 싶은 것보다는 가능한 것을 해야 한다. 우선 눈앞의 감당할 수 있는 과제를 해결하고, 이렇게 하면 할 수 있다는 성취감을 맛보는 것이 매우 중요하다.

(6) 선행연구와 관련 자료

선행연구는 3장에서 다뤘다. 1차 데이터, 2차 데이터를 포함해 이용 가능한 정보가 어디에 어느 정도 존재하는지를 아는 것은 중요하다. 이를 아는 것이 앞으로의 지도 없는 항해를 안전하게 해준다. 연구계획서를 평가하는 입장에서 보면 가설을 세운 사람이 얼마나 사전지식을 갖추고 있는지, 적절하게 가설을 세웠는지, 결론에 도달할 수 있는지를 평가하는 근거가 된다.

(7) 연구용 기재·연구비

거듭 말하지만 연구에는 돈과 노력 그리고 시간이 필요하다. 연구자금을 확보하기 위해서는 이 항목이 필수인데, 나는 학생의 연구계획서에도 반드시 이를 넣도록 한다. 연구계획서가 있어도 누군가로부터 자금을 지원받지 못하면 연구는 공짜로 할 수 있는 것이 아니라는 사실을 알려주기 위해서다. 그뿐 아니라 매력적인 연구주제는 운이 좋으면 스폰서 확보도 꿈이 아닐지 모르기 때문에 자신의 연구가 얼마나 투자 가치가 있는지, 가성비가 좋은 연구인지를 의식하게 하기 위해서다.

(8) 연구일정

이 항목도 반드시 기재하게 한다. 이는 1년 동안 답을 도출할 수 있는 가설, 3년이 걸리는 가설, 10년이 걸리는 가설과 평생이 걸려도 답을 도출할 수 없는 가설의 범위가 다르기 때문이다.

대학 세미나 수업은 보통 1년을 기준으로 하는 것이 원칙이다. 그 안에 가설을 설정하고, 대상과 방법을 결정하고, 데이터 수집과 분석을 실시하고, 답을 도출해 이를 논문이라는 이름의 결과물로 만드는 일련의 과정을 경험해야 한다. 따라서 1년 안에 답을 도출할 가설로 초점화나 범위 축소가 요구된다. 범위 축소는 '보자기를 싸는 것'이다. 초심자는 크고 막연한 가설을 세우는 경향이 있는데, 넓게 펼쳐진 보자기를 작게 접어가는 것도 배워야 한다. 이때 무엇을 버리고 무엇을 마지막까지 유지할 것인지, 여기서 남는 것은 결국 가설의 '초심'이다. 따라서 가설을 명쾌하게 세우는 것이 얼마나 중요한지는 아무리 강조해도 지나치지 않는다.

일단 1년 동안 경험한 질문과 답을 도출하는 방법을 알게 되면, 이를 거듭해가면서 그보다 광범위한 질문에 대한 답을 도출할 수 있다. 예를 들어 '인생 상담'의 1년 동안의 데이터를 분석할 수 있다면, 2차 세계대전 이후 70년 동안의 자료를 분석하는 것 역시 양은 물론 방법도 같다는 것을 알게 된다. 1년에 걸친 연구성과의 결과물은 대략 학술지 투고 논문 한 권 분량으로 400자 원고지 30~40매 정도의 분량이다. 최근에는 논문이나 보고서도 6,000자나 2만자로 지정되어 있는데, 미터법이나 척도법에 익숙한 사람들이 있듯

나와 같은 세대는 400자 원고지 계산법이 원고량을 피부로 느낄 수 있기에 이쪽을 선호한다.

도쿄대학교에서는 사회학 전수 과정 학부생은 2년 동안 200매 또는 책 한 권 분량의 졸업논문을 쓰고 졸업한다. 일단 30매 분량의 논문을 쓰는 방법을 익히면, 대략 1개의 장(章)당 30매씩 7장을 쓰면 200매 분량이 된다. 학부에 들어와 입학 설명회에서 이런 조건을 들은 학생들은 모두 좌절하지만, 나는 이렇게 말한다.

"괜찮습니다. 지금까지 졸업한 여러분의 선배들은 모두 이 조건을 충족했습니다."

사실이다. 쓰기만 하면 졸업할 수 있으니까.

(9) 본 연구의 의의
(10) 본 연구의 한계

연구계획은 여기서 마치겠다. 다음으로 '연구의 의의'와 '한계'가 남았다. 연구계획서는 앞으로 이런 연구가 하고 싶다는 광고 같은 것이다. 아직 달성조차 하지 못했는데 바로 '의의'와 '한계'에 들어가냐고 할지 모르지만, '의의'는 이 연구의 성과에 어떤 연구상 이익이나 사회적 공헌이 있는지를 주장하는 부분이다. 어쨌든 아직 연구에 착수하지 않았으니 마음껏 광고해도 상관없다.

나아가 이 연구가 실현된다면 과연 어떤 성취를 이룰 수 있는지뿐만 아니라 무엇을 남길지, 이 연구로 어디까지 해결할 수 있는지, 어디서부터는 해명을 할 수 없는지를 깨닫는 것이 중요하다. 이는 연구업계에서 자기 연구의 위치를 상대화할 능력이 있음을 나타내기 때문이다. 제삼자에게 평가받을 것까지도 없이 스스로 이를 깨닫는 것은 예상되는 비판에 대한 방어이기도 하다.

예를 들어 '현대 학생의 성(性)의식'에 대해 질문지조사를 바탕으로 한 연구를 했다고 치자. 의식조사방법의 제약으로 당연히 의식에 관해서는 알 수 있으나 행동은 알 수 없다는 한계가 있다. 반대로 '의식과 행동' 쌍방에 관한 조사항목이 들어있다고 해도 알 수 있는 것은 자기신고 데이터로 실태라고 볼 수 없다. 사람은 묻는 것에만 답을 할 수 있고 질문에조차 걸치레나 오독이 있다. 하물며 성과 같이 사적이고 내밀한 주제에 관한 답변은 솔직히 사실대로 답했다고 간주하기 힘들다.

성희롱(sexual harassment)처럼 민감한 주제의 경우에는 이 한계를 의식하는 것이 중요하다. '다음 행위 중 무엇이 성희롱에 해당하는가?'를 묻는 의식조사는 할 수 있지만, '이런 행위를 지금까지 얼마나 경험했는가?'와 같은 행동조사는 여성에게 '성희롱을 경험한 적 있는가?' 남성에게 '성희롱을 한 적 있는가?'라는 젠더 비대칭적 설문이 필요하며, 나아가 이 조사 결과에 남녀 사이에서 인지적 차이가 존재한다는 사실을 알 수 있다. 여성이 '성희롱을 경험한 적 있다'는 신고보다도 남성이 '성희롱을 한 적 있다'는 답변이 훨씬 적은, 가해자와 피해자 사이에 성에 의한 인지적 갭이 존재하는 것이다. 이 데이터를 '사실'로 해석하면 증거가 있느냐, 성희롱은 여성의 피해망상이라는 비판이 나오기 쉽다. 반대로 해석하면 '성희

롱 가해자는 자신의 행위를 가해라고 인지하지 않는 경향이 있다'
는 둔감한 증명이 되지만 말이다. 어느 쪽이든 질문지조사로 알 수
있는 것은 '자기 고백'에 불과하다는 것이 자명한 '사실'이다.

또 대상의 샘플 수의 규모와 샘플 조각, 대표성의 문제 등 대상
과 방법의 제약에서 야기되는 알 수 있는 것과 알 수 없는 것의 한
계가 따라온다.

연구의 '한계'에 관해서는 종종 이런 가설은 성립하지 않는다든
지 이런 대상이 채택되지 않았다와 같은 지적이 나오기 쉬운데, 이
런 경우의 방어법을 익혀두는 것도 중요하다. '이 가설은 성립하지
않는다. 따라서 결론이 도출되지 않을 것이다' 또는 '이 대상은 이
조사에서는 채택하지 않았다'는 연구의 설계 안에 사전에 존재하
지 않는, 그래서 결과로서도 등장하지 않는 것에 관해 자각할 필요
가 있다. 그러면 '이것이 없다'라든지 '저것이 없다'는 지적에 일일
이 동요하지 않을 수 있다. 한계를 아는 것은 연구에서 다음 과제가
무엇인지 알고 있다는 뜻이기도 하다.

예상할 수 있으나 미처 놓쳐버린 한계를 지적받았다면 필살의
방어법이 있다. 이때는 무조건 변명하지 말고 이렇게 답변한다.

"소중한 의견 감사합니다. 향후 연구에 반영하겠습니다."

미완의 연구계획서

마지막으로 연구계획서의 실제 샘플을 살펴보자[도표4-2].

1. 이름: 우에마이 아이 2009년 5월 29일 ver.
2. 소속: 도쿄대학교 대학원 인문사회계열 연구과 사회학 전공 분야 석사 과정
3. 연구주제

    '혼외자 차별 철폐 운동'에서의 가족·개인의 모습과 근대가족과의 거리(공통점/차이점)를 고찰하다: '근대가족' 이후에 오는 것은 무엇인가?
4. 연구내용

    연애결혼 이데올로기·이성애 커플을 중심으로 법률혼·가부장제·적출성의 원리 등의 특징을 지닌 '근대가족'이 얼마나 구축되어왔는지, 또 얼마나 '근대가족'제도가 일본 사회에서 다양한 영향을 미치며, 생활양식·학력·고용·수입 등에서 남녀불평등을 야기해왔는가에 대해서는 사회학, 특히 가족사회학의 영역에서 수많은 연구가 축적된 '가족', '친자', '파트너십', '개인'이란 '다양하다'는 말로 형용되는 것 외에 어떤 형태로 존재할 수 있는지. '근대가족'을 비판한 운동(여성의 고용·소득개선, 동성혼, '이혼 후 300일 문제' 철폐 등)은 대체 어떤 '가족상', '개인상'을 전제하고, 목표로 하는 것인가?

    이 질문에 대한 답을 도출하기 위해 이론에서의 '근대가족 비판'을 전개해온 운동으로 '혼외자 차별 철폐 운동'을 다뤄 그들이 전개해온 논리(레토릭)를 상세하게 검토한다. 그리고 '혼외자 차별 철폐 운동'의 전제면서 이상적인 가족상이 '근대가족'상과 어떤 점에서 비슷하고 어떤 점에서 다른지, 다시 말해 혼외자 차별 철폐 운동에서는 '근대가족'의 어디까지를 허용하고 어디서부터는 허용하지 않는지를 밝힌다.

    또 '근대가족' 비판 앞에 있는 다양한 '가족', '친자', '파트너십', '개인'의 모습을 구체적으로 추출(맵핑)하고, 그 가능성 또는 아직 실현 불가능한 것은 무엇인지를 탐구하는 것이 본 연구의 목적이다.
5. 이론의 틀 (이론가설과 작업가설)

    이론가설: '근대가족'을 전제로 한 제도들. 여기서는 호적제도·상속제도의 개정을 요구할 때 '혼외자 차별 철폐 운동'에서는 특정한 이상적인 모습의(전제가 되는) '가족', '친자', '파트너십', '개인'의 모습을 형성하고 있으나, 이는 비판대상인 '근대가족'과 차이점 외에 공통점도 가지고 있어 이것이 다양하게 존재하기도 하고 때로는 서로 모순된다.

    작업가설: '혼외자 차별 철폐 운동' 참여자의 속성(혼외자 본인/부모, 양친/한부모, 나이, 학력, 직업, 수입 등)을 고려하고, 혼외자 차별 철폐 운동에 이용되는 수사법을 분석해 운동 참여자가 지향하는 '가족', '친자', '파트너십', '개인'의 모습이 다양함을 시사할 수 있다.

    또 이들과 '근대가족'과의 거리를 맵핑해 각각의 이상향(전제상) 사이의 관련성을 추출할 수 있다.

6. 연구대상
   '혼외자의 차별을 반대하는 모임'의 회원들이 발행하는 간행물·서적·사이트의 정보, 또 신문에 투고한 투서·항의문·법원에 제기한 소장을 대상으로한다. 이 모임의 활동개시 시기가 1970년대이므로 그 시기부터 현재까지의시기 구분으로 분석을 실시한다.
7. 연구방법
   담론 분석 실시. 앞과 마찬가지로 1970년대부터 현재까지 약 40년 동안 운동에서 나온 담론과 참여자의 속성과의 관련성을 발견하고 분류·분석할 예정이다.
8. 선행연구와 관련 자료
   생략.
9. 연구용 기재·연구비용
   현재 시점에서 불필요.
10. 연구일정
    2009년 7~8월: 선행연구 검토, 자료수집, 분석
          ~10월: 이론연구, 자료수집·분석
          ~12월: 자료수집·분석
    2010년 2월~: 논문집필 개시
11. 본 연구의 의의
    운동 참가자의 담론을 검토함으로써 '근대가족 비판' 운동에서의 '운동'과 '참여자'와의 관련성을 밝힌다. 이로써 이 운동이 왜 성공했는지, 또는 왜 아직도목표를 달성하지 못하는지를 구체적으로 제시함과 동시에 전망을 예측한다.
12. 본 연구의 한계
    그 밖의 '근대가족 비판' 운동과의 관련성을 제시할 수 있다면 좋겠으나. '혼외자 차별 철폐 운동'을 '근대가족 비판' 운동의 대표 격으로 취급하는 것에정당성을 부여할 수 없다.

2009년에 도쿄대학교 학부에서 대학원에 진학한 우에마이 아이가 석사 과정 1년 차에 세미나에서 제출한 연구계획서다. 이 연구계획서가 모범적으로 완벽한 샘플은 아니지만, 우에노 세미나를 학부에서 들었다면 이 정도의 연구계획서를 작성할 수 있다는 예시다. '혼외자 차별 철폐 운동에서의 가족·개인의 모습과 근대가족과의 거리(공통점/차이점)를 고찰하다: 근대가족 이후에 오는 것은 무엇인가?'라는 주제가 그 범위를 '혼외자 차별 철폐 운동'으로 한정한 것에 비해 부제가 '근대가족 이후에 오는 것은 무엇인가'로 야심적이고 좁지만, 사례 분석을 통해 발견을 일반화할 가능성이 있음을 시사한다. 이 연구계획서의 좋은 점은 가설이 명확하다는 것, 그리고 대상과 방법이 감당 가능한 범위로 접근 가능하다는 점이다. 이 연구의 '이론의 틀'은 근대가족론, 대상과 방법은 '혼외자의 차별을 반대하는 모임'의 회보와 관련 문헌의 담화 분석, 기간은 모임의 설립으로부터 약 40년 동안인데, 기간이 어느 정도 길기에 시대를 구분하겠다는 계획을 세웠다.

시대를 구분하라

시대구분에 관해 이야기해보자. 대상을 선정할 때는 어느 시대의 무엇을 대상으로 하는지를 특정할 필요가 있다. 예를 들어 '점령기의 가족법제도 1945~1952년', '남녀고용기회 평등법 이후의 여성 노동'과 같이 대상이 되는 시대를 한정한다. 이 기간이 10년에서 수십 년에 걸쳐 있는 경우에는 시대의 문맥에 변화가 예상되므로 더욱 시대를 하위 구분한다. 왜냐하면 어떤 사회적 현상도 역사적 문맥에 따라 다른 작용을 보이기 때문이다. 이를 시대구분(periodization)이라 부른다.

시대구분을 60년대, 70년대, 80년대와 같이 십진법으로 구분하는 것은 최악이다. 왜냐하면 서력의 십진법은 역사에서 단순한 우연에 불과하기 때문이다. 시대구분에는 획기가 되는 epoch-making 지표(index)를 사용한다. '획기'란 글자 그대로 '시기를 구획하다'라는 의미다. 지표에는 통계에서 상승에서 하강으로 변하는 특이점이나 제도의 변혁, 역사적인 사건 또는 미디어를 달군 사건 등을 들수 있다.

예를 들어 경기변동에 크게 관련된 대상이라면 1973년 오일 쇼크와 1991년 거품 붕괴는 두 개의 큰 획기일 것이다. 인구문제라면 1989년의 1.57 쇼크(1989년 일본의 합계 출산율이 그때까지 가장 낮았던 1966년의 1.58명보다 처음으로 더 낮아진 현상—옮긴이)가, 또 성희롱 문제라면 1989년과 1997년이 획기가 될 것이다. 왜냐하면 1989년에 '세쿠하라'(성희롱을 가리키는 일본어—옮긴이)가 유행어 대상을 수상하며 이 개념이 인구문제로써 주목받게 된 미디어 이벤트가 있었기 때문이고, 1997년에는 남녀고용기회균등법 개정이 통과해 성희롱 방지와 대책에 관한 사업주의 의무가 명문화되어 성희롱을 둘러싼 패러다임에 전환이 일어났기 때문이다.

대상 기간을 몇 년씩 시대구분하면 그 시기를 상징하는 명칭을 붙일 수 있다. 예를 들어 1986년 남녀고용기회균등법 시행 전과 시행 후의 여성의 근로 방식의 변화를 이야기하고 싶다면 '균등법 시행 전 시대', '균등법 시행 후 시대'로 이름 붙일 수 있다.

착지점을 예상하라

우에마이의 연구계획서로 다시 돌아가보자. 계획이라 해도 예상되는 연구결과, 말하자면 착지점을 예상하는 것은 중요하다. 예상한 대로 되지 않아도 괜찮다. 연구에서 예상을 뛰어넘는 결과가 도출되거나 예상이 보기 좋게 빗나가는 것만큼 연구자에게 기쁜 일은 없다.

우에마이의 연구로 예상되는 발견은 '혼외자'라는 '근대가족'에서 탈피한 가족을 구성하는 당사자들이 '가족의 다양화'를 이야기하며 의도치 않게 '근대가족'으로 회수되기 쉬운 가족 규범을 재생산할 가능성을 '가설'로 제시한다. '포스트 근대가족'이라는 구호가 있으나, 우리가 진정으로 '근대가족' 담론의 자기장에서 탈피하는 것이 가능한지가 저자의 문제의식이다. 그도 그럴 것이 혼외자의 부모 중에는 사실혼 커플이라도 혼인으로 맺어진 성·사랑·생식의 삼위일체라는 근대가족의 토대인 로맨틱 러브 이데올로기를 실제로 실천한 경우가 있기 때문이다. 이런 부부는 법적 신고라는 항목을 빼고는 '우리야 말로 진정한 의미의 사랑으로 맺어진 가족'이라고 이상화함으로써 근대가족 규범을 재강화하기도 한다. '공통점/차이점' 양쪽을 고려하는 점도 균형이 맞는다. 생략했지만 선행연구의 문헌 목록에는 관련 분야의 주요 저작을 포함한 30여 권의 문헌을 참고했으며, 우에마이 학생이 상당 부분 '근대가족론'과 관련된 문헌을 섭렵했음을 알 수 있다.

본 연구의 '의의'는 최종적으로 운동에 기여하는 것이다. 아웃사이더의 비판이 아니라 운동의 동반자로서의 실행 연구(action research)의[6] 측면도 있다. '한계'는 두 연구에서 알 수 있는 점이 정말 '근대가족'을 뛰어넘는 결과를 도출할 것인가?이다. 원래는 '근대가족 비판'이 저자의 목적이지만 여기에는 게이/레즈비언 가족이나 양자입양, 콜렉트 리빙 등 다양한 접근이 가능함은 당연하다. '근대가족 비판'이라는 혼자서는 도저히 타파할 수 없을 듯한 높은 벽에 도전하는 것은 다양한 접근 방식으로 정상을 오를 수 있으므로 저자의 작은 시도는 그중 하나라 볼 수 있다. 우에마이의 연구계획서를 샘플로 실은 것은 아무리 사소한 연구라도 시선을 멀리 둘 수 있음을 보여주고 싶어서였다. 제반의 사정으로 이 연구계획은 미완성으로 끝났으나, 그녀는 이 시기에 가졌던 의지를 지금도 계속 이어가고 있을 것이다.

연구계획서를 작성하라
(당사자 연구 버전)

설욕전

연구계획서는 지도 없는 바다 항해에 나서기 위한 지침이라고 할
수 있다. 연구계획서가 애매하고 불완전하면 잘못된 방향으로 나아
간다. 따라서 연구계획서 작성은 중요한 관문이며 이를 통과하지
않고는 한걸음도 앞으로 나아갈 수 없다. 우에노 세미나에서는 연
구계획서 대부분이 반려되고 한 번에 통과되는 경우가 거의 없다.
따라서 수강생은 재도전해야 한다.

　복수는 부드러운 용어는 아니지만, 다른 말로 하면 '설욕전'이
다. 매정하게 거절당해도 재정비해서 다시 도전하는 것을 말한다.
두 번이고 세 번이고 이를 반복하면 연구질문이 점점 선명해진다.

또 무엇을 어떻게 조사하면 될지도 알게 된다. 이런 과정을 거친 우에노 세미나의 수강생들은 졸업한 후에도 기업에서 기획서를 작성할 때 준비된 인재란 소리를 듣는다고 한다.

대학교 세미나 중에는 1년에 한 번 대학원생이나 학생들에게 연구보고서를 작성하게 하고 이를 '지도'라고 부르는 경우가 많다. 연구결과물이 나오고 나서 가설 설정법이 잘못되었다든지, 대상과 방법의 선정이 빠졌다든지, 방법론이 없다든지 하는 지적을 갑자기 받으면 학생들은 망연자실할 뿐이다. 그러니 좀 더 빨리 알려줬다면 좋았을 텐데 하고 생각하는 것도 무리는 아니다. 우에노 세미나에서는 1년에 한 번 큰 산을 넘는 것이 아니라 1년에 몇 번씩 작은 산을 넘는 훈련을 한다. 그중에서 중요한 두 가지 산이 먼저 연구계획서 발표고, 그다음은 차례 발표다. 연구계획서는 앞으로 시작할 인풋의 설계도이고, 차례는 앞으로 작성해야 할 아웃풋의 설계도다. 이 과정에서 제대로 궤도를 수정하지 않으면 나중까지 문제가 생긴다.

당사자 연구 버전

여기서는 연구계획서의 당사자 연구 버전[7]을 추가로 이야기해보자 [도표5-1]. 왜냐하면 연구계획서의 표준형 포맷보다 이쪽이 훨씬 더 이해하기 쉽기 때문이다.

최근 나는 표준형 연구계획서 대신 당사자 연구용의 오리지널 버전을 채택하는 경우가 늘었다.

앞 장에서 소개한 표준형과 거의 비슷하지만 표현이 부드러워졌을 뿐 아니라, 다음과 같은 세 가지 차이점이 추가되었다. 그리고 이 차이는 절대 사소하지 않다.

(2) 왜 이 연구를 하는가, 이 연구로 무엇을 얻을 수 있는가?(연구의 동기/획득 목표).

(3) 연구자로서 자신의 위치(포지셔닝).

(4) 반론신청의 대상은 누구인가(선행연구).

당사자 연구는 내 문제를 스스로 해결하기 위한 일종의 실행 연구라 봐도 된다. 여기에는 '누구를 위한, 무엇을 위한 연구인가?'와 같은 질문이 필연적으로 수반된다. 따라서 '본 가설을 세운 연구자는 어떤 사람인가?'와 같은 포지셔닝을 무시할 수 없다.

도표5-1. 연구계획서(당사자 연구 버전).

연구계획서(당사자 연구 버전)
이름:
(1) (주제) 어떻게 이 연구를 정의했는가?
(2) (연구의 동기/획득 목표) 왜 이 연구를 하는가, 이 연구로 무엇을 얻을 수 있는가?
(3) (포지셔닝) 연구자로서 자신의 위치
(4) (선행연구) 반론신청의 대상은 누구인가?
(5) (이론의 틀) 채택한 접근 방식
(6) (연구대상) 무엇을 대상으로 하는가?
(7) (연구방법) 어떤 방법으로 데이터를 수집할 것인가?
(8) (의의) 본 연구의 의의는 무엇인가?
(9) (한계) 본 연구에는 어떤 한계가 존재하는가?
(10) (연구비용) 본 연구에 드는 비용은 얼마인가?
(11) (연구일정) 본 연구에 어느 정도의 기간이 필요한가?

이제까지 연구는 누가 해도 같은 방법을 채택하기만 하면 같은 결과에 도달하는 객관적이고 중립적인 것이라 여겼다. 그러나 애초에 질문 그 자체는 현실에 존재하는 것에 대한 의심이나 이질감에서 나오는 노이즈다. 여러분이 누구이며 어떤 상황인지와 같은 입장과 분리될 수 없다. 연구자의 '위치'(포지셔널리티)를 밝히는 것은 이 때문이다.

　'왜'라는 질문에는 원인과 결과라는 두 가지 의미가 있다. 이 두 가지 항목을 구별하는 것이 좋을 수도 있다. 왜 이 연구를 하고 싶은지(동기), 그리고 무엇을 위해 이 연구를 진행하는지, 무엇을 얻으려 의도하는지(목적과 효과)를 구별하는 것이다. 이는 연구자의 포지셔널리티에서 생성되며 '반론신청의 대상자'라는 개념과 관련된다.

　사회학에서는 '사회문제의 구축주의'라는 패러다임 전환이 일어난 후에 사회문제 인식 방식이 180도 변했다. 지금까지 사회문제는 사회에 어떤 불일치나 기능부전이 사실로서 존재하고, 이를 원인으로 사회문제가 결과로 발생한다는 인과적 측면을 전제로 했다. 구축주의 패러다임이 성립된 후에 '사회문제'는 인간이 사회문제라고 정의한 현상, 즉 이는 특정 현상을 사회문제라고 정의하는 인간의 행위(claim making activity)[8]로 인해 구축된다는 의견이 정착되었다(나카가와, 1999).

　예를 들어 성희롱이나 가정폭력과 같은 개념을 살펴보면 이를 이해할 수 있을 것이다. 예전에는 '괴롭힘'이나 '놀림'이라 부르며 문제라고조차 생각하지 않았던 것을 '세쿠하라'라고 정의해 문제시한 사람들이 있었기 때문에 '세쿠하라'가 사회문제로 부상했다. 따라서 데이터를 보고 '성희롱이 증가했는가?'와 같은 가설을 세우는 것은 무의미하다. 명백하게 증가했음을 알 수 있는 것은 '성희롱 신고 건수'지, 성희롱 실태가 아니다. 그보다 범주화되기 이전의 '실태'란 결국 알 수 없다고 할 수밖에 없다.

반론신청의 대상

문제가 문제로 성립하기 위해서는 현상에 만족하지 못하는 누군가가 이를 문제로 제기해야만 한다. 따라서 문제에는 반드시 '청자(addressee)'가 있다. 이는 같은 현상을 '문제'로 간주하지 않았던 지금까지의 연구(선행연구)라든지 '문제'를 만든 제도나 사회 또는 특정인이나 그 집단이기도 하다.

'반론신청의 청자'라는 전문 개념을 거의 완벽하게 설명한 우에노 세미나의 수강생이 있었다. 도쿄대학교를 퇴직한 후에 근무한 리쓰메이칸대학교 첨단학술종합연구과 대학원에는 다양한 사회인 학생들이 들어왔다. 그중 과로사 가족 모임을 설립해 활동하는 여성이 있었는데, 20년 이상 지속해온 자신의 활동을 구체화해 학위 논문을 쓰고자 하는 마음에서 진학한 것이었다.

'반론신청의 청자'라는 개념이 잘 이해되지 않는다는 그녀에게 같은 수업을 듣는 수강생들이 다음과 같은 말을 해주었다.

"당신이 멍청하다고 욕해주고 싶은 상대를 말하는 겁니다."

그러자 그녀가 바로 이렇게 대답했다.

"멍청하다고 제일 말해주고 싶은 사람은 이미 죽은 사람인데요."

일본에서 과로사가 산업재해로 인식받은 지 20년이 조금 넘었다.[9] 과로사가 과로사로 인정받기 위해서는 유족이 사망과 업무와의 인과관계를 증명해야만 한다. 신청한다고 모두 인정받는다고 할 수도 없다. 인정받을 것을 고려해서 고인에게 '멍청하다고 말하고 싶다'라며 원망을 참아온 것이다. 고인의 가족 입장에서는 왜 죽었는지, 죽을 만큼 힘들었으면서도 왜 말하지 못했는지, 죽을 정도로 일할 필요는 없었다고 원망하고 싶은 마음이 클 것이다. 그녀가 남편을 잃은 지 25년이 지났다. 오랫동안 묻어 둔 말이 한꺼번에 터져 나오는 순간이었다. 학술용어에 살아있는 피가 흐를 때는 이런 순간이다.

가설을 설정하는 것은 '멍청이라고 말하고 싶은 상대'가 있어서다. 참을 수 없어서, 납득할 수 없어서, 그냥 두고 볼 수 없기 때문이다. 그리고 이는 여러분이 여러분이기에 설정할 수 있는 가설이다.

이렇게 말하면 그런 연구는 주관적이라는 의견이 나올 수도 있다. 학문은 '중립적·객관적'이어야 한다고 주장할 수도 있다. 나는 이를 '중립·객관성의 신화'라고 부른다. '신화'라는 것은 근거 없는 신념의 집합이다. 가설은 이미 주관적인 것이다. 이는 '내 가설'이지 '타인의 가설'이 아니기 때문이다. '내 가설은 나밖에 해결할 수 없다. 왜냐하면 나는 나에 대한 전문가이기 때문이다'. 바로 이 지점이 '당사자 연구'의 출발점이다.

주관적 가설에 경험적 근거를 제시하고 유무를 따지지 않고 결론을 도출하는 것이 경험연구다. 그리고 그 '가설'의 출발점은 이미 '자신'에게 비롯되었다.

중년남성의 연구계획서

여기서 당사자 연구 버전 연구계획서의 실례로 어떤 것이 있는지 소개하겠다. 나는 릿쿄 세컨드 스테이지 대학이라는 곳에서 특임교수를 지냈다. 릿쿄 세컨드 스테이지 대학(약어 RSSC)은 학교교육법에 의한 교육기관이 아니다. 응시자격이 50세 이상인 고령자를 위한 평생교육 기관으로, 설립한 지 10년이 지났으며 매년 70명의 정원을 넘길 정도로 인기가 많다. 가장 큰 장점은 이케부쿠로 부도심에 있다는 점이다. 캠퍼스 시설을 자유롭게 사용하고, 젊은 학생들과 함께 수업을 들을 수도 있다. 게다가 무엇보다 남녀공학이다! 캠퍼스에서 이케부쿠로역까지의 화려한 번화가에서 노년 대학의 즐거움을 한껏 누릴 수 있다. 현재 수강생의 인터뷰조사로 알게 된 것 중 하나는 남녀수강생의 '의류비가 증가했다'는 사실이다. 남성의 시선을 의식하며 외출할 곳이 생겼기 때문일 것이다.

아, 중요한 교육내용을 잊을 뻔했다. 릿쿄 세컨드 스테이지 대학의 장점은 소수정예 세미나 방식으로 진행된다는 점이다. 대학교육의 묘미는 교사와 학생이 머리를 맞대고 함께 토론하는 세미나다. 고등학교까지 이런 경험을 해보지 못한 학생들에게 대학의 세미나 수업은 동경의 대상 중 하나이기도 하다. 1년 동안 세미나에 소속되어 세미나 수료 논문을 제출하고 졸업하는 시스템이다. 이 세미나 수업 방식은 문화 강좌로 부족한 고급 강의를 듣고 싶은 수강생들에게 매우 좋은 평가를 받으며, 1년제 본과를 수료한 후에도 전과나 연구생으로 몇 년이나 수업을 더 듣는 학생도 있을 정도다. 각지 대학의 사회인을 대상으로 한 평생교육 프로그램 중에서 릿쿄세컨드 스테이지 대학은 성공적인 사례로 꼽힌다. 다치바나 다카시가 진행한 '현대사 속의 자기 역사'라는 강좌가 있었다.[10] 다치바나 교수 후임으로 내가 채용되었는데, 여기서 '당사자 연구' 세미나를 시작했다.

여기서 오토모 야스시(가명, 60대, 남성)의 연구계획서가 나왔다[도표5-2].

오토모 씨는 정년퇴직자다. 지금까지는 회사를 중심으로 생활했고, 집안일은 아내에게 맡겨온 전형적인 일본의 가장이다. 정년을 맞아 지금까지의 생활에 변화가 찾아오면서 앞으로 아내와의 관계를 재구축하고자 하는 생각이 연구의 계기다. 이대로는 안 된다는 위기감이 들었던 것이다.

연구계획서의 원래 제목은 '나(남편)의 은퇴 후 부부관계의 재구축'이었으나 '지향하라, 가정 내 재혼'[11]으로 수정했다. 이를 통해 연구의 목적이 무엇인지 명확해졌다. 자신의 위치를 '동반자'만 아니라 '기생자'로 정의한 점은 눈여겨볼 만하다. 반론신청 대상이 '아내'라는 것에 이질감을 느낄 수 있지만, 본 연구의 진짜 대상자는 '아내' 한 명이다. 반론에는 부정적 이의뿐 아니라 긍정적 이의도 있으므로 '다시 한번 더 하는 프러포즈'에 '예스인지 노인지 대

연구계획서(당사자 연구)

이름: 오토모 야스시
소속: RSSC 본과
연구주제: 지향하라, '가정 내 재혼'※
('나(남편)의 은퇴 후 부부관계의 재구축'이라는 제목에서 수정)
※ '가정 내 재혼': 콘도 유타카, 《가정 내 재혼》에서 인용
연구내용(왜 이 연구를 하는가/연구의 획득 목표):
결혼 후 36년 동안 지금까지의 부부관계(역할분담)는 돈을 버는 사람(남편)과 이를 내조하는 사람(부인)이라는 관계로 역할분담이 이뤄졌으나, 내(남편)가 은퇴하면서 이 시스템이 무너졌다. 남은 부부의 인생을 보다 의미 있게 보내기 위해 부부간의 역할분담을 포함해 새롭게 '부부'관계를 점검하고 새로운 시스템에 맞는 부부관계를 재구축(가정 내 재혼)한다.
선행연구(반론신청의 대상): 아내
연구자로서 자신의 위치(포지셔닝): 부인의 남편, 협력자, 공생자, 기생자로서의 남편
이론의 틀(채택한 방법):
• 남편과 아내의 관계가 변하면 지금까지 보지 못했던 부부간의 인격(바라는 점)이 나타나지 않을까?
• 아내가 지금까지의 부부간 역할분담하에서 억눌러온 것(원래 하고 싶었던 것)이 있지 않을까?(가설)
연구대상: 부부(혈연관계가 아닌 남성과 여성의 공동체)
연구방법: 부부관계(역할분담)의 인터뷰조사를 기본으로 분석
인터뷰 대상자: 아내, 장남, 장녀, 차남, 차녀, 친구(2명) 총 7명
연구의 의의와 효과:
자신과 아내 각자가 앞으로의 인생을 의미 있게 보냄과 동시에 자녀와 손자 그리고 친구와 활기차게 생활할 방법을 제시함으로써 건강한 삶을 추구
연구일정: 다음과 같이 인터뷰를 진행하고, 이를 바탕으로 연구결과를 도출
인터뷰 시기: 6월(나의 퇴직 직전), 9월(퇴직 3개월 후), 12월(퇴직 6개월 후)

답해줘'라고 묻고 싶은 상대는 그 누구도 아닌 아내다. 따라서 이 접근은 타당하다.

연구방법은 직접 상대에게 물어야 하는 인터뷰조사다. 조사대상 자에 아들과 딸, 친구 부부를 포함한 것은 사실은 덤이다. 정말 진심을 묻고 싶은 상대는 아내뿐이지만, 아내만을 목표로 하면 너무 노골적이니 주변 사람을 대상자로 포함해 '연구를 하기 위해서'라고 위장한 것이다. 부부나 부모 자식 사이에서는 새삼스레 지나간 일과 앞으로의 일을 말하기 힘든 부분도 있기에 '지금 이런 연구를 하고 있는데 협조 좀 해줄 수 있을까?'라는 말은 물꼬를 트는 데 훌륭하게 쓰일 수 있다.

기간을 두고 반복해서 인터뷰한 것도 현명한 방법이라 생각한다. 정년 후에는 라이프 스타일과 부부관계도 시간이 흐르면서 변하기 마련이다. 오토모 씨는 친구 부부를 이미 인터뷰했는데, 그 결과 부부관계는 각양각색이라는 사실을 알게 되었다. 다른 부부의 관계를 봐도 그다지 참고가 되지 않았다는 것이다. 실제로 아내를 인터뷰하자, '당신은 자기 입장만 생각하는 자기중심적인 사람'이라는 대답이 돌아왔으며 배려했다고 생각한 그의 자기인식이 완전히 무너져내렸다. 직접 묻지 않으면 알 수 없는 법이다.

은둔형 외톨이 청년의 연구계획서

당사자 연구 버전의 연구계획서를 한 가지 더 소개하겠다[도표5-3].

연구계획서

1. 이름: 데루
2. 소속: A 방과 후 아동 교실
3. 이 연구의 이름을 어떻게 지을 것인가?(주제):
   '손님에게 싸게 술을 제공하는 편한 음식점인 '아카 초칭'(16세기 말경 술을 팔던 술집으로 붉은 등롱을 가게 앞에 걸어두는 것에서 유래함—옮긴이)처럼 아이들이 부담 없이 들를 수 있는 장소를 제공할 수 있는가?'
4. 왜 이 연구를 하는가?(연구의 획득 목표):
   본 연구의 목적은 주로 초등학생을 비롯한 아동이 학교와 가정과의 사이에 '제삼의 장소'를 가질 수 있을까?'라는 질문에 답을 하기 위해서다. 유소년 시기부터 '등교 거부'나 '가정파탄'과 같은 사건을 겪어 '학교와 가정 어디에도 마음을 두지 못했던' 본인의 경험에 비춰 '등교 거부'라는 낙인이 찍히고 나서는 이미 늦은 것이 아닐까. 수많은 아이의 니즈는 이 이전에 학교와 일상생활 속에 존재했던 것이 아닐까 같은 질문이 본 연구의 출발점이다. 연구에 앞서 현재 현장인 '방과 후 아동 교실'에서의 실천을 중심으로 고찰한다. 특히 본 연구에서는 '도망갈 곳'으로서의 방과 후 역할을 명확히 하는 것을 목표로, 여기서는 하나의 메타포로서 '아카 초칭'이라는 키워드를 사용한다.
5. 선행연구(이미 밝혀진 사실, 밝혀지지 않은 사실/반론신청의 대상은 누구인가)
   등교 거부 당사자가 '아동의 방과 후'에 대해 연구를 진행한 것은 기토리에의 《요코하마 학동 보육의 행방》(고타테 에이지 세미나 · 우에노 지즈코 세미나, 2000년)이 있다. 이 연구는 방과 후에 아동이 머무는 공간에 대해 '교육적'인 목표를 가진 어른의 관리하에 아이들의 자유로운 놀이를 규제하는 실태를 지적하는 '놀이 공간의 학교화' 문제를 필드 워크를 통해 지적한다.
6. 연구자로서 자신의 위치(포지셔닝):
   예전에 '학교와 가정 어디에도 마음 둘 곳이 없었던' 당사자인 연구자가 초등학생을 중심으로 방과 후라는 필드를 대상으로 한 연구라는 점에 본 연구의 독자성이 있다. 따라서 '나'의 포지셔닝은 현장과 연구 '양쪽을 아우르는 사람'이며, 본 연구는 현장에서의 '경험지식'과 연구로 인한 '전문지식'을 적절히 배합하려는 시도를 실현한다.

7. 이론의 틀(채택한 방법):
   포지셔닝에 대해서는 《당사자주권》(나카니시 마사시 · 우에노 지즈코, 2003), 그리고 연구에서 이론의 틀로서 《탈아이덴티티》(우에노 지즈코, 2005)를 중심으로 채택한다. 본 연구는 아카 초청에서의 다양한 관계성 속에서 새로운 일면을 발견하고 구축되는 것에 의해 극도로 동일화된 자기를 복수화하는 것이 어느 순간 '도망갈 곳'이 될 수 있음을 증명하기 위한 접근이다.
8. 연구대상:
   방과 후 아동 교실이나 이곳에 다니는 초등학교 1~6학년, 그리고 가끔 '잠깐씩' 들르는 중학생, 고등학생, 대학생. 비교 대상으로 '어른들의 도망갈 곳'이며 가볍게 들르는 싼 술집 등을 대상으로 함.
9. 연구방법:
   여기서는 질적 연구를 채택해 2013~2016년까지의 'A 방과 후 아동 교실'에서의 참여관찰과 필드 노트인 메모 작성 등으로 얻은 1차 데이터를 바탕으로 데이터를 분할해 카드시스템으로 내용 분석을 통해 이론을 구축하는 것을 목표로 한다.
10. 연구의 의의와 효과:
    아동의 풍요롭고 안전한 방과 후를 실현하는 것은 바꿔 말하면 이와 관련된 부모의 인생이 풍요로워야 한다. 말하자면 아이의 학교와 일상생활의 조화를 고려하지 않고서는 그 보호자이자 돌봐야 할 책임이 있는 부모의 일과 일상생활의 조화는 불가능하다. 본 연구는 케어의 사회화에 의한 '케어의 책임을 분산'하는 것을 추진한다.
11. 연구비용: 문구비와 교통비 등
12. 연구일정: 올해 완성을 목표로 향후 현장에서의 실천과 연구에 대한 응용 지식을 살린다.

이는 리쓰메이칸대학교 우에노 세미나에 청강생으로 참여한 데루 학생의 연구계획서로, 그는 등교 거부 경험자인 30대 젊은이다. 오랫동안 은둔형 외톨이 생활을 했으나 한 지자체의 방과 후 아동 교실에서 비상근 지도자를 맡게 되었다. 자신의 경험을 살려 이곳에 오는 아이들과의 소통을 통해 아이들에게 필요한 것이 무엇인지를 연구하고 싶다는 당사자성이 강한 연구다. 그의 연구 동기에는 자기가 어렸을 때 이런 곳이 있었다면 좋았을 것이라는 생각이 담겨 있다.

'아이들을 위한 아카 초칭'이라는 표현에는 '학교와 가정 어디에도 마음 둘 곳'[12](기토리에)이라는 함의가 있다. 어른도 직장에서 바로 집으로 돌아가기 싫은 날이 있다. 이는 내가 세미나에서 사용한 용어를 그가 기억한 것이다. 학생 시절 교토의 번화가에서 개구쟁이 아이들을 대상으로 학습 학원의 강사를 할 때, 아이들이 공부를 너무 싫어해서 하루는 "너희들 수업료를 내고 다니는 거잖아"라고 했더니 아이들이 이렇게 대답했다.

"선생님. 저희는 학교랑 집에서 마음 편히 지내지도 못해요. 여기서만은 좀 쉬게 해주세요."

그 후로 나는 내 역할을 아이들을 위한 아카 초칭의 주인이라고 생각했는데, 이 '아카 초칭'이라는 단어가 데루 군의 심금을 울린 것이다.

세미나 수강생들로부터 '아카 초칭이 별로다', '너무 우에노 교수님의 개념을 따라했다', '좀 더 적절한 개념이 있으면 좋겠다'라며 계속해서 비판이 들어왔고, 그는 결국 올덴버그의 '제삼의 장소 (the third place)'[13]라는 개념을 사용했다(Oldenburg, 1997=2013). 이 '제삼의 장소'가 '이념적 틀'에 해당한다. '제삼의 장소'도 정의가 애매한 개념이지만 그래서 오히려 사용하기 쉬운 면도 있고, 또 학문의 세계에서 공유재로 유통되기 때문에 사용이 손쉽다는 장점이 있다. 어른의 세계에 '제삼의 장소'가 필요하다면 아이들에게도 필요하다고 할 수 있고, 나아가 시각적인 공간까지 포함한 개념으로 확장한다면 지금의 아이들이 스마트폰이나 게임에 매몰된 버추얼한 관계도 '제삼의 장소'로 개념화해 분석할 수 있다.

데루 군의 연구는 현재진행형이다. 한창 연구가 진행되는 중에 예산이 떨어지면 연구의 진행 여부가 불투명해지므로 혹시 그가 지도원 직업을 잃어서 먹고살기 힘들어지면 어쩌나 싶지만, 나는 이 연구에서 결과가 도출되기를 무척 기대한다. 그도 그럴 것이 아이들을 위한 '제삼의 장소'가 필요하다, 왜 필요한가, 어떻게 하면 이를 운영할 수 있는가, 자금은 어느 정도 조달해야 하는가의 노하우는 축적되어 있다. 그러나 중요한 아이들이라는 '손님'을 어떻게 대해야 할지, 아이들이 필요로 하는 것이 무엇인지, 아이들이 어떤 성향인지, 매일 눈앞에서 벌어지는 문제들에 어떻게 대처해야 하는지, 현장에 관련된 지원의 노하우에 대해서는 별로 알려진 것이 없기 때문이다. 그러므로 데루 군의 연구결과를 기대한다.

III부

이론도 방법도
사용하기 나름

방법론이란 무엇일까?

이론은 현실 해석 도구

아마 많은 신입 연구자가 좌절하는 부분이 연구계획서의 '가설'이나 '이론적 틀'일 것이다. 다른 말로 하면 방법론이다. 모든 사회학 강의는 방법론을 위한 것이라고 말해도 과언이 아니므로 여기서 조금 짚고 넘어가겠다.

방법론은 영어로 methodology라고 한다. 종종 방법론이라고 하면 '설문조사'라고 답하는데 이는 오해다. 설문조사라는 것은 조사방법(survey method)이지 연구방법(research method)이 아니다. 조사와 연구는 별개의 영역이다. 조사는 다음 장에서 설명하겠지만 데이터 수집 방법의 하나에 지나지 않는다.

여기서 이론에 대한 알레르기 반응을 치료하고 넘어가자. 이론이란 현실을 해석하기 위한 도구라고 생각하면 쉽다. 이론은 서로 논리정합적 관계인 개념의 집합으로 구성되어 있다. '개념(concept)'은 '내부에 내포된 것(conceive)'이라는 단어에서 유래했는데[1] 특정 현상을 해석하기 위해 만든 용어다. 개념은 현실을 해석하기 위한 장치(conceptual apparatus)다. 새로운 개념은 그 이전의 개념으로 설명할 수 없는 새로운 현상을 표현하기 위해 만들어진다.

이론이 성립되어 정밀한 개념장치로 정립했을 때, 이를 이념체계라 한다. 좋은 예가 마르크스 이론인데 '상품', '가치', '시장', '자본' 등의 개념 집합이 서로를 설명하고 훌륭한 폐쇄계(closed system)를 이루기에 그 이론에서 밖으로 나오는 것은 도저히 바람직하지 않다는 기분마저 든다. 잘 정립된 이론은 예외조차 설명하는 장치를 가진다. 그러나 어떤 이론이라도 사각지대가 존재하며 그 이론으로 설명할 수 있는 것과 설명하지 못하는 것이 있다.

참고로 마르크스 이론은 여성이 사적인 영역에서 행하는 가사를 '노동'으로 개념화하지 않았다. 오늘날 우리가 사용하는 '가사노동' 개념은 마르크스 이론의 사각지대에 존재해 마르크스가 보지 못한 대상에 '노동'이라는 개념을 확장해 재정의한 것이다. '가사노동'은 생명의 재생산 활동 중 '제삼자에게 이전 가능한 행위'로 정의된다. 따라서 타인이 대신해서 수행하게 할 수 없는 식사나 수면은 노동이라 하지 않지만, 가사나 육아·개호는 '노동'에 포함된다. 참고로 마르크스는 생식에 '타자의 재생산'이라는 훌륭한 정의를 부여했다. '타자의 재생산'은 노동이다. 가사에 한정되지 않고 섹스는 특히 아웃소싱으로 해결할 수 있는 노동이 되었고, 생식기술의 진보와 함께 임신이나 출산도 '제삼자에게 이전 가능한 행위', 즉 노동에 포함될 것이다.

영어의 노동(labor)은 원래 진통을 의미하는 말이다. '출산의 고통' 중에서 물체의 생산 활동만 들어 생명의 재생산 활동을 제외한 것은 마르크스가 '성의 맹인(sex blind)'이라는 둥 후세에 마르크스주의 페미니스트로부터 비판받게 하는 원인을 제공했다(우에노, 1990/2009). 마르크스주의 페미니스트는 마르크스 이론에 충실한 페미니스트가 아니라 마르크스 이론에 도전하는 페미니스트를 가리킨다. 나 또한 그중 한 명이었다. 아, 흥분해서 그만 옆길로 샜다.

가설 설정과 문제의식

좀 더 간단한 예를 들어 '가설', '이론적 틀', '방법론'의 관계를 설명하겠다.

여러분이 '고독사가 증가하는 이유는 무엇일까?'라는 가설을 세웠다고 가정하자. 이 가설에는 이미 '고독사가 증가하고 있다'는 명제가 전제되어 있다. 그런데 이 명제는 올바른 것일까? 이를 위해서는 데이터가 있어야 하는데 데이터를 확보하기 위해서는 '고독사'가 무엇인지 정의가 필요하다.

'고독사'에는 정해진 정의가 없지만, '집에서 누구의 간호도 받지 못하고 사망한 후 24시간 이상이 지나고 나서 발견되는 경우로

사건성이 없는 것'이다. 이 '24시간 법칙'(도쿄 기준)이 지나치게 엄격하다는 의견도 있고, 지자체나 운용에 따라 사후 4일부터 1주일 이후까지로 제각각이다. 전부터 '변사'나 '객사'라는 개념이 있었기에 '고독사'는 '자택 사망'이 전제다. 가설의 배후에 문제의식이 자리하고 '반론신청의 대상'이 있다면 이런 가설에는 고독사는 나쁘다, 증가하는 것은 바람직하지 않다, 어떻게 하면 줄일 수 있을까와 같은 가치관이 이미 전제된 것이다.

고독사의 정의가 제각각이어서 애초에 통계 내기도 어렵고 증감도 명확히 알기 힘들다. 일본 정부의 인구동태 통계에는 '입회자가 없는 사망'이라는 개념이 있는데, 통계에 따르면 확실히 증가하고 있으며 2010년에는 1년에 2,000건을 넘었다. 처음부터 통계의 범주에서 '입회자가 있는 사망'과 '입회자가 없는 사망'을 구별하는 것 자체가 '입회자가 없는 사망'을 문제로 부각하는 개념장치에 근거한다. '입회자가 없는 사망'을 '고독사'라 개념화하는 것 자체가 '고독'이라는 부정적 함의를 수반해 '일어나서는 안 되는 일'이라는 반론신청 활동의 일종으로 간주할 수도 있다. 여기서 '고독사 방지대책'도 나온 것이다.

그렇다면 도대체 누가 반론을 제기하는 것일까? 여러분이 '고독사'라는 개념을 만든 것이 아니므로 누군가로부터 영향을 받았을 것이다. 그 누군가는 대부분 '미디어'다. 미디어는 반론신청의 확성기 역할을 한다. '입회자가 없는 사망'의 통계가 1999년부터 시작되었으므로, 이보다 앞서 1995년에 발생한 한신대지진 시기에 임시주택에서 일어난 재해 고독사가 사회문제로 부상한 것과 관련 있을 것이다.

'고독사'라는 개념을 채택해 '고독사가 증가하는 이유는 무엇인가?'라는 가설을 세울 때, 이미 여러분은 '입회자가 있는 사망'을 '입회자가 없는 사망'보다 바람직한 죽음이라고 가치판단을 내렸다.

'입회자가 있는 사망'은 가족이나 의료·개호 담당자가 입회하는 것, 즉 동거가족이 있는 자택에서의 사망이나 병원이나 시설에서 사망하는 경우다. 자택에서 죽는 경우 가족의 간호를 받고, 이것이 여의치 않다면 병원이나 시설에서 전문 간호를 받다 죽는 것이 '바람직하다'는 판단이 전제되어 있다. 집에는 간호를 위해 24시간 대기할 수 있는, 주로 며느리인 경우가 많으나 누군가가 있어야 한다는 것이 전제된 듯하다. 요즘처럼 집에 누군가 24시간 있는 것을 생각하기 힘든 시대에 간병을 위해 가족이 '붙어 있는' 것은 거의 조건에 부합하지 못한다. 여기에 가족이 자는 사이나 잠깐 눈을 돌린 사이에 사망하면 '입회자 없는 죽음'이 되는 것일까?

'고독사'의 문제는 도대체 무엇일까? 1인 가구가 이만큼이나 증가했으니 1인 가구에서 입회자 없는 사망은 당연한 현상인데, 이것이 증가한다고 해서 무엇이 나쁘냐는 의견도 있다. 가족과 함께 산다고 해도 가족 구성원이 거의 모두 노동에 참여하는 오늘날에는 가족이 없는 사이에 '입회자가 없는 사망'이 발생하는 사례는 얼마든지 많다.

'고독사'가 문제인 것은 고독사가 피해를 준다고 생각하는 사람들이 있기 때문이다. 인간은 자기 혼자서 죽을 수 있지만 죽은 후 시신 처리는 자기가 할 수 없다. 시신은 날것이기 때문에 사후에 발견이 늦어지면 부패해 악취를 풍기거나 집을 오염시킨다. 이웃들이 피해를 보는 것뿐만 아니라 가족의 부담이 커지거나 집주인의 입장에서는 물건에 손해가 발생한다. 그러면 '고독사'의 정의 중 '입회자가 없는 죽음'이 문제인 것이 아니라 '사후 일정 시간 이후까지 발견되지 않는 것'이 문제가 된다. 그렇다면 발견이 일정 시간 내에 이뤄지면 되는가, 사후 통보 시스템만 갖춰지면 되는 것이 아닐까? 이 정도의 대책은 기술적으로 간단히 해결할 수 있다. 집에 있는 것이 확인되는데 수도 사용량이 24시간 이상 변동이 없으면 화장실을 24시간이나 사용하지 않는 사람은 없으므로 자동으로 통보되는 시스템이 작동하거나, 감시사회에 거부감이 없다면 집안에 센서나 cctv를 설치해 24시간 동안 움직임이 감지되지 않으면 통보해주는 시스템이다. '피해를 주는' 문제는 이로써 해결할 수 있다.

그러나 '입회자가 없는 사망'을 '불행한 일'이라고 생각하는 사람도 있고, '고독사'를 '고독한 인생'으로 치환하는 사람도 있다. 그러면 '고독사'의 발견이 늦어지는 것을 방지하려는 문제의 제기 방식은 '고독한 인생'을 없애려는 별도의 문제로 바뀐다. 그리고 물론 이 가설이 훨씬 해결하기 어렵다. 무엇을 '고독한 인생'이라 정의할지는 '고독사'의 정의보다 훨씬 어렵고, 게다가 본인이 '고독한 인생'을 스스로 선택한 경우에는 제삼자가 이를 '문제'라고 정의하기 어렵기 때문이다.

1인 가구의 증가와 고독사 문제

고독사 증가는 1인 가구가 증가했기 때문이다. 1인 가구의 증감 여부는 인구동태 통계의 가구 구성을 보면 바로 알 수 있다. 1인 가구는 전 연령층에서 증가하는 추세다. 젊은층 1인 가구를 문제시하는 사람은 없으므로 여기서는 '1인 고령 가구'가 문제다. 노인을 홀로 방치하다니 대체 가족은 무엇을 하는 거냐며 책망하는 의견이 가설의 배경에 있다.

그런데 '입회자가 없는 집에서의 사망' 통계에 따르면 60세 이상부터 65세 미만 연령층의 사망자 수가 훨씬 많았으며 게다가 압도적으로 남성이 많았다. 65세 이상 고령자의 수는 더 적었다. 그렇다면 '고독사'는 '고령자의 문제'가 아니라 '중년층 남성의 문제'라고 말해도 좋을 것이다. 이 연령층 남성의 이혼율과 비혼율이 증가하는 추세고, 그들이 고령자층에 편입되고 있다. 그러면 이는 '싱글 남성의 문제'라고 바꿔 불러야 할지 모른다. '고독사'에 앞서 '고독한 인생'은 가족이 없는 싱글 남성의 문제라고도 할 수 있으나, 타인과 교류하지 않고 도움을 청하지 않는 것은 그들의 선택이기 때문에 당사자가 '문제'로 간주하지 않는 문제에 '해결'이 필요한지 알 수 없다. 그러면 '고독사'는 점점 '죽는 사람'의 문제가 아니라 피해를 받는 주변, 즉 '남겨진 사람'의 문제가 된다.

남성의 이혼·비혼에 실업이나 빈곤 등의 사회경제적 요인이 크게 연관된다는 사실은 잘 알려져 있으나, 마찬가지로 빈곤에 시달리는 이혼·비혼 여성의 '고독사' 건수는 적기 때문에 빈곤만이 문제라 할 수 없고 성이 관련된 '고립'이 문제인 듯하다. 곤란한 상황 속에서 '도움을 청하지 않는 것'은 '도움을 청할 수 없는' 남성의 문제라 생각할 수 있다. 그렇다면 여기서는 '남자다움'과 관련된 젠더 이론을 채택할 수도 있다.

최근 죽음을 준비하기 위해 중장년층 독신 남성들이 이시가키섬으로 이주한다는 이야기를 지역 방문 간호사에게 들었다. 아파트를 빌려 연금으로 생활하면서 주변과 교류하지 않고 지역에 참여하지 않으나, 병이 들면 의료보험을 사용하고 개호가 필요해지면 개호보험을 사용한다고 한다. 가족은 없고, 있어도 없는 것과 같은 상황. 그래도 마지막 정리는 스스로 할 수 없으므로 사망신고부터 화장, 납골당 안치까지 케어 매니저나 방문 간호사가 무료로 도와주는데 그 수가 생각보다 훨씬 증가하고 있어 힘들다는 이야기였다. 이는 스스로가 선택한 자택에서의 죽음이고, 나아가 행정의 도움으로 조기 발견되는 주도적인 고독사이므로 본인은 흡족할지 모른다. 만약 사후 처리를 업자가 돈을 받고 해주는 시스템이 있다면 지자체에는 세수도 발생한다. 오히려 지금까지 도움을 준 지자체에 약소한 자산이라도 기증된다면 다소 온당하지 않더라도 천국에 가까운 '남쪽 섬에서 저세상으로 떠나는 여행'이라는 새로운 '간호 비즈니스'가 탄생할 수도 있다.

가족의 개인화 이론가설

그런데 '고독사가 왜 증가하는가?'라는 가설을 세울 때 가설을 세운 사람은 이미 '왜?'에 대한 대답을 잠정적으로 가지고 있다. 이를 가설이라 말한다. 1인 가구가 증가하는 것 자체가 문제라기보다 1인 가구가 된 가족 사이에 서로 연락을 끊었다든지 지역과의 교류가 없다는 등의 원인을 고려해볼 수 있다. '가족이 뿔뿔이 흩어졌기 때문에'나 '지역사회가 무너졌기 때문에' 등은 아직 검증되지 않았으므로 이를 '가설'이라 부른다. '가족이 뿔뿔이 흩어졌다'는 것을 사회학에서는 '개인화'라고 개념화하고 '가족의 개인화 가설'(메구로, 1987)이라 부른다.

'개인화'라는 개념은 '개인주의화'와 매우 유사하지만 이와 구별하기 위해 생긴 개념이다(Beck, 1986=1988/1998).[2] 개인주의화는 역사가 있는 용어로 사회가 근대화하면 반드시 그에 수반되어 발생하는 변화의 하나라고 여겨졌다. 개인주의의 반대는 집단주의다. 개인주의의 좀 더 간단한 정의는 '국가나 가족 등의 귀속집단보다 개인의 이익을 우선시하는 태도'를 말한다. 그러나 근대화는 그 자체로 '좋은 것'이라고 가치판단이 내려졌으므로, 근대화에 수반된 개인주의에는 '합의적 의사결정이 가능한 자율적 주체'의 성립이라는 긍정적 함의가 부여되었다. 이 '개인주의'와 구별해 개인주의의 부정적 측면인 '자기 이익만 추구해 집단적 가치와 관계를 소원하게 생각하는 경향'에 대해 '개인화'는 좋지 않다고 생각한다. 개념은 현실을 해석하는 도구라고 하는데 새로운 개념의 탄생은 이제까지는 설명할 수 없었던 현상을 설명할 수 있도록 인식적 가치를 부여하는 이점을 가져온다.

이 '가족의 개인화'를 이론가설이라 부른다.

그런데 '개인주의화'도 '개인화'도 여러분이 만든 것이 아니라 이미 존재하는 이론에서 생겨난 개념이고, 이 이론은 사회학 분야에서 나타나 다듬어진 개념이다.

그렇다면 누가 어떻게 이 개념을 사용해왔는지, 그 개념이 적절하게 사용되었는지, 같은 개념을 자신이 세운 가설에 적용하는 것이 가능한지, 이를 위해서 개념을 변형할 필요가 있는지 등을 검토해야 한다. 거듭 강조하지만 개념은 도구이기 때문에 도구에 맞춰 현실을 가공하면 오히려 현실이 왜곡될 수 있다. 현실이 변하면 도구를 이에 맞춰 변경해야 할 필요가 생긴다. '개인화'라는 개념이 등장한 것도 '개인주의화'만으로 설명할 수 없는, 척도에 부합하지 않는 현실이 등장했기 때문이다.

여러분이 세운 것과 같은 가설을 다른 사람이 다른 방법으로 해석하려고 한 그 축적을 검토하는 것이 '선행연구의 비판적 검토'다. 어떤 도구라도 이를 사용함으로써 얻을 수 있는 것과 그렇지 않은 것 양쪽 측면이 있다. 이 양쪽 모두를 점검함으로써 아직 답이 도출되지 않은 가설에 아직 채택되지 않은 도구, 또는 완전히 새로운 도구를 사용한다는 입장을 표명하는 것이 '방법론' 또는 '이론적 틀'이라고 불리는 부분의 과제다.

이론가설에서 작업가설로

'가족의 개인화' 가설을 어떻게 증명해야 할까? 이를 검증 가능한 경험적 명제로 반영한 것을 '작업가설'이라 한다.

'가족이 뿔뿔이 흩어졌다'는 구체적으로 무엇을 의미하는가? 예를 들어 '가족 전원이 모여 식사를 하는 횟수가 줄어드는 것을 가족의 개인화 지표'로 상정했다고 하자. 그러면 측정 가능한 가설이 된다. 1인 가구라면 '함께 식사하는 상대'가 없으므로 이 가설은 성립하지 않는다. 1인 가구가 증가하는 것 자체를 '문제'라고 주장하는 사람도 있으나 1인 가구의 증가 그 자체가 잘못된 것이라고 할 수는 없기에, 가구를 분리 독립한 1인 가구가 다른 가족이나 친척과 어느 정도의 빈도로 어떻게 커뮤니케이션을 하는지 측정하면 된다. 예를 들어 전화로, 만나서, 메일로, 매일, 며칠에 한 번, 1주일에 한 번 정도, 한 달에 한 번, 1년에 몇 번, 거의 교류가 없다 등. 며칠에 한 번 정도 커뮤니케이션을 한다면 적어도 사망 후 발견이 늦어지는 것을 막을 수 있다. 일본의 통계에 따르면 세대를 분리한 친족간의 교류가 서구 국가보다 현저하게 적은데, 일본의 가족주의가 의외로 깨지기 쉽다는 것을 알 수 있다.

'지역사회의 붕괴'라면 어떤 지표를 사용해야 할까? 여기서 등장하는 것이 '사회적 자본(social capital)'이라는 이론이다. 미국의 사회학자 로버트 퍼트넘(Robert Putnam, 2000=2006)이 미국 지방 도시를 대상으로 사람들이 구축하는 인간관계의 네트워크가 그 지역의 '자본'이라는 가설을 주장했다. 이윤을 창출하는 재화가 '자본'이므로 여기서는 '사회관계' 그 자체가 이익을 창출한다고 간주한다. 간단하게 말해 연줄이 있는 사람이 성공한다는 것이다. 당연한 이치라고 생각할 수 있으나 돈이나 지위와 같이 눈에 보이는 재산이 아니라 인간관계라는 눈에 보이지 않는 재화의 개념화라는 업적을 남겼다. 게다가 이론을 정밀화해 '사회적 자본'에 동질의 사람들 사이에서 성립하는 관계를 나타내는 '결속형(bonding type)'과 이질적인 사람들 사이에서 성립하는 '가교형(bridging type)' 두 유형을 구별해 양쪽을 비교했다. 그뿐 아니라 조사방법을 수단화해 복수의 커뮤니티 사이에 비교가 가능해졌다.

고독사 연구에 사회적 자본을 이론적 틀로 이용하면 다음과 같다.

여기서 '커뮤니티에 신뢰라는 사회적 자본이 축적된 지역에서는 고독사가 적을 것이다'라는 가설을 세울 수 있다. 이 경우 '신뢰'를 어떻게 측정해야 할까? 이를 위해 예를 들어 '낯선 사람을 봤을 때 경계심을 느끼는가?'나 '서로 인사하는 습관이 있는가?'와 같은 가설로부터 설문조사를 실시할 수 있다. 만약 그 결과 고독사 인구당 발생 건수와 그 지역의 사회적 자본 축적 정도에 통계적 상관관계가 존재한다면 가설은 검증되었다고 할 수 있다.

여기서 연구방법은 사회적 자본 이론이고, 조사방법은 설문조사에 해당한다.

다양한 조사방법

'고독사는 왜 증가하는가?'와 같은 가설은 '어떤 사람이 고독사하는가', '어떤 사회적 조건이 고독사를 초래하는가', '어떤 지역에서 고독사가 많은가' 등으로 세분화할 수 있다. 이처럼 가설을 어떻게 세우느냐에 따라 채택하는 이론이 달라지고 연구대상과 방법이 바뀐다. 처음의 '어떤 사람이 고독사하는가'의 경우 사례연구방법이 적합할 것이다. 실제로 고독사한 사람을 조사하고 사인에서 속성, 가족관계, 생활 이력 등의 데이터를 수집해서 어떤 사람이 고독사하는지를 사례로 증명하는 방법이다.

일정 수의 사례가 수집되면 '어떤 사회적 조건이 고독사를 초래하는가'와 같은 가설에 답할 수 있다. 여기서 '비교'라는 방법이 등장한다. 사회에서 발생하는 현상에는 요인을 통제하는 실험실적인 방법을 사용할 수 없다. 그 대신 실험이 허용되지 않는 사회나 역사적 사상을 분석하기 위한 강력한 방법은 비교다. 다른 샘플과의 비교를 통해 비로소 특정 샘플이 '특전'인지 아닌지를 기술할 수 있다.

통계적 비교에 적합할 정도로 충분한 양의 샘플이 있으면, 예를 들어 고독사하는 사람들의 성별·연령·사회경제적 속성·혼인 이력·생활 이력·친족 관계·경제계층 등에 일정한 경향이 있다는 사실을 증명할 수 있다. 나아가 지역마다 고독사 발생률의 정도를 비교하는 역학적 조사방법을 채택할 수 있을지도 모른다. 그렇게 되면 특정 지역에서의 고독사 발생 예방 대책으로 이어질 수도 있다.

그러나 마지막에 언급한 대상과 방법의 조화는 모든 데이터 수집과 관련된 조사방법이지 연구방법은 아니다. 방법이라는 동일한 용어를 사용하기 때문에 혼동할 수 있으나, 연구방법이란 자신이 세운 연구질문에 어떤 이론이라는 이름의 분석 도구를 사용할지 하는 가설에 답하는 것이다.

고독사의 악영향은?

이 장 마지막에서 가설을 설정하는 방법과 채택하는 이론의 틀에서 가설이 걸림돌이 되는 경우의 예를 소개하겠다.

'고독사는 왜 증가하는가?'라는 가설에는 '고독사는 문제다'라는 전제가 깔려있다. 실제로 그럴까? 만약 문제라면 도대체 누가, 왜, 언제부터, 어떻게, 문제시한 것일까? 따라서 '고독사는 왜 증가하는가?'라는 가설을 '고독사는 왜 문제인가?', '언제부터 얼마나 문제시된 것인가?', '누가 문제시한 것인가?'와 같은 가설로 교체할 수 있다. 이런 문제 설정방법을 '사회문제의 구축주의 이론'이라고 부른다. 구축주의적 접근을 채택하면 사회문제는 이를 '문제'라고 이의를 제기하는 사람들의 활동에 의해 형성된다는 것을 앞 장에서 언급했다.

누가 이의를 제기하면 처음에는 소수였더라도 이것이 확산해 '사회문제화'되는데, 이를 확대 재생산하는 것이 매스미디어다. 애초에 '고독사'라는 용어 자체가 비교적 새롭기에 매스미디어의 데이터베이스에서 '고독사'가 처음 출현한 것이 언제 어떤 문맥에서인지, 고독사라는 용어를 포함한 보도는 언제부터 어느 정도 증가했는지 조사할 수 있다. 여기서 채택하는 연구방법은 '사회문제의 구축주의'라는 이론이고, 채택하는 조사방법은 매스미디어의 담론 분석이라는 방법이다. 이때 매스미디어는 무엇인가, 인쇄미디어인가 아니면 영상매체인가, 온라인미디어를 채택할 것인가 말 것인가, 몇 종류의 미디어를 대상으로 할 것인가, 데이터베이스는 있는가, 이에 접근 가능한가[3], 언제부터 언제까지의 기간을 채택할 것인가, 검색해서 나온 건수의 합계는 어느 정도인가, 감당할 수 있는가, 감당 가능한 범위를 초과한다면 어떻게 얼마나 삭제할 것인가와 같은 전략을 세운다. 데이터는 샘플의 집합이기 때문에 전략적 샘플링을 실시하는 것이다. 이 다음은 데이터 수집방법이므로 다음 장에서 설명하겠다.

다만 사회문제의 구축주의라는 이론적 입장을 채택함으로써 알 수 있는 것은 '고독사의 언급 방식'이지 '고독사' 그 자체는 아니다. 담론은 모두 가공된 정보다. '고독사'란 무엇인가, 증가하고 있는지 아닌지……는 모두 '……'라는 괄호 속에 묶여 있다. '입회자가 없는 사망'은 아마 지금보다 패전 후의 혼란기 등에 더 많았을 것이며, 이런 사망통계가 등장한 것 자체가 인구의 출생과 사망이 한 자릿수에 이를 때까지 행정에 의해 엄밀하게 파악되었다는 증거다. 개념이 없으면 현상은 사회적으로 존재하지 않으며, 존재하지 않는 현상을 통계 범주로 파악하는 것은 불가능하다.

마찬가지로 성희롱과 가정폭력에도 적용할 수 있다. 성희롱이나 가정폭력이 증가하는지 감소하는지를 데이터로 증명할 수는 없다. 알 수 있는 것은 신고 건수가 증가했다는 것뿐이다. '고독사'도 '고독사'라는 개념이 낳은 현상이며, 이 개념의 정의가 바뀌면 통계수치는 간단하게 바뀐다. 구축주의 이론을 채택하는 이점은 가설을 설정할 때 이미 전제로 존재하는 현상의 '문제화'를 탈문제화하는 계기가 된다는 것이다. 말하자면 '상식의 탈구' 기술이랄까, 가치의 탈구축이 가능하다는 것이야말로 사회학의 묘미라 할 수 있을지도 모른다.

은둔형 외톨이라도 생활이 가능하기 위해서는?

마지막으로 재미있는 에피소드를 하나 소개하고 이 장을 마무리하겠다. 도쿄대학교에는 고령자 사회 종합연구기구가 있다. 여기에 소속된 대학원생이 공동연구를 진행하고 그 연구성과를 발표하는 자리에 참석했다. 주제는 '은둔형 고령자의 재사회화 방안'이었는데, 커뮤니티 카페나 서클 등 다양한 지역 활동의 장이 있음에도 거기에 참여하지 않는 고립된 고령자 대책을 어떻게 할지와 같은 연구주제에 대학원생으로 구성된 연구팀이 답을 하는 것이었다. 그중한 팀의 결론이 걸작이었는데, '밖으로 나오고 싶어 하지 않는 고령자를 무리하게 끌어낼 필요가 있을까?'였다. 주어진 주제 그 자체를 완전히 뒤집는 결론이었다.

　밖으로 나오고 싶어 하지 않는 고령자의 생활을 지탱하는 인프라는 그들도 병에 걸리면 의사를 찾고 개호보험을 사용할 테니, 의료보험이나 개호보험 그리고 도시 인프라라 할 수 있는 편의점이다. 현재 편의점에는 홀로 사는 노인의 수요가 크다는 데이터가 발표되어 반찬을 개별 포장하거나 도시락 배열을 젊은이 중심에서 고령자 대상으로 바꾸는 등의 노력을 업계에서도 시작했다. 타인과 말을 섞지 않아도 물건을 살 수 있고, 그때마다 현금으로 결제할 뿐 서로 대면하지 않아도 되는 익명성의 관계가 그들의 생활을 지탱하고 있다. 고립이 나쁜 것이 아니라 고령자가 고립되어도 안심하고 안전하게 생활할 수 있는 시스템만 구축되어 있으면 괜찮다는 발상의 전환이다. 이 결론에 사실 자신도 은둔 생활을 하고 싶다는 젊은 이들의 속내가 엿보이는 듯했다.

07

연구대상과 방법을 선택하라

민족지학

연구계획서를 작성하면 이제 어디로 진행되는지 알 수 있는 바다
지도가 생긴 것이다. 도착지도 어느 정도 보이는 것이 좋다. 그곳이
무인도인지 대륙의 끝인지, 녹지인지, 황야인지도 어느 정도 파악
하는 것이 바람직하다.

　연구계획서에서는 가설을 설정한 다음에 연구대상과 방법의 조
합을 정한다.

　대상의 수는 하나에서 유한개까지다. '연구대상은 하나만 있어
도 괜찮은가?'라는 질문을 자주 받는데, 물론 괜찮다. 이를 사례연
구(case study), 전공논문(monograph)이라 부른다.

개인이 아닌 집단의 사례연구는 민족지학(ethnography)이라 한다. 민족지라고도 해석되는 ethnography는 원래 이민족의 생활지를 참여관찰하고 기술하는 민속학의 일부분이었다. 거기서 변해서 자신이 알고 있는 어떤 특이한 사회집단을 참여관찰(participant observation)해 기술한 것을, 예를 들어 '이주민족의 민족지학'(사토, 1984) 또는 '오토바이 라이더의 민족지학'(아베, 2006)이라 부른다. 여기서 대상은 '이주민족 집단', '오토바이 라이더 집단'[4]이고 방법은 참여관찰법이다.

참여관찰법이란 직접 그곳에 뛰어들어 같은 경험을 하며 관찰 결과로부터 얻은 데이터를 바탕으로 기술하는 방법이다. 관찰은 이 또한 실험처럼 자연과학적 방법을 채택할 수 없는 사회과학에서 매우 중요한 실증적 방법이지만, 관찰자가 관찰대상에 간섭함으로써 관찰대상이 변용을 받아들이는 것을 막을 수 없다. 사회과학에는 '자기 언급성(self-referentiality)'[5]이라는 숙명이 있는데 이는 설명항이 피설명항에 포함되는 '클래스의 혼동'이 일어난 것이다. 간단히 말하면 관찰자인 연구자가 관찰대상의 일부를 구성하는 것이다. 순수한 관찰을 위해서는 요술 거울 뒤편에서 피관찰자의 행동을 관찰하는 방법보다 좋은 것은 없으나 이는 거의 불가능하다. 기술이 발전하면 감시 카메라 등으로 개인과 집단의 행동을 24시간 비참여관찰하는 것도 가능할 수 있다. 비참여관찰을 non-disturbance observation이라 하는데, 바꿔 말하면 관찰자의 존재는 이미 간섭(disturbing)인 것이다.[6]

참여관찰의 백미는 시카고학파 하워드 베커의 재즈 음악가에 관한 연구일 것이다. 원래 약물 사용자이거나 범죄 집단 주변에 존재하는 재즈 음악가 그룹에 베커가 직접 들어가 정상과 비정상의 경계를 통제하고 그들에게 적용하는 '낙인이론'(Becker, 1963=1978)을 정리했다. 그 자신 역시 프로 수준의 실력을 지닌 뮤지션이었다.

아무리 참여관찰이라 해도 갱이나 범죄자 집단에 참여하는 것에는 위험이 따른다. 《폭주족의 민족지학》(사토, 1984)의 저자 사토 이쿠야 교수는 폭주족이 아니다. 조사를 하던 시기에 이미 20대 후반의 연구자였던 사토 교수는 10대 폭주족 청년들에게는 함께 어울려 다니며 말이 좀 통하는 아저씨 정도였을 것이다. 그러나 사토 교수가 그들과 현장에 함께해도 폭주족 아이들이 사토 교수의 눈에 비치는 자신들의 이미지를 위해 허세를 부리거나 영웅 행세를 하는 것을 방해할 수는 없다. 사토 교수의 연구가 훌륭한 점은 취재원과 관찰자 등 미디어를 포함한 '외부의 눈'과의 상호교섭 과정에서 어떻게 그들이 자신의 이미지를 구축하는가 하는 기제까지 분석 대상으로 삼은 것이다. 그 과정에서 그들은 단지 교통규칙을 위반하는 날라리에서 학력 사회에 불만을 표출하는 영웅으로 '변신'한다.

민족지 그 자체가 관찰자의 성향에 크게 영향을 받으므로 민족학은 자각적일 수밖에 없다. 민족지학자는 이를 '자신의 신체를 도구(관측기)로 타자를 측정한다'고 표현한다. 그러므로 누가 무엇을 조사하는지에 따라 민족지 내용이 달라진다. 예를 들어 민족지학의 아버지라 불리며 그가 걸어간 자리에는 풀이 무성하게 자란다고 전

해지는 인류학자 브로니슬라브 말리노프스키(Malinowski, 1922=1967)
조차 후대에 연달아 등장한 여성 인류학자들이 그가 조사한 남태평
양제도를 방문했을 , 그가 간과한 여러 현상을 여럿 발견했다. 여기
서는 젠더의 차이가 '관측기'로서의 인류학자의 성능을 좌우한다
는 의미다.

대화적 민족지학

참여관찰을 다른 말로 현장조사(fieldwork)라고 한다. 원래는 문자 그
대로 '야외관찰'이라는 의미였으나 나중에 대상을 직접 관찰하는
것을 현장조사라고 불렀고, 그 관찰기록을 필드 노트라고 한다. 필
드 노트에 기재한 것은 관찰자가 정보로 받아들이는 내용의 집합이
다. 앞에서도 언급했듯이 정보는 노이즈에서 발생한다. 노이즈, 말
하자면 이질감이 없는 것은 정보로 치환되지 않는다. 관찰자에게
자명한 것 혹은 반대쪽 끝에 있어 관찰자에게 인지적 부조화를 일
으키는 것은 모두 정보가 되지 않기 때문에, 필드 노트에 기재되는
관찰기록은 자신의 '관측기'로서 성능의 기록이기도 하다.

그렇다면 차라리 대상을 기술하지 말고 자신과 대상과의 교섭 과
정 그 자체를 관찰과 기술의 대상으로 삼는 것도 가능할까. 이는 대
화적 민족지학 또는 대화적 구축주의라 불리는 것이다. 인류학에는
관찰자 자신을 언급 대상으로 삼는 반성적 인류학(reflexive anthropology)
부터, 원래는 서구 백인사회가 '미개사회'를 형성했다는 주장에서
인종주의자이자 차별주의자인 '백인은 무엇인가?'를 묻는 백인연

구(whiteness studies)까지 존재한다. 그러나 지나치게 내성적인 연구는 대상에서 분리되어 '나는 누구인가?'라는 자아탐구가 되어버린다. 거기에는 그것대로 당사자 연구라는 방법이 있기에 이는 뒤에서 다루겠다.

사례연구

대상이 집단이 아니라 개인이라면 어떨까? 단 한 명을 대상으로 한 연구가 성립할 수 있을까? 물론 성립한다. 그것도 사례연구의 일종이다. 샘플이 하나의 사례인 사례연구는 연구가 되는가, 샘플의 대표성은 어떻게 되는가 등의 질문을 종종 학생들에게 받는다.

애초에 샘플의 대표성이란 무엇일까? '대표적인 일본인' 혹은 '대표적인 도쿄사람' 등을 생각하는 것은 가능한가? 통계조사라면 '평균'이라는 것이 등장한다. 그렇다면 '평균적인 일본인'이나 '평균적인 도쿄사람'과 같은 개념이 존재할까? 평균의 수치를 아무리 합성해도 실제로 그대로 반영할 수 없다. '평균형'은 '전형' 이상으로 허구적인 존재다.

단 하나의 사례를 다룬 사례연구의 대표로는 정신의학의 병력 (pathograph)이 있다. 자살한 아쿠타가와 류노스케의 병력학 연구나 나쓰메 소세키의 병력학지 등으로 병력 대상의 단 하나의 사례, 게다가 매우 특수한 사례를 연구한 예이다. 자살하거나 국민작가가 되는 것은 일본인 중에서도 희귀한 사례이므로 이를 '극한형' 또는 '일탈형'이라 부를 수도 있다. 대부분 정신장애인 자체가 일탈적 존재다. 이런 평균에서 벗어난 일탈형을 연구해서 무엇을 알 수 있을까? 하고 의문이 들지만, 나쓰메 소세키처럼 일탈형 사례연구에서 근대화에 직면한 일본인의 고뇌와 같은 '전형'이 밝혀질 수도 있다.

자기 민족지학과 당사자 연구

그렇다면 연구대상이 자신이라면 어떨까? 연구자가 자신을 연구대상으로 삼는 것은 궁극의 자기모순, 연구의 객관성이 성립하지 않는다는 것이 지금까지의 생각이었다. 그러나 민족지학 안에는 실제로 자기기술지(auto-ethnography)라는 분야가 있다. 사실은 인류학만큼 자기 언급성에 철저히 매달리는 학문은 없다. 타문화를 연구하는 '나는 누구인가?'를 묻는 반성적 인류학도 있고, 타문화에 집중했던 것을 자문화로 옮긴 민족지학도 있으며, 1970년대에는 약물이나 환각제를 사용한 자아 확장체험을 기술하는 사이키델릭 인류학이라는 것까지 등장했다. 자신의 신체나 심리 또한 타문화라는 발상에서 성립한 것이다.

일본에서 탄생한 것은 당사자 연구다. 내가 나의 전문가이며 나 이상으로 나를 잘 아는 전문가는 없다고 생각하면, 태어난 이후 '자신'이라는 필드에서 참여관찰을 해왔다고 볼 수 있다. 거기에는 관찰 데이터가 방대하게 축적되어 있고, 기록(일기, 손편지, 메모, 작품 등)도 남아있다. 모든 수단을 사용할 수 있다. 단, 질문을 만들고 가설을 설정하고, 이를 바탕으로 계통적 데이터를 수집해 증거를 바탕으로 검증하는 절차는 대상이 자기 안에 있으나 외부에 있으나 마찬가지다.

데이터 수집

대상이 복수일 경우 어떻게 해야 할까?

여러 대상을 비교하는 방법을 사용할 수 있다. 비교는 복수 사례의 공통점과 차이점을 밝히는 것으로 각각 사례의 고유성을 밝히는 방법이다. 실험실적인 방법을 사용할 수 없는 사회과학에서 비교는 중요한 방법이다.

비교를 위해서는 질적 비교와 양적 비교가 가능하다. 각각의 비교를 수행하기 위해 질적 데이터와 양적 데이터를 수집해야 하는데, 데이터 수집을 data collection이라 한다.

1장에서 데이터에는 1차 데이터와 2차 데이터가 있다고 설명했다. 1차 데이터는 여러분이 대상에 대해 자신을 '관측기'로서 직접 채집해온 정보고, 2차 데이터는 이미 다른 누군가에 의해 가공된 정보다. 원래 존재하는 정보를 재편집해서 새로운 정보를 창출하는 방법도 있다는 사실을 부정할 수 없으나 경험과학인 사회학적 연구를 위해서는 질적, 양적 모두 원천적인 1차 정보를 바탕으로 정보의 가공과 생산을 해야 한다고 나는 일관되게 학생들에게 요구해왔다.

1차 데이터에는 질적 정보와 양적 정보가 있다. 질적 정보는 관찰과 면접으로 얻은 주로 언어화된 정보고, 양적 정보는 통계나 설문조사 등으로 얻은 수량화된 정보다. 양적 정보라 해도 원래는 수

량화하기 위한 범주는 언어정보이므로 질적 정보와 양적 정보는 본래 상반된 개념이 아니다.

다만 질문지조사처럼 답변의 선택지를 미리 부여하는 경우에는 그 선택지 자체가 '가설'이라는 이름의 예단과 편견으로 이어지기 때문에, 양적 조사에서는 가설을 뛰어넘는 발견에 이르는 개연성 (probability)이 낮다.

양적 데이터의 해석에는 다양한 통계 소프트웨어 등 편리한 도구도 증가했고 분석방법도 발전해왔으나, 이를 위해서는 최소한 세 자릿수를 넘는 양의 데이터가 요구되는 등 방대한 정보처리를 수행해야 한다. 이 정보처리에 드는 비용보다 분석 결과의 발견이 상대적으로 적은데, 말하자면 나는 연구의 가격 대비 성능비(cost performance)가 나쁘다고 생각한다. 그도 그럴 것이 수많은 양적 조사가 시간과 노력을 들여 '예상했던 대로'라는 결론에 도달하는 경우가 흔하기 때문이다.

가설이나 예상을 뛰어넘는 데이터를 발견하기 위해서 질문지조사에 반드시 '기타'라는 항목을 추가한다. '기타'에 있는 '자유 답변' 칸은 발견을 위해서는 금과옥조 같은 존재지만, 통계처리 과정에서는 무시되기 쉽다. 또 질문에 답을 하지 못하거나 예상한 답변의 선택지를 고르지 않는 응답자를 위해서는 NA(No Answer)와 DK(Don't Know)라는 카테고리를 만들어두는 것도 필요하다. NA가 많으면 질문이 부적절하다는 뜻이며, DK가 많으면 응답의 선택지가 부적절하다는 뜻이다.

처음부터 자유 응답법으로 쓰게 하는 질문지조사도 있다. 그러나 실제로 실시해보면 데이터 처리가 힘들다. 선택지를 미리 준비한 질문지를 선행 부호화(precoding)라 하는데, 선행 부호화 없이 자유 응답법에서는 질문지 회수 후에 코드화하는 애프터 코딩(after-coding)을 해야 하고 후자는 당연히 시간과 노력이 들기 때문이다.

나는 개인적으로 양적 조사보다 질적 조사를 더 선호하며 더 잘한다. 왜냐하면 첫째로 상대적으로 적은 데이터로 많은 발견을 할 수 있어서, 즉 연구의 가격 대비 성능이 좋기 때문이다. 둘째로 질적 데이터의 철저한 귀납 분석의 결과에서 가설을 뒤엎는 발견에 이르는 개연성이 양적 조사보다 훨씬 높기 때문이다. 양적 데이터에서 통계 평균에 포함되지 않는 데이터는 '제외 값'이라 부른다. 그리고 종종 '제외 값'은 무시해도 될 정도의 소수(negligible few)로 통계적으로 처리된다.

그러나 질적 데이터에서는 '제외 값'이나 '일탈형'은 다른 대다수의 '유형'을 설명하는 매우 중요한 '대조 샘플'이 될 수 있다. 질적 조사의 경우에는 그 효과를 예측해 변수를 통제한 샘플 외에 대조 샘플로 그에 속하지 않는 사례를 일부러 추가해 조사 설계를 하는 경우도 있다. 그리고 이때 대조 샘플은 하나의 사례나 2개의 사례라도 설득력이 큰 경우가 있다.

예를 들어 특정 종교 교단의 활동을 조사하는 경우 그 집단에 속한 활동 멤버를 조사대상으로 선정할 뿐 아니라, 거기서 탈퇴한 한두 명을 추가하면 주요 멤버로는 결코 얻을 수 없는 사각지대의 정보를 얻는 경우가 많다. 그리고 대조 샘플로 얻을 수 있는 정보가 그 집단에 계속 귀속된 멤버의 특수성을 나타내는 효과도 있다. 그 '제외 값'을 일부러 발견하기 위해 양적 조사를 이용할 수도 있다. 설사 소수라 해서 '제외 값'에 해당하는 사례가 특정되면 그 후에는 그 사례를 파헤쳐서 인터뷰조사를 시행하면 된다.

데이터 분석

데이터 수집 다음에는 데이터 분석을 수행해야 한다. 데이터 수집의 문제는 양적 데이터와 질적 데이터 모두 수집한 시점에서 성취감을 맛보고 거기서 만족해버리는 데 있다. 양적 데이터는 세 자릿수의 질문표 응답을 회수하기가 매우 힘들고 이를 통계 소프트웨어에 입력하는 것만으로 손이 많이 간다. 질적 조사도 현장조사의 경우 시간과 노력이 들며, 인터뷰 데이터의 경우 대량의 음성 데이터를 얻은 것만으로도 무언가를 달성한 기분이 들어 거기서 더 진행되지 않는다. 음성 데이터는 그대로 사용하기 어려우므로 문자화해야 하는데 상당히 숙련된 사람도 실제로 청취에 걸리는 시간의 두세 배가 걸린다. 단조롭고 끈기가 필요한 작업을 끝낸 것만으로도 무언가 해냈다는 기분이 들기 쉽다.

양적 조사의 경우 질문표의 각 항목을 바탕으로 집계결과, 질적 조사의 경우라면 수집한 샘플 수의 사례보고, 이를 늘어놓은 보고서가 무궁무진하다. 이는 단순한 조사보고서로 연구논문이라 하지 않는다. 데이터 수집은 어디까지나 데이터 수집이다. 수집한 데이터가 무엇인지를 제시하는 것만으로는 부족하고, 그 데이터에서 대체 무엇을 말하고 싶은가? 하는 것을 분석하는 작업이 필요하다. 자신이 작성한 연구계획을 바탕으로 적절한 데이터를 적절한 문맥으로 바꾸고, 해석하고 이해 가능한 모델로 제시하는 것이 연구의 목적이다.

따라서 데이터 수집 이후가 중요하다. 데이터 분석이라는 중요한 작업이 기다리고 있기 때문이다.

연구 시간과 에너지 배분의 측면에서 보면 연구계획서에서 데이터 수집까지가 거의 절반이고 남은 절반은 분석과 논문집필에 할당하는, 말하자면 정보의 인풋에 2분의 1을 쓰고 아웃풋에 2분의 1 정도를 할애한다고 생각하면 된다. 인류학자의 현장조사도 현지에서 정보수집에 1년 걸리면 이를 정리해서 논문으로 작성하기까지 역시 1년 이상 걸리는 법이다.

양적 데이터에 관해서는 상관계수나 유의차 검정, 클러스터 분석 등 통계 소프트웨어가 발달해왔다. 가설에 맞춰 변수를 조합하고 거기서 데이터를 추출하는 것은 누구라도 할 수 있다. 그러므로 해결하고자 하는 질문이 명확하지 않으면 데이터 더미에 파묻혀버리게 된다.

그렇다면 질적 데이터는 어떻게 분석해야 할까?

질적 데이터는 보통 필드 노트나 인터뷰 데이터 등 언어정보로 축적된다. 인터뷰는 통상 1인당 1~2시간 30분을 하고 이를 문자정보로 작성하면 3만~4만 자 정도가 된다. A4용지로 20~30장, 이것이 여러 개의 사례로 작성되면 그 분량에 압도되어 어떻게 분석해야 할지 막막해진다.

결과적으로 원래 가설을 세운 시나리오에 맞춰 텍스트에서 마음에 드는 부분만 취해서 인용하고, 현장감 넘치는 문장으로 얼버무리기 쉽다. 이렇게 해서는 가설을 뒷받침할 발견도 없고, 묻혀 있던 정보도 발굴하지 못하며, 보석을 가지고도 사용하지 못하게 된다. 질적 조사의 신뢰성이 현저히 낮은 것은 마음에 드는 정보만 취하고 그렇지 않은 정보는 무시해 자의적으로 데이터를 사용했다는 의심을 불식하지 못하기 때문이다.

질적 데이터를 철저히 귀납 분석하고 추출한 데이터 그 자체가 증거가 되는 경험과학으로서 질적 데이터를 효율적으로 이용할 수 있다면, 설사 아무리 사례의 수가 적어도 이를 바탕으로 이것만은 확신할 수 있다고 주장할 수 있다.

교토학파의 정보생산기술

내가 채택한 것은 카와키타 지로[7] 교수가 발명한 KJ법(카와키타, 1967, 1970)에 내 방식을 첨가해 변형한 '우에노식 질적 분석방법'[8] (우에노, 2017)이다.

나는 교토대학교 출신으로 교토학파[9]로 잘 알려진 우메사오 다다오 씨[10]의 《지적 생산의 기술》(우메사오, 1969)에서 많은 부분을 참고했다. 실제로 실력을 갈고닦을 수 있었던 것은 대학에서가 아니라 주머니 사정이 어려웠던 대학원 시절 아르바이트로 일한 싱크탱크에서의 경험이다. CDI(Communication Design Institute)라는 이름의 싱크탱크는 소규모였지만 간사이 지방에서 이름을 날렸다. 이 싱크탱크의 동업조합은 우메사오 씨나 카와조에 노보루 씨[11], 고마츠 사교 씨[12] 등이었다. 나는 주제를 받아 조사 연구하고 그 보고서를 동업조합 선생님들 앞에서 발표하는, 지금 생각해보면 분에 넘치게 훌륭한 훈련의 기회를 얻었다.

이곳에서 몸에 익힌 것이 KJ법이다. 비슷한 시기에 간도에서 비슷한 질적 조사방법으로 인기를 얻은 회원제 마케팅 정보지가 있었는데, 파르코 출판국에서 출간한 《월간 어크로스》[13]다. 당시 전자계산기를 이용해 대량의 정보처리가 가능해져서 양적 마케팅이 왕성하던 시대에 외부 집필진에게 일절 서명 원고를 의뢰하지 않는다는 방침을 내세운 소자본 소규모의 조사를 통한 이 마케팅 정보지는 유행이나 트렌드 예측 면에서 발군의 실력을 보였다. 게다가 매호 편집부가 기획한 조사보고서에는 편차 없이 일정한 수준을 유지하는 훌륭한 노하우가 들어있었다. 후에 이 노하우가 이마와 지로의 고고학이나 카와조에의 생활학, 나아가 아카세가와 겐페이의 노상관찰학에 이르기까지의 민간학의 전통을 이어받아 KJ법에 근접한 질적 분석방법을 채택했다는 사실을 알게 되었다. 그 창시자는 당시 파르코의 회장인 마쓰다 고지 씨였고, 이 마쓰다 학교의 《어크로스》 편집장 가운데 한 사람이 미우라 츠지 씨였다는 것을 나중에 알았다.

미우라 씨와는 2000년대에 접어들어서 대담을 나눴는데(우에노·

미우라, 2007/2010), 그때 그가 당시 파르코의 임차인 외에는 기업의 홍보 부수를 중심으로 전국에 300부 정도밖에 배포되지 않는 회원제 마케팅 정보지의 개인 구독자 한 명에 간사이의 여성인 내가 있다는 것이 신기했다고 말했다. 그리고 그 질적 마케팅방법을 채택한 이유가 당시 마케팅 세계를 석권하던 미국식 대량 데이터 분석으로는 승산이 없으니 소규모의 질적 마케팅으로 승부하자, 이것이 효율적이고 반드시 승산이 있으리라 생각해서였다고 했다.

KJ법은 경험적 근거를 바탕으로 확실한 아웃풋을 낼 수 있는 매우 실천적인 질적 데이터 분석방법이다. 게다가 누가 해도 일정한 수준의 정보처리가 가능하다. 다음 장에서 KJ법의 발전형인 '우에노식 질적 분석방법'에 관해 좀 더 자세히 설명하겠다.

IV부

정보를 수집해
분석하다

질적 정보란 무엇일까?

언어, 담론, 이야기

질적 정보란 관찰 노트나 면접 데이터, 문서나 기록 등의 언어정보로 구성된 것을 말한다. 그 밖에 색이나 형태, 인간의 행동이나 자세 등의 비언어적 정보도 있는데 이들을 분석하려면 따뜻한 색과 차가운 색, 거부와 수용 등의 언어정보로 치환해야 하므로 기본은 언어정보를 어떻게 분석하는지와 같은 물음에 답해야 한다. 정보는 반드시 커뮤니케이션의 문맥을 바탕으로 이뤄지기 때문에 언어가 아닌 무엇이라도 정보로 수신되는 것은 모두 메시지가 된다.

언어정보에는 (1) 단어(word) (2) 문장(discourse) (3) 이야기(narrative) 세 가지 차원이 존재한다. 문장은 단어의 집합, 이야기는 문장의 집합으로 분류 계급이 다르다. 순서대로 살펴보자.

(1) 단어에는 단어, 키워드 분석이 해당한다. 최근에는 컴퓨터의 등장으로 빅데이터를 다루기가 용이해졌고, 특정 키워드를 거대한 데이터 소스에서 추출하는 데이터 마이닝(data mining)[1]이 가능해졌다. 예를 들어 신문의 데이터베이스나 트위터의 검색란에 '공모죄'를 입력하면 어느 시점에서 '공모죄'와 관련된 보도가 정점에 달했는지, 트위터에서의 언급빈도가 높아졌는지 등이 명확히 드러난다. 여기에 관련 단어, 예를 들어 '찬성' 또는 '반대'를 추가하면 단순한 키워드뿐 아니라 평가를 포함한 메시지를 얻을 수 있는데 전반적인 '찬성'이나 '반대'뿐 아니라, '공모죄가 필요하다' 또는 '우려된다'와 같은 표현도 추가되기 때문에 긍정적인지 부정적인지를 판단하려는 경우 치환단어를 많이 알아야 한다. 나아가 전체를 망라하는 것은 불가능하다. 빅데이터 만능주의와 같은 데이터 마이닝이 올바르지 않은 점은 어차피 키워드 분석이나 관련어 분석만 가능하고 담론 분석을 할 수 없기 때문이다.

(2) 담론은 미셸 푸코의 담론 분석 [discourse analysis(Foucault, 1976= 1986)][2]으로 일약 각광받았으나 담론이 무엇이냐는 질문을 받으면 의외로 대답하기 어렵다. 담론의 간략한 정의는 '단어 이상의 의미 단위'다. 문장에 '물(줘)!'라는 한 단어가 있듯이 문맥에 따라 '공모죄(용서 못 해)!'라는 부정적 메시지를 발견할 수도 있다. 보통 담론은 두 단어 이상의 단어가 결합해 의미 있는 문장을 만드는데, 이한 문장 한 문장이 담론의 단위다.

담론이 여러 개 모이면 (3) 이야기가 된다. 이야기는 여러 개의 담론을 접속어로 연결한 것이다. 가장 간단한 담론은 '그리고'를 써서 시계열로 문장을 연결한 것인데, 이를 인과관계라 한다. 인과 율은 A라는 일이 발생한 후에 높은 개연성으로 B라는 일이 발생한 다는 것 이상을 의미하지 않는다. A 다음에 B가 일어나고 그다음 C 가 이어졌을 때 이를 이야기라 부른다. 이야기에는 반드시 구조가 존재하며, 따라서 A→B→C와 같은 계열의 이야기와 A→B→D 나 B→A→C와 같은 계열의 이야기는 구조가 다르므로 같은 이야 기라 할 수 없다. 역사나 자신의 이력은 A라는 일 이후에 B라는 일 이 일어나고 그다음 C가 일어나는 것으로 이어지므로, 마치 A가 B 의 '원인'이고 B가 A의 '결과'인 듯 보이는 것뿐이다. 이 계기의 순 서는 단지 우연에 불과할 뿐인데 말이다. 그러나 인간은 설명을 요 하는 생물이다. 마지막에 C로 거슬러 올라갔을 때 그것이 '필연'인 것처럼 설명되면 그 결과를 납득한다. 이야기는 이런 해석을 위한 장치다.

이어서 푸코의 '계보학(genealogy)'에 관해 살펴보자. 푸코는 역사 에 '계보학'이라는 새로운 개념을 도입했다. 그때까지 역사학이 정 향진화설이나 발전 사관 등 목적론적 인과율을 바탕으로 성립되었 던 것에 대해 계보학은 변화 전후를 기술하는데, 그런 변화가 필연 적임을 증명하지는 않으며 이를 증명하기도 불가능하다는 입장이 다. 그리고 그 전환기에 '존재했을지도 모를 다른 가능성'을 선택 지로 제시한다. 이런 계보학의 방법을 '역사의 사다리 타기를 역으로 거슬러 오르다'라는 탁월한 표현으로 설명한 것이 가토 노리히로다. 계보학은 역사학을 목적론적 사관에서 해방시키고 역사의 구상력을 확대하는 역할을 했다.

결론부터 말하자면 언어정보는 담론의 집합이고, 이를 문맥화해서 이야기를 만드는 것이 '논문 작성'이라 할 수 있다. 왜냐하면 논문은 언어작품이기 때문이다.

질적 정보의 분석방법

여러분 앞에 필드 노트, 메모, 인터뷰 기록 등의 언어정보가 산처럼 쌓여 있다고 가정해보자. 어디서부터 손을 대야 할지 알 수 없다. 의미를 해석할 수 없는 정보를 노이즈라 한다. 산처럼 쌓인 노이즈 속에서 의미 있는 정보를 발견하고 거기에 일정한 질서가 있는 문맥을 부여하는 것이 설명이다.

이를 위한 이론을 고안한 연구자가 인류학자 카와키타 지로다. 그가 고안한 방법은 그의 이름의 머리글자를 따서 KJ법[3]이라 부른다. 내가 앞으로 설명하려는 것은 KJ법의 발전형인 '우에노식 질적 분석방법'이다.

인류학자의 필드 노트는 '소 뒷걸음치다 쥐잡기'식의 맥락 없는 정보로 가득 차 있다. 이 가운데 어떤 것을 어떻게 사용하고 무엇을 사용하지 않을지는 대부분 연구자가 임의대로 판단한다. 그 정보처리의 과정을 투명하게 하고 누구나 사용할 수 있는 경험적인 귀납 분석방법으로 완성한 것이 카와키타 지로다. 후에 GTA(Grounded

Theory Approach)[4]라는 개념이 해외에서 소개되었으나 KJ법을 사용하던 사람들은 이 방법이 예전부터 존재하는 방법임을 알고 있다. 게다가 실제로 해보면 알겠지만, 개념어에 주목하는 GTA보다 KJ법이 훨씬 담론 분석에 효과적이다.

GTA의 grounded는 '땅에 발을 댄' 바꿔 말하며 '경험적 데이터를 바탕으로 한'이라는 의미다. '증거를 바탕으로 한(Evidence-Based)'이라는 말처럼 사회과학은 경험과학이다. 질적 조사는 종종 그 자의성으로 분석의 신뢰성을 의심받고는 하는데, GTA나 KJ법에서는 적어도 그만큼의 경험적 근거를 바탕으로 이것만큼은 확실하다고 할 수 있는 분석 결과를 도출할 수 있다.

KJ법의 원리는 매우 간단하다. 정보를 일단 탈문맥화한 후에 재문맥화면 된다. 카와키타 씨의 말을 빌리면, 오리무중의 정보 속에서 순서를 찾아가는 일이다. 이때 2차적으로 얻은 재문맥화의 순서가 정보가공의 생산물이 된다.

KJ법의 매뉴얼은 수없이 많지만, KJ법을 매뉴얼대로 외우는 것은 바람직하지 않다. 지상에서 수영 연습을 하는 것만큼 어리석은 일이고, 일단 해보면서 몸으로 익히는 수밖에 없다. 한번 해보면 경험적 지식으로 전달하고 학습할 수 있으며 이해 가능한 방법이라는 사실을 알 것이다.

내가 실제로 수업에 사용한 우에노식의 KJ법 매뉴얼을 [도표8-1]에 소개했으니 살펴보자.

1. KJ법이란

발명자 카와키타 지로 씨(교토학파의 문화인류학자)의 머리글자(KJ)를 딴 질적 데이터 처리방법. 문제의식의 발견, 수집한 데이터의 정리, 공동토론의 방향성 설정 등에 널리 이용된다. 문헌 카와키타 지로의 《발상법》, 《속 발상법》, 츄코신쇼.

2. 준비물

KJ카드(상표등록), 모조지, 고무줄 고리, 매직잉크(색깔별), 사인펜(적, 흑), 검은색 볼펜(각자), 셀로판테이프

3. 순서

3.1. 카드 만들기

방법 토의 / 인터뷰 / 브레인스토밍 / 역할 분담

3.2. 카드의 그룹핑

3.3. 표찰 만들기(카테고리화)

3.4. 배치(맵핑)

3.5. 관련짓기

3.6. 스토리텔링

3.7. 발견과 과제

4. 카드 만들기 규칙(정보의 유닛화)

4.1. 1 카드 1 정보의 원칙

4.2. 주제가 아닌 내용을(신문 제목 뽑기 방식, 5W1H)

'여성의 적령기'→'크리스마스 케이크에서 오미소카(섣달 그믐날)에'

카드의 유효성("So what?" 테스트)

4.3. 간결·명료하게

4.4. 친절한 말로 발언의 특색을 살려서

'혼외정사의 자기중심성'→'외도는 하고 싶으나 용서할 수 없다'

4.5. 자신의 말로 정리해도 괜찮다(정보가공은 불가피)

4.6. 크고 깨끗한 글씨로(카드 하나에 두 줄 이내)

5. 소요시간

정보수집 최대 1시간 반(카드 작성 1시간 반) 100~200개 유닛의 정보 카드 처리 1시간 반

= 1라운드 약 3시간

6. 참가자의 적정 규모
   1인 이상 10인 미만(4~5인이 적당)

7. KJ법의 문장화(보고서 집필)
   집합적 보고서를 작성할 수 있다(참가자 누구라도)

페이스 시트(속성) 분석에 관여하는 독립변수
반구조화 자유응답법=질문항목+자유응답 항목

도표8-2. KJ카드.

도표8-3. KJ카드 실물 대형.

순서대로 살펴보자.

KJ법의 핵심은 정보를 유닛화하는 것인데, 유닛화는 탈문맥화하기 위한 전제조건이다.

하나의 정보, 하나의 단위 원칙을 고수하기 위해 KJ카드라는 독특한 기록용지가 고안되었다[도표8-2, 도표8-3]. 2센티미터×6센티미터 사각형 견출지 카드는 'KJ라벨'이라는 이름으로 KJ법 보급협회가 상표등록을 해서 독점 판매하고 있으며 아무 데서나 구입할 수 없다. 나중에 유사한 제품을 제조업체들이 연달아 출시했으나 같은 제품을 판매하는 것은 금지되어 있다. 차이는 (1) 카드에 검은 윤곽선이 그려져 있는 것(나중에 분석할 때 정보 유닛을 식별하기 용이하다) (2) 점선이 있어 분리하기 쉬운 것(정보를 탈문맥화할 때 편리하다), 이 두 가지다. 다른 회사의 제품과 비교해보면 금방 알 수 있다. 이렇게 편리한 제품이 없었을 때 사람들은 종이를 잘라 붙여서 뒤에 칸을 만들거나 테이프로 붙였다. 최근에는 양면테이프처럼 편리한 제품이 나와서 작업이 훨씬 편해졌다. 포스트잇을 대신 사용할 수도 있으나 후에 분석할 일을 생각하면 크기를 조절하는 것이 중요하다.

질적 정보를 수집하기 위한 몇 가지 방법이 있다. 우선 카와키타 씨와 같은 인류학자가 작성한 필드 노트에 기재된 관찰 데이터와 발신기록 등이다. 정보제공자를 찾아가기도 한다. 이를 인터뷰 또는 청취라고 부른다. 인터뷰에도 개인 인터뷰와 그룹 인터뷰가 있다. 당연히 얻을 수 있는 정보가 달라진다. 연구소나 기업에서는 아이디어를 합치는 브레인스토밍이라는 방법을 쓴. 최근에는 월드 카페나 마인드맵 등을 지도하는 팩실리테이터(facilitator)가 나와서 다양한 데이터 분석방법이 등장했지만, 기본적으로는 KJ법과 큰 차이가 없다.

　나는 수업에서 DVD를 15분 정도 수강생 전원에게 보여주고 "여기서 얻을 수 있는 발견을 10개 이상의 유닛 데이터로 만들라"는 과제나 학생들에게 캠퍼스 밖으로 나가 "얻을 수 있는 관찰을 10개 이상의 유닛 데이터로 만들라"는 과제를 낸다. 일상적으로 익숙한 캠퍼스라도 단지 목적지로 가기 위해 통과하기만 하는 것과 주의 깊게 관찰하는 것에는 큰 차이가 있다. KJ법을 마케팅에 적용한 (주)Do House의 오노 타카쿠니 씨는 주부들을 통해 주변 사람들에게 약 1시간 동안 신상품 디스플레이를 하도록 하고, 메모 없이 종료한 후에 100개의 유닛 데이터 수집을 요구했다. 그리고 주부를 정보생산자로 길러냈는데, 같은 조건에서 정보생산을 요구해도 사람에 따라 정보생산성이 달라진다는 사실이 밝혀졌다. 수업 실습에서 단 30분씩의 교차 자기소개 인터뷰에서도 상대방으로부터 10개 이상의 정보 유닛을 얻었다는 학생이 있는가 하면 같은 시간에 50개에 가까운 정보 유닛을 얻은 학생도 있었다.

　KJ법은 혼자서도 여럿이서도 가능하다. 굳이 말하자면 여러 명으로 구성된 그룹 워크에 더 적합한데, 입장이 다른 여러 명이 각자의 생각을 발언하는 맥락 없는 정보를 정리하고 분석하는 데 적합하기 때문이다. 물론 혼자서 하는 KJ도 있다. 문제 설정을 비롯해 여기서도 맥락 없이 생각나는 것만을 눈앞에 정보화해 자신도 깨닫지 못했던 숨겨진 맥락을 발견하는 효과가 있기 때문이다. 그렇지만 역시 여러 명이 참여하는 쪽이 사각지대에 있어 자신의 생각하지 못한 정보를 제공받을 수 있다는 점에서 KJ법의 강점이 발휘된다. 그래도 적정규모는 4~7명 정도, 최대 10명이 통제 가능한 인원이다. 월드 카페나 버즈 섹션 등에서 소규모 집단으로 나누는 것도 이 때문이다.

KJ법의 소도구

KJ법에는 몇 가지의 소도구가 필요하다. 우선 KJ카드 또는 이를 대체할 수 있는 것이면 된다. 여기에 고무줄 고리, 매직잉크, 대형 모조지, 셀로판테이프 또는 대체품. 어디서나 쉽게 구할 수 있는 것들이지만 미리 준비해두면 좋다. 그리고 대형 모조지를 펼칠 수 있는 공간이 필요하다.

　정보 유닛은 검은색 볼펜으로 기입한다. 연필은 알아보기 힘드니 사용하지 않는다. 한 번 기입하면 지우지 않는 것을 전제로 한다.

　글자는 한눈에 알아보기 쉬운 글씨로 가능한 한 KJ카드에 두 줄로 들어가는 크기로 쓴다. 정보를 유닛화하는 것은 탈문맥화해도 의미가 통하도록 정보의 독립성을 높이기 위한 것이므로, 신문의 제목처럼 5W1H가 들어가도록 기재하는 것이 중요하나 필수는 아니다. 거듭 강조하지만, 정보는 단어가 아닌 담론이다. 의미 있는 문장이면 된다.

정보생산의 방법

정보는 관찰이나 브레인스토밍, 그룹 토의, 인터뷰 등의 방법으로 얻을 수 있다. 이것이 1차 데이터다. 관찰의 경우에는 명제의 형태로 언어정보화한다. 신상품에 관해 'K씨는 별로라는 반응'이라든지 말이다. 예를 들어 여기에 'K씨는 생협 조합원'이라는 정보가 있으면 이 두 가지 정보 유닛으로 얻을 수 있는 새로운 발견은 '생산 조합원은 소비자로서 상품에 대한 요구수준이 높다, 신상품은 그 요구수준을 만족시키지 못할 가능성이 있다'는 결론이다.

브레인스토밍이나 그룹 토의의 경우 누군가를 서기로 정한다. 서기 담당자에게 일이 집중되어 불공평하다면 옆 사람이 발언을 기록한다. 보통 오른손잡이가 많으므로 서기는 자기 왼쪽에 앉은 사람의 발언을 적는다. 귀로 들은 내용을 적지만 속기사는 아니므로 요약해서 적을 수밖에 없다. 왼쪽 사람이 서기를 하면 발언자가 옆을 보며 틀린 부분을 지적할 수 있는 장점이 있다. 틀리게 요약하는 부분이 있으면 즉시 그 자리에서 정정하면 된다. 그룹 인터뷰나 그룹 토의의 경우에는 후에 발언자를 추적할 수 있도록 발언자의 코드번호를 카드 구석에 써두자. 예를 들어 [50M1]이면 '50대 남성, 번호1'을 가리킨다.

요약본에는 반드시 서기의 주관이나 노이즈가 개입된다. 1차 데이터의 생산 과정에서 이런 노이즈를 제거하기는 불가능하다. 노이즈는 응당 개입된다고 각오하자.

카드 하나에 정보 하나의 원칙을 고수한다. 보통 접속사가 들어가면 거기서 정보가 끊어지고, 정보 유닛은 복수로 생산된다. 주절 주절 길게 이야기하는 사람이 있는데, 그러면 한 번의 발언으로 정보 유닛 여러 개가 나온다. 발언 내용은 간결하게 요약하지만, 발화의 구어성과 의성어나 의태어 등은 최대한 살린다. '성희롱을 허용하는 재무장관의 태도에 분노하다' 또는 '노후는 여유롭게'와 같이 나중에 키워드가 되는 1차 데이터는 최대한 채택한다.

데이터를 유닛화하라

다음으로 질적 데이터 수집의 가장 최적화된 방법인 면접조사의 정보 유닛화를 살펴보자. 면접에서 얻은 데이터에는 우선 음성기록이 남는다. 음성만으로는 사용할 수 없으므로 이를 문자로 표기한다. 축약어로 표기하는 경우도 있는데 이는 시간과 수고가 많이 든다. 이를 위해 녹음된 내용을 문자로 바꾸는 작업이 필요할 정도다. 시간을 절약하고 싶다면 외주로 보낼 수 있으나 비용이 든다. 거듭 강조하지만 여기까지의 작업으로 무언가를 해냈다는 성취감을 느끼고 산처럼 쌓인 텍스트를 앞에 두고 망연자실하기 쉽다.

1시간 반에서 2시간 정도의 음성기록은 문자로 풀어내면 거의 4만~6만 자 분량이 된다. 이는 A4용지에 기입하면 거의 30~40장 정도다. 만약 이런 샘플이 10개가 있다면 300장이 넘고, 이는 책 한 권 분량을 쉽게 넘기는 양이다.

게다가 구어 발언은 중복이 많고 장황하기 마련이다. 뜸을 들이거나 횡설수설하거나 아니면 침묵이 생기기도 한다. 정밀한 담화 분석에서는 뜸을 들이거나 침묵, 화제전환 등 언어정보에 따르는 언어외적정보(paralinguistic message)[5]가 중요한 경우도 있지만, 우리가 분석하고자 하는 것은 어디까지나 내용인 언어정보(linguistic message)다. 우선 문맥이나 비언어정보는 제쳐두자.

질적 조사를 강조하는 지도자 가운데 수집한 음성정보를 자신이 직접 축약 표기해 데이터의 중요성을 주입하는 등 도제식 수업 방식의 과제를 학생들에게 내주는 사람도 있는데, 그런 사람일수록 축적한 데이터를 어떻게 분석해야 하는지는 가르쳐주지 않는다.

KJ법에서는 원칙적으로 음성 데이터의 축약어 표기를 하지 않는다. 이로써 에너지를 상당히 절약할 수 있다. 음성 데이터를 멈추지 않고 재생하면서 거의 동시에 내용을 메모한다. 이때 나중에 탈문맥화하기 위해 정보를 유닛(단위)으로 분해하는 것이 중요하다. 이를 정보 유닛의 생산이라고 한다. 만약 조수를 한 명 둘 수 있다면 인터뷰가 한창 이뤄질 때, 그 자리에서 정보 유닛을 생산하도록 한다. 그러면 인터뷰가 끝난 시점에 정보 유닛의 생산도 완성된다. 경험자로서 말하면 1시간 반에서 2시간의 면접조사로 생산되는 정보 유닛의 개수는 100~150개 정도다. 이야기가 무르익어 정보량이 많아지더라도 200개가 최대다. 그리고 이것이 한번에 정보로 처리할 수 있는 경험적인 양이기도 하다. 4만~6만 자 분량의 텍스트보다는 100~150개의 정보 유닛을 처리하기가 더 쉽다.

GTA에서는 축약어로 표기한 텍스트를 문장으로 나눈다. 정보의 유닛화와 탈문맥화라는 점에서 같은 일을 하는 것이지만, KJ법이 더 효율적이다. 여기에는 KJ카드와 같은 방법도 없다. 미국에서 GTA를 접했을 때 KJ가 훨씬 효율적이라고 생각했다. 영어라는 장벽이 없다면 KJ법은 일본에서 생산한 훌륭한 지적재산 수출품이 되었을 것이다.

정보 유닛은 탈문맥화하기 위해 떨어트려 분산한다. 이를 위해 분산하기 쉽도록 상표등록한 KJ카드에는 바느질선이 들어가 있는데, 분해하기 전에 시계열에 따라 기록한 KJ카드 용지를 그 문맥대로 저장하기 위해 일단 복사해둔다. 다음에 1차 데이터를 확인할 때 어떤 정보가 어떤 문맥에서 등장하는지를 쉽게 추적하기 위해서다. 면접으로 얻은 대량의 1차 데이터 가운데 본문에 인용하고 싶은 발언은 극히 일부분이다. 나중에 분석 과정에서 이거다 싶은 키워드나 데이터가 나오면 그때 바로 저장된 음원으로 돌아가 그 부분만 문자화하면 된다. 당사자의 말을 인용하면 생생한 현장감을 전하고 전체의 음성을 문자로 만드는 수고를 덜 수 있다.

여기까지 데이터 수집에 관한 이야기를 했다. 눈앞에 이렇게 얻은 1차 데이터 유닛의 집합이 있다. 앞으로 어떻게 해야 할까?

10장에서 살펴보겠다.

09

인터뷰란 무엇일까?

반구조화 자유응답법이란?

질적 데이터 분석 전에 조금 돌아가는 길이긴 하지만 질적 데이터
수집에서 주로 쓰이는 인터뷰 방법을 살펴보자. 왜냐하면 인터뷰란
무엇인지, 어떻게 해야 하는지와 같은 노하우를 알려주는 책이 별
로 없기 때문이다.

　질적 조사하면 먼저 떠오르는 것이 면접조사다. 면접조사를 인
터뷰라고 한다. 먼저 인터뷰가 무엇인지 살펴보자. 대부분의 면접
조사는 반구조화 자유응답법으로 실시된다. 완전한 자유응답법은
'자기 자신에 대해 자유롭게 말해보세요'와 같은 것이다. 인생 스
토리를 들을 때는 종종 이런 질문 방법을 사용하기도 하지만 그래

도 출생연도와 출생지, 부모의 직업이나 형제 관계, 학교, 결혼이나 출산 등의 살아온 이야기와 같은 기본 정보는 빠뜨리지 않고 묻는다. 복수의 샘플을 두고 인터뷰할 때는 공통으로 묻는 항목을 설정하면 나중에 비교하기 쉽다. 자유응답법에서는 조사의 의도 없이 참여관찰을 하며 그때그때 피조사자의 발언을 수집하거나 두세 번 만나 장시간에 걸쳐 관계를 맺는 등 조사가 일회성으로 끝나는 경우가 거의 없다. 바꿔 말하면 그런 필드 안에서는 묻는 것과 누락시킨 것이 조사자에 따라 달라진다. 필드 노트나 관찰기록과 마찬가지로 여러 발언을 기록하지 않는 한 자유응답법으로 수집한 데이터는 조사자의 해설의 틀 안에 수납되는 경향이 강하다.

반대로 완전히 구조화된 면접법에서는 질문지 항목이 정해져 있고, 하나의 질문에 하나의 답변 형식이다. 선택지로 부여된 것 중에서 선택해야 하는 경우도 있다. 질문지법과 다르지 않으나 완전응답을 원하는 경우나 응답률을 높이고 싶은 경우에는 조사원을 파견해 피조사자를 앞에 두고 면접으로 답을 얻는 것도 가능하다.

반구조화 자유응답법은 이 양극의 중간에 존재한다. 모처럼 눈앞에 조사대상이 있으니 상대방의 응답에 조사자가 "왜 그렇게 생각하시나요?", "그때 어떤 느낌이 드셨나요?" 등 2차적 3차적 질문을 던질 수 있다. 하나의 질문에 하나의 응답으로 한정하지 않고 깊은 대답을 끌어낼 수 있는 것이 반구조화 자유응답법의 장점이다.

반구조화 자유응답법 면접에서는 대화의 주도권을 피조사자가 갖고 유도해야 한다. 그리고 네/아니요로 대답할 수 있는 질문보다는 '왜'와 '어째서'에 대한 대답을 할 수밖에 없는 질문을 하는 것이 중요하다. 인터뷰조사의 데이터를 나중에 들어보면 조사자가 피조사자보다 많이 말하는 경우도 있는데 이런 조사는 탈락이다. 여기에 "방금 하신 말씀은 이런 뜻인가요?"라고 정리해서 네/아니요의 대답을 끌어내는 것도 실격이다. 상대가 횡설수설하거나 침묵해도 인내심을 갖고 기다려 그 사람의 입으로 말하게 한다.

인터뷰는 논의나 반론의 장이 아니다. 예를 들어 상대방이 하는 말에 동의하지 못하더라도 맞장구를 쳐주자. 맞장구가 동의를 뜻하는 것은 아니다. 그리고 "왜 그렇게 생각하시나요?"라고 물어 상대를 좀 더 이해하기 위해 노력하자.

화자에게 무엇이 중요한지는 말하는 사람 자신이 정하는 것이다. 언뜻 보면 조사의 주제와 관련 없는 것 같은 이야기를 하더라도 기본적으로 말을 가로막지 않도록 한다. 내가 아는 건축가는 실버타운 설계 전문이다. 그는 자신이 설계한 건물을 거주자가 만족해하는지 알기 위해서는 면접조사가 적합한데, "집이 마음에 드시나요?"라는 한 가지 질문에 대답을 얻기 위해 최대 5시간 동안 어르신의 이야기를 듣는다고 한다. 노인들은 이야기 상대가 필요하다. 현장에 뛰어든 인터뷰는 어르신들에게는 뜻밖의 이득이다. 그러나 언뜻 쓸모없다고 생각되는 어르신의 이야기에서 그 사람의 생활 이력이나 가정환경, 가지고 있는 문제 등을 가늠할 수 있어 이를 그다음 설계에 반영한다는 것이다.

또 고령자의 여가 활동에 대한 조사로 알게 된 이가 묻지도 않았는데 자신의 종교에 관해 말했는데, 나중에 그 사람에게 종교 활동이 앞서 말한 사회 관련 자본(Putnam, 2000=2006)의 큰 자본원이었다는 사실을 알았다는 경우도 있다. 따라서 당시에 듣고 싶은 이야기가 아니라고 해서 상대의 말을 가로막지 않는 것이 좋다.

대상자를 샘플링하라

면접조사를 할 때는 먼저 대상자를 샘플링해야 한다. 누구에게 무슨 질문을 할 것인가? 이를 위해서 어떤 조건을 충족한 사람을 대상으로 할지 샘플링 기준(sampling criteria) 성별, 나이, 직업, 학력, 연봉, 지역, 가족 구성, 생활환경 등을 정해야 한다. 샘플의 규모도 중요하다. 일반적으로 면접조사는 데이터 수집과 데이터 분석 모두 시간과 노력이 필요하므로 욕심을 내도 두 자릿수까지다. 세 자릿수의 대상자들에게 면접조사를 하는 것은 혼자 힘으로는 불가능하다.

예로 리쓰메이칸대학교 우에노 세미나에서 석사논문을 쓴 나카노 마도카 씨의 샘플 개수는 15개, 그녀의 연구주제는 '남성과 동등한 동기로 취업한 종합직 여성이 여성들과 같은 이유로 회사를 그만두는 이유'였다. '남성과 동등한 동기'란 삶의 보람과 성취, 여기에 연봉으로 직업을 선택하는 것, 또는 임신이나 출산을 해도 계속 일할 수 있는 직장인지 아닌지를 고려하지 않아도 되는 것을 말한다. '여성들과 같은 이유'란 임신이나 출산과 같은 여성들이 겪는 문제, '남성에게는 해당하지 않는 이유'를 말한다. 그녀의 석사논문은 후에 《'육아휴직 시대'의 딜레마》(나카노, 2014)라는 제목의 단행본으로 세상에 나왔다. 논문을 쓴 후 그녀는 회사를 그만두고 지금은 '여성 능력 지원 저널리스트'로 활약하고 있다. 나카노 씨 스스로가 '남성과 동등한 동기'로 취업을 한 대기업 종합직 여성이었고, 육아휴직 중에 육아뿐 아니라 대학원을 다니며 석사학위를 딴 엘리트 여성이다. 그런 그녀가 이런 말을 했다. "우에노 교수님처럼 여성학을 연구하는 학자들은 사회적으로 불리한 여성들에게는 동정적이지만 그렇지 않은 여성에게는 냉정한 것 같아요. 하지만 엘리트 여성들에게도 고민은 있는 법이에요."

동감한다. 그래서 나는 그녀의 연구를 응원했다.

그녀가 선택한 인터뷰 대상자의 샘플링 기준은 2000년대에 4년제 대학교나 대학원을 졸업, 민간기업 종합직, 대도시권 거주, 기혼, 핵가족, 첫째 아이 육아휴직 중이거나 육아휴직 경험이 있는 사람이었다. 여성의 비율이 낮은 종합직에 남성과 동등한 조건으로 입사한 여성들이 대상이다. 공무원이나 전문직, 항공사의 승무원처럼 일반적으로 여성의 직업이라고 알려진 것은 제외했다. 핵가족을 선택했을 뿐 아니라 육아를 지원해주는 조부모가 있는 경우도 제외했다. 그러면 남편이 육아에 얼마나 참여하는지가 문제가 된다.

이 기준은 매우 고심했는데, 2000년대에 입사한 대졸 또는 대학원졸 여성을 선택한 것은 여성의 대졸 진학률이 급상승한 1990년대 후반 이후 대졸이 당연해지기 전으로, 여성 종합직 채용이 대기업에서도 종합직 대졸자의 일정 수를 점하게 된 것이 2000년대 이후기 때문이다. 1985년 남녀고용기회균등법 이후의 세대가 때때로 특이한 취급을 받는 경우와 비교하면 여성 종합직이 당연했던 시대, '우리는 종합직 제2세대입니다'라고 그녀가 하는 말에는 근거가 있다. 또 육아휴직제도가 대기업을 중심으로 정착되고, 그녀들이 당연한 권리로 육아휴직에 들어갈 권리의식이 강한 세대이기도 하기 때문이다. 수도권 대학교를 졸업한 그녀들이 입사한 대기업은 복리후생이 좋고, 육아휴직을 이용하는 데 제약이 적으며, 조사 당시에는 여성 노동자의 육아휴직 취득률이 해당자의 90퍼센트를 넘었다.

물론 이 샘플링 기준에 적합한 대상자는 소수인데, 그녀 자신이 여기에 해당했다. 이렇게 소수로 선별된 집단을 연구대상으로 하는 조사를 전형조사(typical survey)라고 한다. 전형과 평균형은 다르다. 조사의 목적에 합당한 샘플이 평균에서 벗어나도 그런 전형을 다룸으로써 대상을 보다 이해하기 쉽기 때문이다. 동일한 조건을 충족한 소수자를 대상으로 한 조사 안에서 나카노 씨는 이직군, 이직 예비군, 근로 계속군이라는 세 가지 유형을 축출했고 무엇이 그녀들의 선택에 영향을 주었는지를 설명하는 요인을 밝혀냈다.

해외에도 소수의 샘플 규모로 효율적인 결과를 도출하고 책을 낸 연구자가 있다. 클레어 언저슨(Clare Ungerson)은 겨우 19개의 사례로 《젠더와 가족 개호(Gender and Caring)》(1987=1999)라는 책을 썼다. 가족 개호라 해도 내용은 다양하다. 그녀는 누가 누구를 왜, 언제, 어떻게 개호하는지와 같은 질문을 제기하고, 생활양식 안으로 들어가 다양한 유형을 밝혀냈다. 불과 19개의 사례에서 '가족 개호자'라는 것 외의 공통성이 없고 그중에는 아내가 남편을, 남편이 아내를, 딸이 엄마를, 딸이 시부모를 개호하는 등의 다양한 사례가 망라된다. 오히려 다양성을 고려해서 샘플링했다고 쓰여 있다. 하나의 유형에 하나의 사례밖에 없는 경우에도 다른 유형과 비교해 많은 의미를 도출했다.

언저슨이 설명을 위한 이론적 틀로 채택한 것은 인생 단계론[6]이다. 예를 들어 남편에 의한 아내의 개호는 퇴직 이전에 경제활동 중인 남편이 아내의 개호에 참여하는 경우는 거의 없었지만 퇴직을 계기로 직장의 공백을 메우는 대체재로서 개호를 선택한다든지, 남편의 소득으로 아내의 개호비를 충당한다든지와 같은 형태로 나타나는데, 아내의 개호는 자녀의 양육으로 대체되는 경우가 많지만 양육을 종료한 후에도 노동을 거부하는 핑계로 사용된다든지 하는 것이다. 불과 19개의 사례연구에서 풍부한 발견을 얻었다. 다만 이를 위해서는 각각 사례의 생활양식이나 가족관계를 상세하게 청취하는 면접조사가 필요하다.

신뢰와 조사윤리

현장조사나 면접조사가 성립하기 위해서는 조사대상과의 신뢰 관계가 성립해야 한다. 이를 라포르(raport)를 구축한다고 한다. 라포르는 핀란드어로 친밀한 신뢰 관계를 말한다. 원래는 사회심리학 용어다. 면접조사를 위해서는 우선 상대의 합의가 필요한데, 나아가 상대와 신뢰 관계를 구축하지 않으면 인포먼트(informant)[7]를 생판 남에게 제공할리 만무하다. 그러나 이 경우, 다르게 생각해보면 '여기서만 하는 이야기'라서 털어놓은 정보가 연구목적으로 공개되는 결과를 낳을 수도 있다. 특히 전형조사처럼 특수한 사례나 케이스 스터디 등에서는 아무리 익명이라 해도 샘플이 특정되기 쉬운 법이다. 섹슈얼리티나 개호 등 프라이버시에 관한 조사에서는 이를 주저하는 대상도 있다.

모처럼 시간과 노력을 들여 얻은 데이터라도 연구목적으로 사용할 수 없으면 전혀 쓸모가 없다. 이를 위해서는 조사대상의 '동의서'를 사전에 확보한다. 대학에 따라서는 학교 내에 조사윤리위원회를 두고 대학생과 대학원생의 조사를 사전에 확인하고 허가하는 관문을 설치한 곳도 있다.

그러나 그것만으로는 충분하지 않다. 연구성과가 나오면 첫 번째 독자는 인터뷰한 대상자다. 당사자가 납득하지 못하면 연구성과를 공표할 수 없다. 자신의 사례를 쓰지 말라든지 여기는 이런 식으로 말하지 않았다고 한다면 눈물을 머금고 그 뜻을 존중해야 한다. 가령 음성기록으로 증거가 있다 하더라도 어쩔 수 없다. 구두 발언의 저작권은 전적으로 발언자에게 있다. 그리고 저작권이란 텍스트를 변형할 수 있는 권리를 말한다. 질적 조사는 사용하지 않는 데이터와 사용하지 못하는 데이터가 다수 존재하는 허무한 조사다. 그러나 사용하지 않은 데이터의 양이 문맥을 풍부하게 만들고 해석의 깊이를 만든다.

조사자와 피조사자 사이에 있는 라포르를 배신하지 않는 것이 조사윤리의 근간이다. 만약 이를 어기면 피조사자는 상처를 입고, 두 번 다시 조사에 응하지 않겠다고 다짐할 것이다. 조사윤리를 지키는 것은 피조사자를 지키는 것처럼 보이지만, 사실 조사자 개인을 보호

할 뿐 아니라 연구자가 속한 업계 전체를 보호하는 일이기도 하다.[8]

인터뷰 노하우

라포르를 구축하고 면접조사에 들어가기 위해서 주의해야 할 점은 무엇일까? [도표9-1]은 오랫동안 면접조사를 한 경험에서 얻은 노하우다. 도쿄대학교 사회학연구실에서 실시한 사회조사 실습을 위한 '면접조사의 심리'를 일부 개정한 것으로 '사전준비 편', '당일 편', '사후처리 편' 세 부분으로 구성되어 있다.

현장에 가기 전에 먼저 메일이나 문서로 의뢰서를 보낸다. 자신이 누구인지 설명하고 조사의 목적을 밝히고, 얻은 데이터를 어디에 사용할지 설명하고, 인용은 반드시 사전에 승인받는다는 조건을 제시하는 것을 잊지 말아야 한다. 사용 후의 데이터 관리에 관해서도 불안해하지 않도록 설명하자. 데이터는 모두 익명으로 처리되고, 책임 있게 보관하며 또는 조사를 종료할 때 폐기하는 등의 처리 방법을 제시한다. 일정을 조정하고 장소와 시간을 정하고, 몇 시간 이상은 하지 않겠다는 것도 사전에 전달한다. 음성기록을 한다면 사전에 동의를 구하자. 조사에 관한 동의서는 사전에 보내야 한다. 최근에는 조사윤리에 관한 규정이 엄격해졌기 때문에 데이터 사용에 관해 조사대상자의 동의를 서면으로 받는 과정이 중요하다.

조사 당일이 되면 어떻게 해야 할까?

청결하고 호감을 주는 옷차림은 물론 격식에 맞는 차림을 해야 한다. 인사를 하고 경우에 따라서는 작은 기념품을 준비하자. 잊기 쉬운 것이 한여름의 맨발 차림이다. 일본의 가옥은 신발을 벗고 들어가는 구조다. 다른 사람의 집을 방문할 때는 깨끗한 양말을 준비해 현관에서 신고 들어간다.

정보 누락을 방지하기 위해 음성기록을 할 때도 상대의 동의를 구한 후 녹음을 시작한다. 단, 눈앞에 큰 기계가 있으면 의식하기 쉬우므로 최근에 나온 휴대용 녹음기를 사용하면 편리하지만, 이것도 상대의 동의 없이 녹음해서는 안 된다. 이때 배터리가 나가는 등의 단순한 기술적 실수가 없도록 전날 확인해두자. 인터뷰를 종료하면 감사 인사를 전하고 스위치를 끄는데, 종종 이때부터 오프 더 레코드로 재미있는 이야기를 많이 듣기도 한다. 오프 더 레코드란 문자 그대로 녹음이 끝난 후에 나오는 진솔한 이야기다. 음성기록에는 남지 않더라도 잊어버리지 않도록 메모하고 기록해두는 것이 중요하다.

자기소개와 조사의 취지에 대한 설명이 끝나면 무엇부터 시작하면 좋을까? 반구조화 자유응답법에 의한 질문은 먼저 간단한 것부터, 즉 응답하기 쉬운 질문부터 시작해 서서히 응답하기 곤란한 질문으로 나아간다. 반구조화 부분에는 질문지표가 준비되어 있는데 그 질문지표는 밖으로 꺼내놓지 않는다. 이야기의 흐름을 방해하지 않도록 질문지표의 순서와 상관없이 상대의 이야기에 맞추자. 왜냐 어째서와 같은 2차적, 3차적 질문을 꺼내 깊이 있는 이야기를 유도한다. 인간은 질문하지 않은 것에는 대답하지 않는다. 가끔 질문지표를 확인하고 놓친 질문이 있으면 추가질문이 있다며 다시 돌아가면 된다.

면접조사에서 어려운 점은 시작보다는 마무리하는 것이다. 첫 대면의 면접조사에 걸리는 시간은 경험상 약 1시간에서 1시간 반이다. 이야기가 활발하게 진행되어도 약 2시간이다. 3시간이고 4시간이고 이야기가 이어질 때는 화제가 바뀌고 있다고 생각하기 바란다. 게다가 2시간은 생리적으로도 거의 집중력이 떨어지는 한계점이다. 대학교에서 강의가 90분인 것도 이와 관련 있다.

슬슬 마무리해야 하는 시점을 암시하는 키워드가 있다. "방금도 말했지만"과 같은 수식어가 정보제공자의 입에서 나왔다면 인터뷰 내용이 장황해진다고 이해해도 된다. 응답을 반복하면 새로운 정보를 얻을 수 없다.

"오늘은 이쯤에서 마칠까요?"라고 마무리 인사를 할 때는 감사의 인사말과 후의 보충조사에 관해서도 동의를 받아두자. "혹시 더 필요한 사항이 생기면 나중에 다시 연락드려도 될까요?" 혹은 "나중에 다시 연락드려도 괜찮을까요?" 등의 인사말로 동의를 구한다. 실제로 데이터 분석을 시작해보면 인터뷰 때 빠진 사항이 생각나는 경우가 종종 있다. 재차 현지를 방문할 수 없는 인류학의 현장조사와 달리 인터넷이나 전화와 같은 커뮤니케이션 도구가 있는 현대에는 나중에 서면으로 인터뷰를 받기도 간단하다. 오히려 대면 면접조사보다 서면조사처럼 얼굴을 마주하지 않는 조사가 성(性)과 같은 민감한 내용의 조사에 적합할 수도 있다. 문자나 인스턴트 메시지를 사용하면 서면조사라도 자유응답법과 동일하게 2차적, 3차적 질문을 할 수 있다.

면접조사 종료 후 후속 조치도 중요하다. 사례는 가능한 빨리 보

낸다. 정보제공자와 이후에도 좋은 관계를 유지하는 것은 추가조사
나 추적조사를 위해서 꼭 필요하다.

도표9-1. 면접조사의 유의사항.

면접조사의 유의사항 1(사전준비 편)

1. 편지 또는 메일로 면접 의뢰를 한다. 이때 자기소개, 조사의 주체, 조사의 목적, 데이터 처리방법 등을 설명한다. 시간과 장소를 설명하고 상대에게 부담을 주지 않도록 한다.
2. 상대방에게 의뢰가 도착했을 시점을 고려해 전화 또는 메일로 약속을 잡는다. 장소와 시간을 정하고 신뢰를 구축한다.
3. 녹음이나 기록(영상녹화 등)에 관해 동의를 구한다.
4. 데이터 이용법에 대해 사전 혹은 당일에 동의서를 받는다. 가령 동의서가 있어도 본문 중의 인용에 관해서는 본인의 동의 없이 사용하지 않겠다고 약속한다.
5. 전날 또는 며칠 전에 방문을 재확인하는 연락을 한다.
6. 기자재, 질문지, 메모, 이에 대한 사례 등을 준비하고 당일에 방문할 준비를 한다.

면접조사의 유의사항 2(당일 편)

1. 방문처에는 약속한 시간에 방문한다. 지각은 물론 너무 빨리 가는 것도 피한다.
2. 일본 가옥의 경우 현관에서 신발을 벗고 올라간다. 벗은 신발은 반드시 가지런히 정리한다. 신고 벗기 어려운 신발은 피한다. 구두를 벗은 후 양말이나 스타킹이 더럽지 않은지 확인한다. 한여름에 맨발로 온 경우에는 깨끗한 양말을 준비해서 현관에서 신는다.
3. 처음에 인사와 감사를 표하고, 인터뷰 시간을 어느 정도 가질지 사전에 상의한다. 보통 1시간에서 1시간 반 정도며, 길면 2시간 정도다. 양쪽 모두 피곤하기 때문이다.
4. 음원을 녹음해도 되는지 상대에게 승낙을 구한다. 단, 음원 취재는 눈에 띄지 않고 거슬리지 않는 곳에 둔다. 미리 배터리를 검사하고 시험 녹음을 해본다. 기술적인 문제는 최대한으로 피한다.
5. 질문지는 상대가 보지 못하게 한다. 자신도 필요 이상으로 보지 않는다. 인터뷰 전에 전체적인 흐름을 머릿속에 집어넣는다.
6. 진입하기 쉬운, 대답하기 쉬운 질문부터 시작한다. 이미 알고 있는 사실을 확인하는 등.

7. 질문자 역할과 기록자 역할분담을 확실히 한다. 양쪽을 혼자서 감당하기는 힘들다.
8. 정량조사의 응답으로 이미 알고 있는 것은 반복해서 질문하지 않는다. 한걸음 더 들어간 질문을 한다.
9. 네/아니요로 대답할 수 있는 질문은 하지 않는다.
10. 상대가 하는 말을 자신의 말로 해석하지 않는다.
11. 하나의 질문에 하나의 응답을 받는다.
12. 상대의 응답에 수긍하고 즉석에서 2차적, 3차적 질문을 거듭한다. "그 이유는 무엇인가요?", "그때 어떤 느낌이었나요?" 등
13. 화제의 갑작스러운 전개나 전환을 피하자.
14. 상대가 하고 싶은 말을 자유롭게 하도록 한다(무엇이 중요한지는 질문자가 아니라 당사자가 정한다).
15. 이야기의 흐름을 막지 않는다. 상대가 하고자 하는 말을 관심 있게 듣는다.
16. 상대가 하고 싶어 하지 않거나 응답을 주저하는 질문을 무리하게 묻지 않는다.
17. 상대가 눈물을 흘려 지속하기 어려운 사태가 생기면 즉시 중단한다. 또는 조기에 종료하기 위해 중요한 질문을 우선으로 한다. 상황판단이 중요하다.
18. 놓친 질문은 나중에 보충한다.
19. 면접을 시작하는 타이밍도 중요하지만 끝내는 타이밍은 더욱 어렵다. 힐끔힐끔 시계를 보지 않는다. 마무리할 때는 다음 키워드를 사용한다. "방금도 말했지만"처럼 같은 이야기를 반복하려는 분위기로 들어간다. 마무리가 어려운 경우에는 "죄송하지만 다음 일정이 있어서요"라고 말한다.
20. 이 이후의 관계를 유지하기 위해 추가조사의 가능성에 관해 이해를 구한다. "혹시 부족한 부분이 있으면 다시 전화나 메일로 연락드리겠습니다."
21. 사례보고서 확인을 위해 상대의 연락처(주소, 전화번호, 메일 주소 등)를 확인해 둔다.
22. 감사 인사를 하고, 혹시 준비했다면 사례를 표한다. 대접받은 차 등을 정리하고 인사한다(상대방이 사양하면 그대로 둔다).

면접조사의 유의사항 3(사후처리 편)

1. 다음 날 이후에 메일이나 편지로 협조에 감사를 표한다.
2. 추가질문이 있으면 메일 또는 전화로 묻는다.
3. 인용 부분은 반드시 본인에게 보여주고 승낙을 구한다.
4. 보고서나 논문 등 성과물이 나오면 희망자에 한해 조사대상에게 보내준다.
5. 보고서나 학내 논문을 넘어 공적 간행물로 출간되는 경우에는 재차 동의를 구한다.

10

질적 정보의 분석이란 무엇일까?

분석과 통합

여러분 앞에 언어정보 유닛이 묶음으로 존재한다고 생각해보자. 앞으로 해야 할 일은 데이터 분석이라는 정보가공이다. 결론부터 말하자면 이 정보가공은 (1) 일단 정보를 탈문맥화한 후에 (2) 재문맥화하는 과정이다. 앞으로 설명하는 내용은 KJ법의 발전형인 우에노식 질적 분석방법(우에노, 2017)에 바탕을 둔다.

분석이란 분석과 통합이라는 두 가지로 성립된다. 분석은 문자그대로 '구분', 통합은 '정리' 작업을 말한다. 특정 정보와 다른 정보가 '다르면' '구분하고', '비슷하면' '정리'하기만 한다.

'구분'과 '정리'를 위해서는 여러 개의 정보 유닛이 있어야 하는

데, 하나의 정보 유닛이 다른 하나의 정보 유닛과 '같은지, 다른지'를 하나하나 검토한다. '같은지, 다른지'는 Yes/No 두 가지 값밖에 존재하지 않는다. 이를 진리값(truth value)이라 한다[도표10-1]. 진리값은 대뇌 신경세포 시냅스의 연결 방식과 비슷하다. 인공지능(AI)은 이 대뇌 시냅스의 연결을 모방한 것에 지나지 않는다. 아무리 복잡한 AI라도 기본은 진리값의 방대한 집적회로로 이뤄져 있다.

2개의 정보 유닛을 '같은지, 다른지'로 분류하는 것은 간단하다. 정보 유닛이 3개 이상이 되면 작업이 약간 복잡해진다. 만약 앞선 2가지 정보 유닛이 '다르다'는 결과가 나왔을 경우 세 번째 정보 유닛은 앞의 2개 모두와 '같은지, 다른지'를 검토해야 하기 때문이다. 이것이 4개, 5개로 늘어나면 조작은 더욱 복잡해진다. '같은지, 다른지'의 판단은 직관적으로 이뤄진다. 깊이 생각하지 않아야 한다.

도표10-1. 진리값.

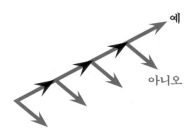

반드시 해야 하는 작업은 키워드로 집합을 만드는 것이다. 우리가 상대하는 정보는 어디까지나 담론, 즉 단어 이상의 의미가 있는 단위이므로 이것이 무엇을 의미하는지를 기본으로 판단한다. 따라서 정보 유닛은 유닛이라 부를 정도의 정보 독립성을 가져야 한다. 문맥에서 떨어져서 탈문맥화되어도 의미가 성립하는 것만 모은 정보량을 포함해야 한다. 가장 가까운 예는 5W1H라고 하는 신문 기사다. 물론 5W1H의 모든 요소를 포함하기는 어려우나, 그것만으로도 의미가 성립하는지를 검증하기 위해 그 정보에 대해 "so what" 테스트를 한다. 해석하면 "그래서 뭐?"라는 뜻이다.

예를 들어 '공모죄'라는 키워드만으로는 '공모죄'가 "그래서 뭐?"라는 대답밖에 할 수 없다. '공모죄에 관한 우려'라면 의미가 통한다. 그러나 정보 유닛을 자세히 읽어보면 '공모죄에 관해 우려를 표하는 것은 기우다'가 될지도 모른다. 그 밖에 '공모죄에 관한 우려는 기우라 할 수 없다'는 정보 유닛이 있다면, 이 두 가지를 모두 '공모죄'라는 키워드로 '정리'하는 것은 잘못이다. 정보의 의미가 '다르기' 때문이다. 담론의 의미를 해석할 수 있는 것은 현재 시점에서는 인간뿐이다. AI는 이런 작업이 불가능하다. 빅데이터를 이용한 데이터 마이닝을 신뢰할 수 없는 것은 '공모죄', '우려', '기우'라는 세 가지 키워드가 관련되어 나타난다고 해도 그것이 긍정인지 부정인지는 문장 전체를 읽어야 파악할 수 있기 때문이다.

이 분석과 통합, '같은지와 다른지'의 조작을 모든 정보 유닛에 반복한다. 그 결과 정보 유닛의 집합이 복수로 생겨난다. 1시간에서 1시간 반의 인터뷰조사로 얻을 수 있는 약 100~150개 유닛의 정보를 처리한 결과로 얻을 수 있는 그룹 수의 경험 측면은 무슨 일인지 20~30개로 좁혀진다.

아마 그것이 눈과 손으로 정보를 처리하는 인간의 신체적 한계일지 모른다.

경험 측면이란 흥미로운 개념인데 왜인지는 모르겠지만 몇 번 해도 결과적으로 그렇게 된다는 경향을 말한다. 사회학에는 인포멀 그룹에 관한 소규모 집단연구가 있는데 어떤 이유인지 그 최대 규모는 15명이고, 이를 초과하면 집단을 둘로 나누는 경향이 있다. 15명으로 구성된 그룹을 둘로 나누면 7~8명이다. 실제로 내가 간사이에서 200명에 가까운 여록(女綠, 일본에서 집안의 장남과 결혼시키기 위해 입양한 여자아이—옮긴이) 집단을 연구했을 때, 구성원 수로 가장 많이 채택했던 것이 7~8명으로 그 적합함에 놀랐다(우에노, 2008). 경험적으로도 7~8명은 한 테이블에서 하나의 화제를 공유할 수 있는 상한선이다. 이 또한 신체적 한계와 관련 있을지 모른다.

인간의 신체적 스케일이 요청하는 정보처리의 한계가 있다. 정보 유닛의 수가 100~150개라는 것은 KJ카드로 전지 크기의 모조지를 이용해 정보처리를 할 때 눈과 손이 미치는 크기의 한계선이기도 하다. 실제로 해보면 200개까지는 같은 공간에서 정보처리를 할 수 있으나 이를 넘어서면 하위로 분할해 유닛 개수를 줄이는 것이 좋다.

최근에 KJ법을 데이터 소프트웨어화한 앱도 생겼으나 컴퓨터 화

면으로 처리할 수 있는 정보량이나 문자 크기 가독성의 한계 등이
있기에 나는 손으로 작업하는 쪽을 채택한다. 뇌에서 일어나는 작
업을 손을 움직여 가시화하면 흥미롭게도 데이터 처리 과정을 알
수 있고 성취감도 느낄 수 있다.

정보 유닛을 분류한 그룹 개수도 20~30개가 적정하다는 말은
그것이 처리 가능한 신체적 한계이기 때문일지 모른다. 만약 이 그
룹의 수가 30개 이상이라면 지나치게 세분화했다고 할 수 있으니
몇 개 그룹을 통합해 상위 그룹을 만든다. 만약 20개 이하라면 분류
가 세밀하지 않았을 수 있으므로 정보 유닛의 내용을 정밀조사해서
하위분류가 가능한지 검토한다.

사진투영법

덧붙이자면 동일한 분석방법은 비언어적 질적 정보에도 적용할 수
있다. 정신과 의사인 노다 마사아키 씨는 '사진투영법'(노다, 1988)이
라는 흥미로운 조사방법을 쓴다. 자신을 언어화하기 힘든 어린아이
를 대상으로 하루 중 무엇이라도 상관없으니 좋아하는 것을 사진으
로 찍어오라는 과제를 설정했다. 전에 쓰던 카메라가 있어 12장인
가 20장 정도의 사진을 모았다. 지금은 디지털카메라로 바뀌었으
므로 무한대로 사진을 찍을 수 있으나 확실히 20장, 30장으로 정보
유닛 개수를 제한하는 편이 후처리가 간단해진다.

노다 씨는 직업이 의사이기 때문에 위내시경을 보며 이 방법을
고안했다고 한다. 내면으로 직접 들어가기 힘든 대상에게 카메라를

줌으로써 마치 위내시경으로 내장 상태를 관찰하듯이 그 사람의 눈으로 본 세계가 나타날 것이라고 예상했다. 나는 이 방법을 응용해서 학생들에게 학교 캠퍼스를 스냅 사진으로 찍어오라는 과제를 낸 적이 있다.

그렇게 해서 모인 시각정보를 언어정보와 동일하게 분석하고 통합해 시각적으로 '같은지' 아니면 '다른지'를 반복하기만 했다. 마지막에는 '같은' 카테고리를 언어화했는데 그렇게 분석한 당시 아이들의 마음속 풍경은 놀라울 정도로 단조로웠다. 아이들이 찍은 사진 대부분에는 인물이 거의 없고 실내에서 본 바깥의 풍경, 그마저 전봇대나 흐린 하늘 등 흑백 세계였다. 아이들의 눈에 비친 풍경이 이런 것이라니 사진을 통해 알게 된 특별한 경험이었다. 그렇게 분석한 데이터에 어떤 설명을 추가해야 할지는 해석자가 가진 이론 장치나 분석개념 그리고 문맥에 의존한다. 노다 씨는 이 아이들을 《표백된 아이들》(노다, 1988)이라 불렀다. 다른 해석이나 설명도 가능하다. 어쨌든 언어정보만이 질적 정보가 아님을 기억하자.

인간 행동생태학

사실 내게는 비언어정보를 질적으로 분석한 연구서가 있는데, 내 첫 번째 책인 《섹시걸의 대연구——여성의 언어·평가·사회적 요구》(1992/2009)다. 제목은 선정적이지만 사실 진지한 학술 연구서다. 상업사진에 등장하는 남녀 모델의 자세(posture)와 몸짓(gesture)을 인간 행동생태학(human ethology)의 방법으로 분석했다. 참고문헌은 미국

의 사회학자 어빙 고프먼이 쓴《젠더 광고(Gender Advertisements)》(1979)
인데 아직 일본어 번역본은 없다. 인간 행동생태학은 동물행동학의
발전형이다. 말을 하지 못하는 동물의 커뮤니케이션을 동물의 행동
으로 해석하고자 하는 생태학을 인간에게 적용해 인간이 언어를 매
개하지 않고 보내는 신체적 메시지를 동물에 준해 해석하려는 접근
법이다. 선례로 유명한 데스먼드 모리스의《맨 워칭》(1978=2007) 등
이 있다.

　기호론의 대가 롤랑 바르트(Roland Barthes, 1967=1976)의 패션 사진
기호론적 분석도 있다. 광고의 기호학적 연구도 없는 것은 아니나,
대부분은 영상을 덤으로 취급하고 광고카피를 언어정보로 분석한
것이다. 이는 사진이나 영상과 같은 비언어정보의 분석은 난이도가
높고 분석방법을 알 수 없어서다. 그런데 이를 해낸 사람이 바로 고
프먼이다. 처음에는 원본을 번역하려고 했으나 일본어와 영어의 문
맥이 너무 달라 동일한 방법을 일본 광고사진에 적용하고 응용문제
를 해결하기로 했다.

　비언어정보라 해도 특정 패턴의 포즈나 행동을 마지막에는 언어
로 범주화하는 것은 똑같다. 예를 들어 높은 곳에 있거나 어깨를 화
난 자세로 만드는 것을 '위압'이라 읽고, 고개를 갸웃하거나 눈을
아래서 위로 뜨는 것을 '복종'의 메시지라고 해독하는 식이다. 책
의 부제가 '여성의 언어·평가·사회적 요구'인데 이는 처음에 내가
제목으로 하려던 것을 편집자의 요구로 도발적인 제목을 붙인 것으
로, 이 부제대로 신체기호를 학습하면 저절로 비언어적 메시지를

보낼 수 있다. 이 광고사진 분석을 슬라이드쇼로 당시 내가 가르치던 여자 단기대학 학생들에게 보여주었을 때, 학생들은 "선생님, 어떻게 하면 여성스럽게 보이는지 이제 알 것 같아요"라는 감상을 내놨다. 확실히 신체를 '아홉 구(九)' 자로 만들어 고개를 젖히고 한쪽 무릎을 굽힌 채로 눈을 아래에서 위로 뜨면 누구라도 '여성성 만렙 포즈'가 된다. 이것이 '예쁜' 자세, 말하자면 상대를 절대 위협하지 않고 자신이 아래라는 것을 보여주는 메시지다. 한번 시험해 보기를 바란다.

범주화

다음 단계를 살펴보자.

이렇게 얻은 정보 유닛 그룹은 '비슷하기' 때문에 한데 모인 것이다. 그렇다면 도대체 무엇이 '비슷한' 것일까? 직관적으로 분류한 '공통점'을 언어화하는데 이를 범주화라고도 한다. 카테고리를 번역하면 '범주'라는 어려운 단어가 되는데, 한 단어를 기준으로 공통적인 내포(connotation)가 포함되는 것을 말한다. 예를 들어 '개'라는 범주에 발바리나 치와와, 잡종견 등이 포함되는 것처럼 말이다.

그런데 마침 여기에 덧붙여야 할 말이 있다. 카테고리는 보통 '단어'이지만 우리가 '닮은 것'이라고 얻은 정보는 의미, 즉 담론의 집합이다. 이것이 KJ법과 GTA법의 큰 차이점이다. GTA법에서는 정보를 유닛으로 만들고 분류하는 것까지는 똑같지만, KJ법은 여기서부터 키워드를 바탕으로 범주화한다. 그러면 얻을 수 있는 카테고리가 100~200개에 달한다. KJ법에서는 담론의 집합으로부터 그것들을 통합한 상위 담론을 얻는다. 따라서 정확히 말하면 여기서 시행하는 것은 범주화가 아니라 메타 정보의 생산이다. 정보 유닛이 조사자에 따라 얻을 수 있는 1차 데이터라 한다면 1차 데이터의 집합에서 정보에 관한 정보, 즉 2차 데이터(메타 데이터)가 여기서 생산된다. 정보가공(프로세스)은 끊어지지 않는 정보생산의 과정이기도 하다.

메타 정보는 정보 유닛의 집합에 붙여진 이름표 같은 것이기에 이를 '표찰'이라고도 부른다. 이 메타 정보도 그 나름의 의미에서 독립된 담론이어야 한다. 마치 신문 기사에 제목을 붙이는 것과 비슷하다고 생각하면 된다. 신문 기사의 제목만 읽으면 본문을 읽지 않아도 '오늘의 뉴스'를 대충 알 수 있는 '표찰'을 다는 방식이 엿보인다.

흥미로운 점은 1차 정보에서 생산된 메타 정보에는 GTA가 발견한 경험적 측면과 닮은 구석이 있다는 것이다. 1차 데이터 유닛의 개수가 많거나 적더라도 메타 정보의 개수는 거의 일정하게 압축된다. 만약 여기에 1차 데이터를 추가로 투입하더라도 메타 정보의 개수는 그만큼 증가하지 않는 경향이 있다. 가령 인터뷰조사의 대상 샘플이 20개인 조사에 나중에 몇 개의 샘플을 추가하더라도 메타 정보(카테고리)가 거의 증가하지 않고 이미 얻은 메타 정보의 범위로 수렴한다는 경험적 측면이다. GTA에서는 이 상태를 '카테고리 포화'('이론적 포화'라고도 한다)라고 부른다. 질적 조사 샘플의 수가 적으면 샘플 수는 해당 조사대상에 대해 거의 적절하다고 할 수 있는 근거가 된다. '카테고리 포화'에 필요한 샘플 수는 사실 그렇게 많지가 않다.

맵핑

눈앞에 메타 정보를 '표찰'로 만든 1차 데이터 그룹이 있다 치고, 여기서는 담론의 집합에 대해 살펴보자.

충분한 여유가 있는 테이블 위에 전지 크기의 모조지를 펼치고 움직이지 않도록 테이프로 고정한다. 1차 데이터의 분류는 이 위에서 해도 상관없다. 모든 1차 데이터에 표찰을 붙이면 드디어 고무줄 고리가 필요하다. 대체 무엇을 위한 도구냐고 생각했을 것이다. 여러분 눈앞에 있는 것은 여러 개의 메타 정보다.

이 20~30개의 메타 정보 집합을 다시 '같은지, 다른지'로 분석한다. 50~100개의 1차 데이터를 분류할 때와 달리 20~30개 정도의 메타 정보를 분류하는 것은 모든 정보를 시야에 넣고 실행할 수 있다. 시각적으로는 '동일'하다면 가깝게 놓고, '상이'하다면 멀리 떨어트려 배치하는 것이다. 전지 크기의 모조지를 여백 없이 사용한다. 이미 1차 데이터를 분류할 때 동일한 것은 가깝게, 상이한 것은 멀리 분류했기 때문에 그렇게 어려운 일은 아니다.

이리저리 가져오거나 멀리 떨어트리면서 배치를 마무리한다. 이를 맵핑(배치)이라고 한다.

배치가 끝나면 정보 카드를 고정한다. 고무줄 고리로 고정한 1

차 데이터를 모두 흩트리고, 메타 카드를 표찰로 만들어 그룹으로 만든다. 마지막에는 스티커 카드의 뒷면을 벗겨서 직접 종이에 붙이는데 이렇게 붙이면 마지막에 위치를 바꿀 수 없다. 공간 위에 펼친 후 마지막으로 걸기 전에 1차 데이터와 메타 데이터 사이의 정합성(이 카드가 여기로 분류되는 것이 맞는지. 다른 그룹으로 옮겨야 하는 카드는 없는지. 또 하위분류할 수 있는 것은 없는지. 하위 그룹을 상위 그룹으로 통합할 수 없는지 등)을 확인한다. 확인이 끝나면 준비한 카드를 붙인다. 포스트잇이면 겹쳐서 붙일 수도 있고, 붙였다 뗐다 할 수 있어 편리하므로 고무줄 고리처럼 아날로그적 소도구는 필요 없을지도 모른다. 다만 조작성 면에서 KJ카드는 사용하기에 편리하다.

차트화

맵핑이 끝나면 차트화를 시작한다. 차트(chart)는 '해도(海圖)'를 의미하는데 항로가 보이지 않는 해면(海面)에 진행 방향을 나타낸다. 차트는 다른 말로 '요인연관도'라고도 하는데, 여러 개의 담론 집합 사이에 있는 논리적 관계를 끌어내기 위한 것이다.

담론과 담론 사이의 논리적 관계는 다음 세 가지만 알면 된다. 즉 '인과관계'와 '대립관계' 그리고 '상관관계'다.

인과관계는 A가 일어난 후에 높은 개연성으로 B가 일어나는 것 이상을 의미하지 않는다. A라는 일과 B라는 일의 사이에 시간이라는 변수를 개입시켜도 된다. 시간이라는 축 위에서 일어난 일의 순서를 배열하면 이를 이야기라 한다.

대립관계는 A와 B가 서로 맞지 않는다는 의미다. 인간은 종종 모순을 이야기하는 법이다.

상관관계는 A라는 현상과 B라는 현상이 높은 개연성으로 동시에 발생했으나, 어느 쪽이 원인이고 어느 쪽이 결과인지 판단할 수 있다는 의미다. 사회에는 유사상관을 포함해 엄청난 상관관계가 존재한다. 최근 NHK가 '과제해결형 AI'를 이용해 빅데이터를 처리한 결과 '40대 독신자 비율이 높아지면 자살률이 높아진다'는 예측을 얻었다고 발표했는데, 이를 '인과관계'라 할 수 있을까. 매개변수에 '젠더'나 '빈곤'을 포함하지 않으면 설명할 수 없는 유사상관일 수 있다.

메타 데이터 사이를 이 세 가지 논리적 관계로 연결하는 것이 다음 과제다. 그룹 사이를 아래 세 선으로 연결하기만 하면 된다.

인과관계 A→B

대립관계 A↔B

상관관계 A⇌B

모든 메타 데이터를 셋 중 아무 논리적 관계로 연결해보자. 이때 어떻게 해도 연결되지 않는 메타 데이터가 있을 수 있다. 이런 경우 무리하게 연결하지 않는 것도 중요하다. 다른 그룹과 연관이 없는 고립된 메타 데이터가 발생하는 경우, 이를 KJ법에서는 '무리를 이탈한 원숭이' 또는 '외딴섬'이라고 부른다. KJ법 창시자가 속한 도쿄학파 연구자들 중에는 인류학자나 영장류학자가 많아서 KJ법의 용어에는 그들 연구 분야의 용어가 등장한다. 참고로 이렇게 얻은 차트(요인연관도)를 다른 말로 '만다라도'라고도 부른다. 이는 KJ법 발안자인 카와키타 지로 씨가 원래 네팔을 필드로 하는 인류학자였기 때문에, 불교 경전을 하루에 설명하는 영상을 현지에서는 '만다라'라고 부르는 데서 온 것이다. 이렇게 완성한 차트의 실례를 살펴보자[도표10-2].

도표10-2. 차트의 실례.

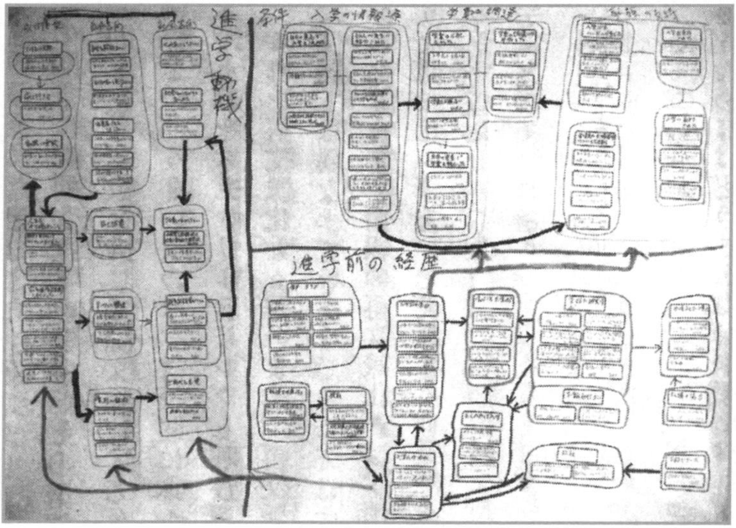

출처: 이치노미야 시게코 차조노 도시미 편, 우에노 지즈코 감수, 〈담화 분석―'바로 사용하는' 우에노식 질적 분석방법의 실천〉, 〈생존학 연구센터―보고〉 27호, 리쓰메이칸대학교 생존학 연구센터, 2017

스토리텔링

거의 모든 메타 데이터 사이에 논리적 관계를 제시할 수 있다면 일단 여기서 분석이 끝난다. 책에 등장하는 만다라도의 경우, 만약 '불교의 세계관은 무엇인가?'라는 질문을 받았을 때, 이 만다라도를 제시하면 되는 것처럼 요인연관도는 정보콘텐츠와 상호 관련적인 구조를 가지고 있기 때문이다.

그러나 이것으로는 논문이 되지 않는다. 논문은 반드시 언어정보로 구성된다. 요인연관도가 2차원 정보라고 한다면 언어정보는 1차원 정보, 즉 시간이라는 변수 위에 배열되는 기호의 집합이다. 경전을 2차원 정보로 전환한 것이 '만다라도'라고 한다면 만다라도의 세계관을 설명하기 위해서는 다시 이를 언어화해야 한다.

우리는 이미 단어와 담론, 이야기를 구별했다. 인터뷰로 얻은 1차 데이터는 담론의 집합이다. 이를 시간순으로 배열한다. 이 정보를 따로 떼어내 담론 단위로 유닛화하는 것은 시간이라는 변수를 배제하고 탈문맥화하는 작업이다. 이 담론에서 나온 정보 유닛에 논리적 관계를 부여하는 것은 담론 간에 다시 시간이라는 변수를 도입해 이야기를 편성하는 것이다. 이를 스토리텔링이라 한다.

또 이를 재문맥화라고도 한다. 재문맥화된 담론 간의 구조는 최초의 데이터에 있던 문맥과 다르다. 여기서는 이미 다양한 정보가 공(생산)이 이뤄졌다. 정보의 재문맥화는 정보의 집합 사이에 있는 당사자도 눈치채지 못하고 놓친 '구조'를 발견하는 작업이기도 하다. 그리고 그 구조를 시간축에 따라 이야기로 만드는 것을 '설명'

또는 '해석'이라 한다. 왜냐하면 여기서는 화자가 아닌 청자에게 '이해 가능'한 형태로 정보가 가공되기 때문이다.

스토리텔링의 규칙

20~30개에 달하는 여러 개의 담론 집합 사이에 시간이라는 변수를 개입시켜 이야기를 만들기 위해서는 어떻게 해야 할까?

나는 항상 이런 비유를 든다. 만다라도는 마치 직물과 같다. 2차원 직물의 이음새에서 실을 풀어서 1차원의 털실로 돌아간다. 이때 어디를 풀어서 입구로 만들고 어디를 끝으로 만들지를 생각해야 한다. 다르게 말하면 시작과 끝, 출발점과 착지점을 설정한 후 이야기의 시나리오를 정하는 것이 좋다.

어디서부터 시작할까? 이를 가늠하는 두 가지 방법이 있다.

우선 전체 만다라도를 보고 정보 유닛이 집합된 부분을 발견한다. 구분법은 간단하다. 유닛의 수가 많으면 그 그룹의 분량이 커지기 때문이다. 무엇이 중요한지는 청중이 아닌 화자가 정한다는 것이 이 방법에서 시각적으로 분량이 많아지게 하는 이유다. 따라서 인터뷰 데이터를 예로 들면 같은 내용이라 하더라도 생략하지 않고 반복하면서 정보를 유닛화하는 것이 중요하다. 이것이 취재 메모나 필드 노트라면 반복이 많은 정보는 한 줄로 끝난다. 조사자는 자신이 이질감을 느낀 노이즈만을 정보로 받아들이는 경향이 있다. 그러나 이 분석방법을 실행해보면 놀라게 되는데, 흘려들었던 것을 화자가 계속 반복해 지겨울 정도로 이야기한다는 사실을 깨닫고,

즉 그 화제가 화자에게 중요한 주제라는 것이 시각적으로 드러난
다. 따라서 화자에게 중요성이 높은 정보에서 그렇지 않은 정보로
이야기를 진행하는 방법이 있다.

또 다른 방법은 논리적 관계를 따지는 것이다. 이것도 시각적으
로 추적할 수 있다. →가 계속 나오는 그룹과 →가 계속 들어가기
만 하고 나오지 않는 그룹을 찾는다[도표10-3].

→가 나오는 방향 한쪽의 담론 집합이 입구가 되고 들어가는 방
향 한쪽의 담론 집합이 출구가 된다. 이 사이를 →에 따라 이야기
로 만들기만 하면 된다.

스토리텔링을 위해서 접속사를 사용한다. 인과관계라면 '그래

도표10-3. ➤가 들어가는 그룹과 나오는 그룹.

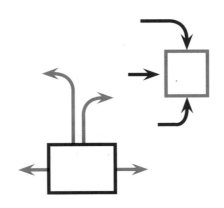

서' 또는 '따라서', 이를 거슬러 올라가면 '이는' 또는 '왜냐하면', 대립관계라면 '그러나' 또는 '그렇지만', 상관관계라면 '이와 동시에' 또는 '이와 함께'를 사용한다.

이야기로 만들기 위해서는 규칙이 있다.

첫 번째는 모든 메타 데이터를 한 번 이상 사용하는 것이다. 두 번째는 필요에 따라 1차 데이터를 언급하는 것이다. 이 경우에 '예를 들어'라는 접속사가 효과적이다. 세 번째는 접속사 외에 1차 정보에 없는 정보는 최대한 입력하지 않는 것이다. 이 규칙에 따라 보고서가 작성되었는지를 확인하기 위해 다음과 같은 과정을 거친다. 보고서 제출 시 메타 데이터는 고딕체로, 언급한 1차 데이터는 밑줄을 그어 표시하고 어디에도 해당하지 않는 내용이 적으면 적을수록 보고서는 1차 데이터를 가공한 비율이 낮은 것이다. 이렇게 제출한 사례보고(case report)의 실례를 살펴보자[도표10–4]. 뒤에서 설명하겠지만 11장에 나오는 릿쿄 세컨드 스테이지 대학의 수강생 중 한 명인 아무개 씨가 수료생 한 명을 인터뷰한 사례보고다. 밑줄이 없는 부분이 적으면 적을수록 정보가공도가 낮다는 뜻이다. 그리고 이 보고서의 장점은 누가 작성해도 거의 동일한 수준의 보고서를 작성할 수 있다는 것이다.

이렇게 얻은 리포트가 사례 분석(case analysis)이다. 사례 분석은 철저하게 1차 데이터를 바탕으로 하므로 설사 하나의 사례라도 증거가 있다고 주장할 수 있다. 또 자의적인 정보가공을 하지 않았다고 주장할 수도 있다.

메타메타 데이터의 생산

여기까지 결과를 도출했다면 한 단계 더 진행해보자. 정보의 정보가 메타 데이터라면 메타 데이터에 관한 정보는 메타메타 데이터다. 정보생산의 차원이 그만큼 상승한다. 예를 들어 사례보고를 개관해보면 여기에 무엇이 있는지뿐 아니라 거기에 무엇이 없는지까지도 검토할 필요가 있다. 담론 생산에는 일정한 경향이 있고 왜 특정 담론은 구조적으로 생산되고, 별로인 담론은 생산이 억제되는가와 같은 의문을 던진 것이 푸코였다. 예를 들어 주제에 관해 긍정적인 담론만 등장한다면 이는 왜일까? 논리적으로는 성립하나 현실적으로는 등장하지 않은 잠재적 담론은 무엇이며, 이는 왜일까?

여기까지 질문을 세웠다면 이번에는 만다라도의 외부에 있는 문맥정보가 해석의 장치로 사용된다. 시대, 세대, 나이, 성별, 학력, 직업 등 그 관계를 고찰한다. 애초에 인터뷰조사에 응해준 정보제공자는 연구주제에 관심이 많고, 조사자에 대해 긍정적 샘플인 경향이 강하기 때문에 처음부터 샘플 바이어스가 걸렸을지도 모른다고 해석할 수 있다. 여기부터가 분석자의 '고찰'이 시작되는 시점이다. 고찰은 메타 데이터에서 생산된 메타메타 데이터라 할 수 있다.

고찰은 추론(speculation)이기도 하다. speculation은 사변이라고도 번역할 수 있는데, 억측이라고도 해석한다. 여기서부터는 해석자의 추론, 즉 억측이 개입된다. 한정된 정보원에게 어디까지 정보를 끌어내야 하는지 고민하는 것이다.

정보의 차원이 올라가면 올라갈수록 1차 데이터에서 정보생산은 이륙(take off)한다. 그만큼 자의성이 개입할 가능성이 커지는데, 이 경우에도 이미 언제나 1차 데이터로 돌아갈 수 있는 것이 이 분석방법의 장점이다. 메타메타 데이터는 언제라도 메타 데이터로 소급할 수 있으며, 메타 데이터는 1차 데이터로 소급할 수 있다. 따라서 무엇을 근거로 이렇게 추론했는지를 제시할 수 있을 뿐 아니라, 그 추론이 타당한지도 언제나 검토할 수 있다.

도표10-4. 보고서의 예.

사례보고

분석자: 가시무라 다카오
소속: RSSC 본과
샘플 코드: 5M66
페이스 시트: 5기, 남성, 66세, 대학 졸업, 보험회사 60세 정년을 기점으로 은퇴, 현재 NPO이사, 동거가족: 아내, 자녀 두 명.

제목: '회사원 제2의 인생 성공'

1. RSSC 지망 동기와 만족도

1-1. 남은 인생, 의무적으로 살지 말고 즐기며 유익하게 보내자.
대학 졸업 후 보험업계에 몸담아 <u>38년 동안 한 회사에서 근무했다. 안정감은 있었지만 한편 한 회사에만 익숙하다 보니 시야가 넓다고는 할 수 없다고 스스로 평가한다. 회사 연수에서 '건강수명'을 알게 되었다. 그렇게 길지 않았다. 정년 후에도 누군가의 지시를 받고, 의무감에 사로잡혀 사는 것보다 자신의 의지로 즐겁고 유익하게 보내는 방법을 찾는 것이 중요하다고 판단했다. RSSC</u>

에는 호기심을 충족하고, 시야와 행동 범위를 확장하는 소재가 무수히 많다. 또 이를 발전시키는 인간관계를 구축할 수 있다고 생각한다. 이를 지망 동기로 설정했다.

1-1-1. 60세에 은퇴해 대만족.
지금은 60세로 은퇴해 크게 만족한다. 학창시절이나 사회에서의 인간관계도 여전히 유지하고 있으나, 그들과 전혀 다른 새로운 인간관계를 구축하는 것에 매우 높은 만족감을 느낀다.

1-2 다시 한번, 학생식당에서 카레라이스를 먹고 싶었다.
일부러 농담처럼 표현했지만 '다시 한번 학교식당에서 식판 가득 쌓아 올린 카레라이스가 먹고 싶었다. 그리고 또 도서관에서 낮잠을 자고 싶었다'라고 썼고, 자신의 대학 생활을 회고하는 마음과 염원이 엿보인다. RSSC는 인터넷 서핑으로 알게 되었다. 이런 곳이 있다니 내게 딱 맞는 곳이라고 생각했다. RSSC에 들어간 것은 학문을 심도 있게 공부하거나 자격을 취득하고 싶어서가 아니다. 건강할 때 매일 유익하게 하루하루를 보내는, 즉 앞으로의 인생을 살아가는 토대를 여기서 찾고 싶었다. RSSC에는 사회생활과 다른 상식과 세계가 있다는 것을 알게 되었다.

3. RSSC에서는 교류가 주된 목적.
RSSC에서의 의의를 '소중한 교류를 나눌 수 있었으며, 이것이 RSSC에서 얻은 가치의 전부였다'며 몇 번이고 '교류'라는 단어를 강조했다. RSSC 수강생, 수료생, 교사뿐 아니라 이를 통해 더 다양한 사람과의 교류를 통해 시야와 활동영역이 확대되고, 새로운 관계를 구축한 것에 만족감을 보인다.

1-3-1. RSSC 동기 90명의 이름을 전부 외웠다.
본인은 가을까지 동기 90명 전원의 이름을 외운 것이 입학할 때의 목적을 이룬 것이기에 자랑스럽다. RSSC 재학 기간은 인맥의 토대 구축에 집중했다. 이곳에서 제조업, 금융, 교사, 공무원 등 다양한 사람들과 교류하는 만족감을 느꼈다. 또 공감할 수 있는 친구를 찾는 것을 주장하며 RSSC에서의 의식적 인맥 구축을 자신의 성과라 보고 있다.

1-4. 비용 대비 만족감이 크고, 학비가 300만 원으로 식비보다 저렴하다.
RSSC의 1년 학비가 약 300만 원으로 월 25만 원 정도다. 식비보다 저렴하다. 자신의 식비와의 비교를 예로 들었으며, RSSC는 경제적으로 여유가 있는 사람들만 다닐 수 있는 곳이 아니라는 것을 시사하고 동시에 비용 대비 만족감이 높은 모습을 보였다.

1-5. 전체 커리큘럼의 강사와 선배의 인맥을 활용한다.
전체 커리큘럼의 수업이 젊은 사람들과 함께 교류할 수 있어 즐겁다는 점, 전에는 본과 전공과 혼합 세미나였기 때문에 다양한 선배와 교류할 수 있다는 점, 전체 커리큘럼의 강사와도 인맥을 쌓고 강사의 추천으로 다른 시니어 컬리지로 활동 범위를 넓히는 등 인맥을 중시한다.

1. 수료 후의 활동

2-1. NPO 활동과 RSSC 동창생과의 교류가 활발하다.
수료 후, 재학 중 세미나에서의 인연으로 여학생을 지원하는 셰어하우스를 NPO 법인으로 설립하는 일원이 되어 현재 이사로 활동하고 있다. 안정적인 회비수입이나 기부가 없으면 NPO는 통상적으로 적자를 보는 구조이며, 하우스의 일상적 운영이나 NPO 법인으로서의 근무가 힘들지만 RSSC 수료생 80명이 회원가입하고 다양한 지원 활동을 하고 있다.

2-1-2. NPO 학생지원 셰어하우스 운영의 그림자.
개설 당시의 리모델링 자금을 분할 결제하며 학생을 위한 식재구입비, 직원 인건비 등을 충당해야 해서 운영 면에서 다양한 어려움이 수반됨. 숙박이나 조리는 허용하지 않지만, 사무운영이나 조직 경영 면에서는 자신의 전직(보험회사)에서의 인맥과 경험을 살리는 점, 또 많은 RSSC 수료생 전원이 무상으로 봉사하고 있다.

2-1-3. NPO에서의 합의 형성에 시간을 요한다.
지금까지 사회에서는 수직적 조직문화에서 생활했기 때문에 NPO의 대등한 관계에서의 합의 형성에 시간이 걸리는 등 어려움도 있으나 이를 즐기며 긍정적으로 노력하고 있다.

2-2. RSSC 수료 후는 유연하게 생각한다.
'RSSC에서 교육받았으므로 사회공헌에 반드시 참여해야 한다'라고 일률적으로 생각할 필요는 없다고 본다. 수료 후 각자 진로를 생각하고 진행하면 된다. 자신의 진로를 타인이 물어보면 '여전히 고민 중이다'라고 대답하지만 실제로는 NPO 활동 외에 치바대학, 시니어 자연대학, 시니어 사회학회, 방송대학에도 참여하며 높은 사회공헌 의식과 향학심을 보인다.

2. 고찰
본 사례는 '교류가 전부'라는 RSSC의 의의를 교류와 인맥 구축을 바탕으로 만든 샘플이다. 본인은 대학 졸업 후 38년 동안 줄곧 보험회사에서 일했고, 60세에 정년퇴직해서 자회사에서 계속 근무하기를 원했으나 거절당하고 RSSC에 입학했다. 이는 본인이 몇 번이나 주장했듯이 '이제 의무감으로 생활하는 것은 그만하고 싶다', '새로운 인간관계를 맺고 싶다'와 같이 사회생활 시기의 가치관을 완전히 바꾸고 싶다는 마음과 상반된 것처럼 보인다. '다시 한번, 학생식당에서 인심 좋은 카레라이스를 먹고 싶다' '또 도서관에서 낮잠을 자고 싶다'와 같은 말이 상징하듯이, 학창시절로의 회귀라고 할 수 있는 소비 경향을 엿볼 수 있었다. 본인은 RSSC의 의의를 '교류와 인맥으로 발전하는 것이 전부'라고 생각하며, 사실 재학시절부터 의식적으로 인맥관리를 적극적으로 펼쳐 많은 동기를 얻었고, 그 지혜를 바탕으로 지금 NPO 학생 셰어하우스 운영에 연결했다. 그 결과 만족도에 대해서는 '비용은 월 25만 원으로 식비보다 저렴하다. 비용 대비 대만족이다'라고 말할 정도로 높은 만족감을 느낀다. 수료 후에도 RSSC에서 맺은 인맥을 중심으로 회사원 제2의 인생 성공형이라 할 수 있는 사례다.

11

KJ법의 발전형

매트릭스 분석

이런 사례보고 몇 개를 구축하면 그것이 연구의 주요 콘텐츠가 된다. 그러나 분석은 이것으로 끝나지 않는다. 사례의 수가 하나일 경우 모노그래프지만 모노그래프에서조차 예를 들어 전국평균과의 비교와 같은 데이터가 사례기술을 위해서 필요하다. 사례의 독창성은 반드시 비교를 바탕으로 나타난다. 사례가 여러 개라면 비교는 필수다. 비교는 실험적 방법을 허용하지 않는 사회과학에 없어서는 안 될 방법이다.

　이제부터는 KJ법에는 없는 우에노식 질적 연구방법의 묘미를 살펴보자. 결론부터 말하면 사례 분석과 코드 분석을 병행해서 데이터를 사례의 문맥과 비교의 문맥 양쪽에서 분석하는 방법이다. 이를 나는 '데이터를 흡수하다'라고 표현한다.

[도표11-1]을 살펴보자. 세로축은 사례, 가로축은 코드로 성립된 2차원 평면을 매트릭스라 부른다. 코드는 조사항목을 가리키고 +는 응답, -는 무응답이다.

반구조화 자유응답법에서는 모든 샘플에 공통된 질문을 부여한다. 코드A에서 코드C까지가 그 구조화된 설문이라고 하자. 즉 사례1에서 사례n까지 모든 응답을 얻을 수 있다. 이 응답 내용은 사전 코딩하면 선택지① ② ③ ……과 같이 되는데, 자유응답법에서는 질적 정보 분석으로 후코딩한 결과 몇 개의 유형이 나타난다.

도표11-1. 매트릭스의 예.

사례 \ 코드	코드 A	코드 B	코드 C	코드 D	코드 E	코드 F
사례 1	+	+	+	+	+	-
사례 2	+	+	+	+	+	-
사례 3	+	+	+	+	+	-
:	+	+	+	+	-	-
:	+	+	+	-	-	+
사례 n	+	+	+	-	+	-

※ +는 데이터가 존재한다는 의미다.

매트릭스 분석의 실례

매트릭스 분석의 정밀한 실례를 실었다. 리쓰메이칸대학교 대학원 첨단종합학술연구과에서 학위를 취득한 이치노미야 시게코 씨의 예다(이치노미야, 2016). 그녀는 생체 간이식이라는 최첨단 의료현장에서 간호사로 20년 가까이 근무했고, 의사와 다른 치료의 성공 여부 판정을 기증자 편에서 추적해왔다.

의사는 치료의 성공 여부를 환자, 즉 장기 기증을 받은 사람의 생존과 사망으로 판단한다. 생존하면 치료는 성공이고, 사망하면 실패로 판단은 간단하다. 의사는 환자에게만 관심이 있고 환자 이상으로 오래 살아갈 기증자의 인생에는 관심을 기울이지 않는다. 그러나 그녀는 오랫동안 환자와 그 가족과의 접촉을 통해서 살아 있는 장기를 제공하는 침습성이 높은 치료에 응한 기증자 측에 다양한 문제가 생긴다는 것을 발견했다. 기증자 측에서 생체 간이식은 다른 관점으로 보인다. 의사가 성공이라 판단하는 생존군에서도 응어리를 안고 인생을 사는 기증자가 있고, 반대로 의사가 실패라고 판단하는 사망군 중에도 자신의 행위를 납득하고 긍정적으로 받아들이는 기증자도 있었다. 그녀는 자신이 추적한 20개 이상의 증례(症例) 중 조사윤리상 동의를 받지 않은 3개의 사례를 제외한 총 17개의 사례를 철저하게 귀납 분석했다. 거기서 얻은 사례와 코드의 매트릭스는 [도표11-2]와 같다. 17개의 사례는 3개의 분석축에서 다음과 같은 4개의 유형으로 분류된다. 기증을 받은 사람이 S(survivor, 생존군)인지, D(Dead, 사망군)인지, 제공자가 P(Positive, 긍정적)인지 N(Negative, 부정적)인지. SP(생존군에서 기증자가 긍정적)인지, DN(사망군에서 기증자가 부정적)인지와 같은 유형은 가설의 범위지만, DP(사망군에서 기증자가 긍정적)인지와 같은 일탈적 사례의 해석이 필요하다. 그 밖에 SN(생존군에서 기증자가 부정적)이라는 흥미로운 일탈적 사례도 있으나, 샘플의 동의를 구할 수 없어 눈물을 머금고 사례에서 삭제했다.

도표11-2. 기증자의 의사결정이 초래하는 효과와 관계성의 변용.

사례번호	성별	속성	후보자 선정			기증자 의사		관련자와의 관계성											
			의학적이유	젠더규범	가족규범	자발성	강제성	지역의사	이식의사	코디네이터	간호사	장기이식 수용자	가족	친족	사업주	지역주민	장기이식경험자와 가족	장기이식가족지원단체	지인
SP①	남	장남	+	+	+		+	+							+				
SP②	여	장녀	+		+		+	+					+	+					
SP③	남	부	+	+			+	+	+										
SP④	여	모		+	+	+		+											
SP⑤	여	아내	*	+	+	+				+			+	+					+
SP⑥	여	모		+	+	+		+			+								
SP⑦	남	부		+	+	+		+				+	+						
SP⑧	남	형제		+	+	+						+	+		+				
SP⑨	여	아내		+		+		+	+	+		+		+	+				+
SP⑩	여	아내			+	+		+	+	+		+	+	+	+				+
SP⑪	남	남편			+	+		+				+	+		+				
SP⑫	여	모		+	+	+		+				+	+	+					
SP⑬	여	모		+		+		+					+		+		+	+	
SP⑭	남	남편	*	+		+		+					+		+				
DP⑮	남	남편	*		+	+		+					+	+	+				
DN⑯	여	시모		+	+		+						+	+					
DN⑰	남	남편		+		+		+							+	+	+		
합계			3	13	12	13	4	14	3	3	1	6	11	7	9	1	2	1	3

매트릭스 분석의 장점

매트릭스 분석에는 중요한 색출적(heuristic) 효과가 있다. 연역법만이 색출적 방법은 아니다.

연역법과 달리 귀납법에서는 거기에 있는 것에 관해 알 수 있지만, 거기에 없는 것에 관해서는 알 수 없다. 사례 분석과 코드를 짜면 특정 사례에는 등장하나 다른 사례에는 등장하지 않는 코드(매트릭스표의 공란)가 등장한다. 이는 다음 세 가지로 해석할 수 있다. 첫 번째는 원천적으로 1차 데이터가 불완전(인터뷰에서 질문 누락, 정보제공자가 말하지 않은 것)해서 제외된 것인지, 두 번째는 '논리적으로 불가능한지', 세 번째는 '논리적으로는 가능하나 경험적으로 등장하지 않는지'다. 첫 번째 이유라면 서둘러 추가조사를 하면 된다. 두 번째 경우는 이해할 수 있지만, 세 번째 경우가 중요하다.

푸코는 특정 담론 공간 안에서 특정 담론은 생산되나 그렇지 않은 담론은 '논리적으로는 가능하지만 등장하지 않을' 가능성을 시사했다. 그 담론 공간의 왜곡이나 경향을 밝히는 것이 담론 분석의 목적 중 하나다. 언어화된 1차 데이터 처리는 담론 분석과 동일하므로 그 안에 무엇이 구조적으로 등장하고 무엇이 구조적으로 등장하지 않는지를 메타 차원에서 판단하는 것이 중요한데, 매트릭스 분석에서는 이를 시각적으로 쉽게 할 수 있다.

한 여성회관의 연수프로그램에서 있었던 일이다. 참가자는 지자체 공무원, 비정규직, 시민 이용자 세 종류의 그룹이었다. 그룹 토의를 할 때 처음에는 서로 다른 속성의 사람들을 섞어 혼성 그룹을 만들려고 했는데, 생각을 바꿔서 세 그룹의 사람들로 각각 다른 그룹을 만들어 검토 결과를 분석하고 이를 서로 비교하기로 했다. 그 결과 놀랄 만한 차이를 발견했다. 비정규직 사람들의 1차 데이터에는 존재하던 고용조건의 불만 등에 관한 코드가 지자체 공무원의 1차 데이터에는 존재하지 않았으며, 또 시민 이용자의 1차 데이터에 등장한 이용자 서비스에 대한 요청사항에 관한 코드도 지자체 공무원의 1차 데이터에는 존재하지 않았다. 세 그룹의 매트릭스를 통합해 코드를 비교해보면, 어떤 그룹에 무엇이 있고 무엇이 없는지 일목요연하게 알 수 있다. 지자체 공무원에서는 비정규직의 불만에 대한 상상력도 없었으며, 이용자 서비스에 대한 의식도 부족함이 가시화되는 결과를 얻었다. 싫든 좋든 데이터가 보여주는 분석 결과이기 때문에 지자체 공무원 그룹도 이를 받아들일 수밖에 없었다. 매트릭스 분석에는 이런 효과도 있다.

데이터를 꼼꼼하게 분석하라

사례 분석과 코드 분석을 합하면 같은 데이터를 여러 문맥으로 분석할 가능성이 있다.

먼저 사례 분석을 한다. 이때도 무작위로 작성하면 안 된다. 자신이 설정한 연구질문에 맞춰 무엇을 설명하고자 하는지를 둘러싸고 대상 사례를 유형화하는데, 예를 들어 긍정군과 부정군 또는 성공사례와 실패사례처럼 유형별로 작성한다. 이것이 매트릭스의 구축에 맞춘 분석이다.

나아가 코드별로 코드 분석을 한다. 코드 분석방법도 기본은 사례 분석과 동일하다. 1차 데이터에서 같은 코드를 기초로 여러 사례를 모아서 이를 분석·종합하면 된다. 조금 수고스러운 작업이지만 이렇게 함으로써 단독사례로는 얻을 수 없는 비교를 통한 발견을 얻을 수 있다. 같은 코드를 기초로 여러 개의 사례를 얼마나 분석했는지가 그 분산에 영향을 주는 사례의 속성과 요인은 무엇인지, 사례의 집합 중 분산(또는 경향)은 다른 샘플에서 얻은 데이터(전국평균 또는 지역평균)와 비교해 어떻게 편중되어 있는지, 그 편차는 샘플에 관해 무엇을 이야기하는지와 같은 속성 분석이 가능하듯 1차 데이터의 유닛에 알기 쉬운 샘플 코드를 넣는 것은 이 때문이다.

기본적으로 사례 분석과 코드 분석 모두 1차 데이터에서 떨어져 나온 것을 근거로 철저하게 귀납 분석을 하는 것이 전부다.

매트릭스 분석의 아웃풋

매트릭스 분석은 아웃풋을 도출하기가 쉽다. 여기서 실례를 들어 살펴보자.

내가 특임교수를 역임한 릿쿄 세컨드 스테이지 대학에서는 수강생을 대상으로 KJ법 실습을 하고, 그 결과를 보고서로 정리하는 과제를 냈다. RSSC는 평생학습 욕구가 높은 사회인을 대상으로 한 사회인 교양 코스다. 응시자격은 50세 이상이며 시험도 치러야 한다. 원래 일본 단카이 세대의 정년퇴직자나 자식을 다 키운 주부를 대상으로 한 강좌로 다른 대학의 비슷한 사회인 대상 강좌와 비교해 대학교만의 강점인 소수 세미나 형식을 취한 성공사례다. 단기 문화 강좌나 대학의 시민 공개강좌에 뒤지지 않으며, 입문코스에서 더 공부하고 싶은 향학열이 강한 사회인을 매료했다. 수료하면 논문을 제출하고 졸업하는 조건도 있고, 인풋뿐 아니라 아웃풋도 요구했다. 나는 여기서 정원제 세미나 형식으로 '정보생산자가 되자'는 수업을 담당했다. 이 책은 원래 이 세미나에서 탄생한 부산물이다. 누구나 나이가 몇 살이건 적극적으로 노하우를 습득하면 정보생산자가 될 수 있다. 상대는 반세기 이상 살아온 성인들로 각자의 생활경험에서 하고 싶은 말이나 주장하고 싶은 바를 가지고 있었다.

2008년에 개설된 RSSC가 10년째를 맞이했고, 10기 수강생들이 들어왔다. 수강생은 기업의 정년퇴직자나 교직원, 세무사, 공인회계사처럼 전문직 종사자, 지역 활동이나 봉사 활동 경험이 풍부한 여성들까지 인재풀이 풍부했다. 한 기수에 정원 100명으로 10기까지 약 1,000명의 수료생을 배출했으니 이 인재풀을 활용할 수밖에 없다. 수료생들이 졸업 후 어떤 활약을 하는지 수료생에게 RSSC에서의 경험은 어떤 영향을 주었는지를 알고 싶은 것도 당연하다. 재학생에게도 가까이 다가온 수료 후 인생 설계에 선배들의 경험이 도움을 줄 것이다.

그래서 10기까지의 수료생 중에서 기수마다 1명씩 총 10명을 대상으로 성별의 균형을 고려하며 스노우볼 샘플링을 했다. 스노우볼은 눈뭉치다. 눈사람을 만들 때 조금씩 눈뭉치를 굴려서 만들 듯 샘플에서 샘플로 평판이나 소개로 대상자를 늘려가는 방법이다.

그리고 반구조화 자유응답법에 의한 면접조사를 실시했다. 면접은 1시간에서 1시간 반 동안 진행하고 그 데이터를 KJ카드로 유닛화해, 이를 가지고 분석을 시작했다.

KJ카드는 한 세트가 20장이므로 박음선을 뜯기 전에 반드시 복사해서 2세트를 준비해야 한다. 따라서 1차 데이터의 집합은 합해서 3세트가 된다. 한 세트는 펼치지 않고 그대로 보관한다. 시계열이라는 문맥에 집착하지 말고 남겨두기 위함이다. 나중에 되돌리려 할 때 문맥에 묻힌 정보를 추출하기 쉽다. 남은 2세트 중 한 세트는 사례 분석용, 나머지 한 세트는 코드 분석용이다. 두 가지 모두 1차 데이터에는 샘플 코드를 구석에 써둔다. 예를 들어 '1M60'(1기생 남성 60대라는 표시)와 같이 쓴다. 성별과 나이는 원래 기본속성 데이터다. 여기에 조사 설계에 관한 유형 기호(여기서는 기수)를 입력해둔다.

그다음은 지금까지의 KJ법 분석과 같으나, 매트릭스 분석은 후반이 다르다.

먼저 KJ법 분석을 한다. 이는 데이터를 추출한 본인도, 그렇지 않은 사람도 할 수 있다. KJ법이 재미있는 것은 다른 사람이 추출한 1차 데이터도 분석할 수 있다는 점이다. 데이터를 추출한 본인이 아닌 담당자가 분석하면 1차 데이터 유닛화의 결함이나 면접조사의 한계가 잘 드러난다. 왜냐하면 문맥에 묻혀 있는 정보는 기록자가 다 이해했다고 생각해도 탈문맥화했을 때 비로소 정보의 독립성이 문제가 되기 때문이다.

여기까지는 누구라도 할 수 있다.

다음으로 코드 분석에 들어간다. 반구조화 자유응답법에 의한 면접에서는 코드를 크게 셋으로 나눠 진학 전, 재학 중, 수료 후로 구분했다. 시계열이라는 원래의 단순한 코드화라면 1차 데이터를 이 세 가지로 분류하면 간단하다. 샘플 10명의 1차 데이터 약 1,000건 이상을 3개로 하위분류하고, 나아가 중요한 조사항목은 '수료 후'이므로 가장 유닛의 수가 많은 '수료 후' 1차 데이터를 후코딩으로 얻은 2개의 상위 카테고리인 '활동'과 '인맥'으로 하위분류한다. 이것으로 코드마다 1차 데이터 수는 200개 내외로 추려진다. 이로써 '감당할 수 있는' 분량이 된다. 개수를 줄이고 싶으면 더 많은 하위분류를 하면 된다.

이 코드별 1차 데이터를 마찬가지로 KJ법으로 분석한다. 이 코드 분석으로 나온 후코드는 아래와 같다. '진학 동기' 안에는 '인생 리셋', '배움', '만남'이라는 크게 세 가지 동기가 있었고, '재학 중의 대학평가'에서는 '다른 사람에게도 추천하고 싶은 RSSC'. '수료 후' 활동에 대해서는 '배움에 좀 더 중점을', 인맥에 대해서는 '인맥은 재산'과 같은 발견이 있었다. 이런 워딩은 KJ법 분석 과정에서 나온 메타 데이터 그 자체다. 코드 분석을 위해서는 데이터의 속성별 분산에도 주의해야 한다. 여기서 샘플 코드가 나온다. 한 특정 코드에 나이·성별의 편차가 없는지, 남성에만 집중되고 여성이 배제된 코드는 없는지, 나이나 기수의 영향은 없는지를 살펴본다. 이 조사에서는 샘플의 수가 너무 적기도 해서 기수별·나이별·성별의 경향은 별로 관찰되지 않았다.

사례 분석 편에서는 사례마다 사례를 한마디로 정의할 수 있는 캐치 카피를 적었다. 이른바 면접조사에서 얻은 1차 데이터의 메타 메타 데이터라 할 수 있는 것이다. 거기서 나온 것이 '회사원 리셋 성공: 5기 남성(60대)', '사회인을 사회공헌에 눈뜨게 하다: 8기 여성(50대)', '세미나 동료는 평생의 재산: 9기 남성(60대)' 등이다. 이런 인상적인 문구가 10개 정도로 모두 RSSC 수료생의 프로필이 떠올랐다. 그러나 여기까지가 절반이다.

코드 분석 편에는 후코딩으로 얻은 메타 데이터가 그대로 차례가 된다. 진학 전에는 '인생리셋, 배움, 만남이 세 가지 동기', 재학 중에는 '지인에게도 추천하고 싶은 RSSC'로 높은 평가, 먼저 진학한 남편이 부인에게도 추천해 진학한 경우도 있었다. 수료 후에는 '좀 더 배우고 싶다'와 '인맥은 재산'이라는 두 가지 성과가 있었다. 원래 향학열이 강한 사람들이었던 수강생은 재학 중에 연구의 재미에 눈을 떠 동기가 자극되어 릿쿄대학뿐 아니라 다른 대학의 대학원이나 사회인을 대상으로 한 코스에 진학하기도 했다. 그리고 학과 내부와 외부 활동, 특히 1년 동안 지속적인 세미나 활동을 통해 쌓은 인맥이 졸업 후에도 큰 영향을 미치고 있음이 판명되었다.

내가 '데이터를 꼼꼼하게 분석하라'고 하는 것은 1차 데이터 하나를 사례 분석과 코드 분석, 횡축과 종축 두 가지 차원에서 두 번에 걸쳐 사용하기 때문이다.

결론 부분

한 번 더 강조한다. 사례 분석, 코드 분석이 끝난 후 다음에는 양쪽을 분해해서 메타메타 섹션을 실시한다. 이것이 결론이다. 생각보다 간단하다. 보고회를 열어 분석담당자에게 분석 결과 보고를 들으며 걸리는 부분에 대해 각자의 의견을 말하면 된다. 중요한 점은 여기서도 발언을 빠짐없이 전부 정보카드로 만드는 것이다. 이 의견에서 얻은 1차 데이터, 최초의 면접조사로 얻은 1차 데이터에서 보면 정보가공의 차원이 상향된 메타메타 데이터를 바탕으로 KJ법으로 분석한다. 여기서 나오는 정보 유닛은 거의 50개 내외로 분석이 간단하다. 그리고 도출된 결론은 이것이다. '인맥이 인생을 바꿨다!' 이것이 정보생산 과정에서 창출된 메타메타 정보다.

메타메타 섹션, 즉 결론 부분에서 중요한 것은 1차 데이터를 큰 문맥에서 '부감'하지 않고 '조감'하는 것이다. 거기에 무엇이 있는지뿐 아니라 무엇이 없는지도 고려하는데, 무엇이 없는지가 결말 부분에서의 '과제와 전망'이다.

결론은 'RSSC가 인생을 바꿨다!'는 것이다. 이렇게 순조롭게 진행될 수 있을까 하는 의문이 들었지만, 데이터는 전부 긍정적인 것만 있었다. 결론 부분에서 나온 본 연구의 '한계'는 스노우볼 샘플링으로 얻은 조사대상의 샘플이 모든 기수에서 리더들에게만 집중되었다는 점이다. 스노우볼 샘플링은 입소문이므로 자연스럽게 눈에 띄는 사람, 그리고 흔쾌히 인터뷰를 받아주는 사람들에게 편중되는 경향이 있다. 그렇다면 원래 활동적이던 사람들이 RSSC 과정에 진학해 재학 중이나 수료 후에도 여전히 활동적일 뿐일지도 모른다. 이들은 잠재 가능성이 큰 RSSC가 아니라 다른 사회교육 현장에 나가더라도 비슷한 성과를 거둘 것이다. 이 해석이 올바르다면 다음 '과제'는 각 기수의 리더가 아닌 '일반 수강생'을 전략적으로 샘플링하거나 경우에 따라서는 중도 퇴학 그룹을 선별해 대조 샘플로 삼는 것도 필요할 수 있다.

　사실 나는 대학이 사회인에게 제공하는 평생교육 코스에 대해 많이 우려했다. 대학교 수업이 아무리 후퇴했다고 해도 학생은 '대졸'이라는 자격을 얻을 수 있다. 그런데 사회인 평생교육에서는 어떤 자격증도 얻을 수 없을 뿐 아니라, 설사 얻는다 해도 인생 후반에 접어들어 이를 살릴 기회는 거의 기대하기 힘들다. 이런 배움은 배움을 위한 배움, 수단으로서가 아닌 배움 그 자체에 기쁨을 느끼는 목적으로의 배움이다. 나는 《안녕, 학교화 사회》(우에노, 2002/2008)에서 전자를 '생산재로서의 교육', 후자를 '소비재로서의 교육'으로 구별했다. 이 두 가지 중 후자가 교육 커리큘럼의 질에 대한 요구수준이 높다. 하물며 사회인은 인생 경험도 길고, 시간과 비용을 들여 대학에 진학한다. 오늘날의 대학이 그들의 엄격한 요구수준에 맞는 양질의 교육을 제공할 수 있을까 하는 질문에 대해 내심 부끄럽다고 생각한 면이 있었다.

　하지만 우에노 세미나 수강생들이 가져온 데이터는 매우 긍정적인 내용이었다. RSSC에서의 경험을 통해 수료 후 활동에서 배움에 대한 의지가 커졌으며, 인맥 측면에서는 '평생의 재산'을 얻었다고 평가했다. 대학이라는 교육기관이 제공하는 서비스 상품은 어디까지나 교육이다. 인맥은 덤(프렌드 베네핏)이다. 종종 사람들에게 '학창시절에 공부한 내용이 무엇인지는 기억하지 못해도 평생 친구를 얻었다'는 말을 들으면 대학은 친구를 사귀는 장일 뿐이지 교육이라는 부가가치를 창출하지 못하는 것이 아닐까 생각했으나, RSSC에서는 배움과 봉사라는 '활동'과 이를 지탱하는 '인맥'이 자동차의 양쪽 바퀴처럼 존재한다는 사실을 깨달았다. 이 양쪽을 배양하는 것이 세미나 활동이다.

  CSR(Consumer Satisfaction Research, 이용자만족도 조사)로 본 RSSC는 전국적으로 봐도 성공사례라 할 수 있는데, 그 '만족'을 지탱하는 것이 세미나 활동과 과외 활동 등 소수 인원으로 지속성 있는 대면 커리큘럼이었다. 나는 대학의 최대 장점은 소수 정원의 세미나 수업 방식이라고 확신한다. 원래 교육이란 향연(symposion)을 의미하는 대화 속에서 생겨난 것이다. 그리스어 symposion에서 심포지엄(symposium)이라는 단어가 파생했다. 고등학교까지의 교육에는 존재하지 않는 이 쌍방향의 대면 커리큘럼을 경험하고 싶어 고등학교까지만 나온 사회인이 진학하는 경우도 있다. 여기서 맺은 사제관계와 피어(peer)[9] 집단을 바탕으로 서로의 성장을 지지하는 관계가 탄생한다. 그리고 RSSC로 실감한 '인간은 나이가 몇 살이라도 성장할 수 있는 존재'라는 사실에 감탄했다. '이를 알았다면 어째서 다른 대학은 따라 하지 않는 것인가?'라고 묻고 싶을 것이다. RSSC의 제도를 설계한 사람 중 한 명인 전 릿쿄대학 교수 쇼지 요코 씨의 대답이 압권이다.

"흉내 낼 엄두도 내지 못할 것이다. 노력이 많이 들기 때문이다."

보고서를 제출하라

이 데이터 분석을 문장으로 만든 것이 〈RSSC 수료"생"의 속마음〉이라는 A5판 전지 50쪽 분량의 보고서다. 보고서의 차례를 [도표 11-3]에 제시했다. 매트릭스 분석으로 얻은 사례 분석과 코드 분석을 '서론'과 '본론'에 끼워 넣기만 하면 된다. 간단하지 않은가?

다만 반드시 추가해야 하는 것은 여기서 제시한 차례는 어디까지나 조사보고서의 차례로 연구논문의 차례가 아니라는 점이다. 후자는 다음 장에서 설명하겠다. 질적 조사건 양적 조사건 조사는 어차피 데이터 수집방법에 지나지 않는다. 연구는 제기한 질문에 적합한 대상과 방법을 선택하고 데이터를 수집한 후 질문에 답하는 과정을 말한다. 이 조사보고서는 단지 연구를 위한 소재다. 연구는 이 소재를 어떤 방법론을 사용해 요리할 것인지에 달려있다. 학부생이 작성한 보고서 중에는 질적 조사나 양적 조사의 조사보고서를 그대로 연구논문으로 제출하기도 하는데, 그것은 단순한 조사보고서에 지나지 않으며 연구라 할 수 없다고 말하고 반려한다. 데이터를 수집해 분석하고 거기에서 대체 무엇을 말하고 싶은지, 연구는 여기서부터 결정된다. 그렇다 해도 이 조사보고서 〈RSSC 수료"생"의 속마음〉은 매우 흥미로우므로 학교로 외부인을 초청해 보고회를 열었다[도표11-4].

차례
1. 조사개요
2. 사례 분석
2.1. 활동과 배움 양쪽 모두 의욕적: 1기 남성(60대)
2.2. 한결같은 봉사자로서의 길: 2기 여성(70대)
2.3. 내밀한 동료들이 재산: 3기 여성(60대)
2.4. 배움과 즐거움 그리고 일까지!: 4기 남성(60대)
2.5. 회사원 리셋 성공: 5기 남성(60대)
2.6. 평생 현역으로! RSSC를 컨설팅하라: 7기 남성(60대)
2.7. 인맥이 지탱한 병약한 나홀로족: 7기 남성(60대)
2.8. 사회인을 사회공헌에 눈뜨게 하다: 8기 여성(50대)
2.9. 세미나 동료는 평생의 재산: 9기 남성(60대)
2.10. 재·예·부를 갖춘 팔방미인: 9기 여성(50대)
3. 코드 분석
3.1. '인생 리셋', '배움', '만남' 세 가지 동기: 진학기
3.2. 다른 사람에게도 권하고 싶은 RSSC: 재학 중의 평가
3.4. 좀 더 많은 배움을: 수료 후의 활동
3.4. 인맥은 재산: 수료 후의 교류
4. 결론: 인맥이 인생을 바꿨다!
5. 과제와 전망
후기와 평가

이 보고서 제작에 걸린 시간은 KJ법 실을 한 하루 반이었다. 물론 그전에 데이터 수집을 끝내두고, 분석 결과를 문장화하는 역할 분담에 맞춘 과제가 있었으나 거의 이틀 동안의 워크숍에서 50개의 보고서를 엮은 한 권을 완성했다.

원래 분석 노하우를 배우기 위한 실습과제였기 때문에 인터뷰도 엉성하고 허점투성이에 유닛 정보화도 어설퍼 사용하기 힘든 카드가 속속 포함되어 있었고 샘플링도 입소문으로 편중되는 등 문제가 많은 조사였으나, 그래도 확실하게 얻은 10개의 샘플 데이터에서 증명된 방법으로 여기까지는 확실하다고 말할 수 있는 결과를 도출하는 것이 우에노식 질적 분석방법의 강점이다. 그리고 인풋이 적어도 아웃풋을 확실히 낼 수 있다는 의미에서도 우에노식 질적 분석방법은 비용 대비 효과가 매우 뛰어나다.

데이터로 증명하라

연구자는 종종 '데이터로 말하라'는 표현을 쓴다. 그러나 이 데이터 사용이 자의적인지 아닌지에 대한 보증은 거의 없다. 결과적으로 '데이터가 말하는 것'이 아니라 자신이 하고 싶은 말을 '데이터

도표11-4. 〈RSSC 수료"생"의 속마음〉의 표지.
우에노식 질적 분석방법을 통한 공동연구보고서
2017년도 RSSC '당사자 연구' 수강생 일동

로 대변한다'는 결론에 도달할지 모른다. 우에노식 질적 분석방법은 데이터를 그것이 처한 구조적 문맥을 바탕으로 한 해석을 통해 해석자의 자의성을 배제하는 확실하고 실천적인 방법이다.

V부

아웃풋하다

차례를 작성하라

언어 우위

데이터 수집과 분석이 끝났다.

이제부터는 아웃풋을 도출하는 단계다. 연구자는 아무리 박식하더라도 머릿속에 엄청난 아이디어를 가지고 있다 해도, 이를 다른 사람에게 전달하지 못하면 존재 의미가 없는 것과 마찬가지다. 이과 계통 연구자라면 특허나 신약 등의 제품, 예술 계통이라면 영상이나 퍼포먼스 등의 작품이 아웃풋이 되겠지만, 인문사회과학 연구자의 아웃풋은 기본적으로 언어정보로 성립한다. 다양한 커뮤니케이션 수단 중에서 언어의 우위는 당분간 견고한 위치를 점할 것이므로 언어능력을 배양하는 것은 매우 중요하다.

예술가 모리무라 야스마사[1] 씨에 따르면 서양의 예술 업계에서는 작품뿐 아니라 작품을 통해 무엇을 말하고자 하는가와 같은 언어적 설득능력을 요구한다고 한다(모리무라, 1998). 애초에 언어로 표현하기가 불가능해서 비언어적 표현에 중점을 두는 예술가에게도 비평가와 같은 해설과 해석능력을 요구하는 것이다. 이를 포기하면 설득에 성공하지 못할 수도 있다. 당연한 말이지만 인간이 실제로 한 일과 자신이 했다고 자기 고백하는 것 사이에는 차이가 있다. 그러나 청중은 그 언어에 의해 좌우되기 쉬운 존재라 봐도 좋다.

설계도를 작성하라

여러분 앞에 언어정보로 성립한 데이터가 쌓여 있다. 이를 하나하나 정보의 블록이라 생각해보자. 앞으로 만들어야 하는 것은 견고한 구조물이다. 이를 위해서는 먼저 건물을 만들 때와 마찬가지로 설계도를 작성해야 한다. 설계도의 어디에 어떤 블록을 끼워야 하는지, 또는 퍼즐 조각을 하나하나 적재적소에 끼워 넣어 전체적으로 어떤 모습을 그리는지를 구상하는 과정이 필요하다.

이를 위해 필요한 것이 차례 작성이다.

여러분은 지금까지 어느 정도 길이의 문장을 써봤는가. 대학교 서술형 시험은 약 2,000~4,000자(400자 원고지 기준으로 5~10매) 정도다. 하지만 1만 2,000자(약 30매)를 넘는 문장(대부분 학술논문의 표준 분량)을 쓰려고 한다면 설계도 없이는 불가능하다.

도쿄대학교 사회학과에서는 졸업논문 8만 자(약 200매), 석사논문 16만 자(약 400매), 학위논문으로 24만 자(약 600매)가 표준 분량이다. 길다고 다 좋은 것은 아니지만 분량이 질을 규정한다고 생각하기 때문이다. 8만 자라면 신서판 정도의 분량인데, 도쿄대학교 학부생은 학부 진학 후 2년 동안 거의 책 한 권에 해당하는 졸업논문을 쓰고 졸업한다. 다른 대학에서는 석사논문에 해당하는 질과 양의 졸업논문을 쓰는 학부생도 많다. 그만큼 녹록하지 않다.

석사논문은 거의 단행본에 해당하는 분량이고, 학위논문은 두꺼운 단행본 정도의 분량이다. 석사논문이 그대로 단행본이 되는 학생도 있다. 물론 그 이상으로 쓰는 사람도 있다. 지금까지 전설로 남은 기록은 미타 히네스케 씨가 40만 자(1,000매) 이상으로 쓴 석사논문이다. 하지만 이렇게 긴 논문을 인내하며 읽는 것은 지도교수 정도뿐이다. 그것도 일이니까 읽는 것이다. 석사논문이나 박사논문 정도의 분량이면 각 장이 논문 한 권의 질과 양을 갖춘다. 그러므로 수집한 정보의 블록 하나하나를 어디에 어떻게 끼워 넣어야 하는지 설계도 없는 건물은 세우지 않겠다는 생각을 가져야 한다.

사람의 시간 자원은 한정되어 있다. 따라서 학술지의 표준적 투고규정은 1만 2,000~1만 6,000자(약 30~40매)다. 학회에서 구두보고의 경우 15~20분인데, 이과라면 학회보고 대기시간은 3~5분 정도다. 그 정도 시간에 자신이 무엇을 발견했는지를 다른 사람에게 전달해야 하는 것이다.

미국의 투자자에게 자신의 아이디어를 팔려는 사람이 있다. 가서 밑도 끝도 없이 막무가내로 "제 아이디어를 들어주세요"라고 매달리자, "3분의 시간을 줄 테니 그 안에 당신의 아이디어를 말해 보시오"라고 답했다고 한다. 이를 위해서는 서문은 건너뛰고 핵심으로 들어가는 말하기 방식을 취해야 한다. 평소에 훈련되어 있지 않다면 갑작스러워서 제대로 대처하지 못할 것이다.

말하자면 설득이란 사고의 과정보다 사고의 결과를 제시하는 것이다. 때로 저명한 평론가 중에도 어떻게 해서 그런 결론에 도달했는지 하는 계기를 비롯해 우여곡절을 거친 경험을 길게 이야기하는 논문을 쓴다. 독자는 인내심이 강하지 않다. 여러분이 어떻게 그런 결론에 도달했는지가 아니라 단지 어떤 결론에 도달했는지를 알고 싶을 뿐이다.

작가 중에는 결말을 미리 정하지 않고 글을 쓰는 사람도 있다고 하는데 그렇게 하는 편이 더 잘 써진다는 사람도 있지만, 연구논문을 쓸 때는 절대 그렇지 않다. 연구의 아웃풋이라는 근거를 바탕으로 발견을 제시하는 것이므로 기본이 두괄식이고, A는 B이며 왜 그런지와 같은 서술 방식을 취해야 한다. 소설이나 미스터리의 경우에는 마지막에 서프라이즈나 반전이 등장하겠지만 논문에는 적합하지 않다. 마지막의 마지막까지 A는 B인데, 왜냐하면 이래서 이렇게밖에 해석할 수 없으며 그 근거가 있기 때문이라는 식으로, 이렇지 않느냐 저렇지 않느냐 하는 반론의 여지가 없도록 논리와 실증을 구축해간다. 논문의 커뮤니케이션 기술은 설득의 기술이지 공감의 기술이 아니다. 물론 그 과정에서 처음에 세운 가설이 뒤집히거나 가설을 뛰어넘는 발견을 하는 경우도 있다. 그리고 그것이 바로 연구의 묘미다. 하지만 그런 논문은 스릴은 있으나 결코 미스터리 하지는 않다.

차례 구성방법

차례를 구성하는 방법은 사실 매우 간단하다.

[도표12-1]처럼 연구계획서 각 항목을 그대로 나열만 해도 된다.

1~5장까지가 '연구계획서'의 연구문제 설정에 해당한다. 8장도 연구계획서 단계에서 예측해두는 것이 좋다. 그렇지 않으면 연구자 커뮤니티 안에서 자신의 연구 위치를 알 수 없다.

1~5장까지는 데이터 수집이나 분석을 시작하기 전에 작성할 수 있다. 지금까지의 연구에는 이런 한계가 있고 내가 알고자 하는 바가 해결되지 않았으므로 이런 대상을 설정해서 이런 방법으로 연구하겠다는 연구계획서는 이른바 애드벌룬을 띄우는 것과 같은데, 대학원생 정도 수준의 학회에서 이런 연구계획서 단계의 발표를 늘어놓는 바람에 지겨울 때가 있다. 그래서 그게 뭐라는 것인가? 무엇을 발견했는지나 그 근거가 무엇인지와 같은 착지점 없이 애드벌룬을 아무리 띄운다 한들 헛수고다.

6~7장이 본론에 해당하는 부분이다. 여기는 분량이 늘어나면 점점 장의 수를 늘려도 괜찮다. 본론 내용이야말로 앞에서 언급한 데이터 분석의 결과다. 데이터 분석의 결과로 얻은 주요 카테고리가 5개라면 5~10개의 장으로 구성해 분석 결과를 배치하면 된다. 차례의 핵심은 본론이라는 이름의 콘텐츠를 연구계획서에 설정한

입구와 출구 사이에 끼워 넣는 것이다.

도표12-1. 차례를 구성하는 방법.

제목:
차례:
1장. 문제설정
2장. 대상
3장. 방법
4장. 선행연구의 비판적 검토
5장. 이론적 틀의 설정
6장. 분석과 고찰(본론)
6.1
6.2
6.3
6.n
7장. 결론
8장. 본 연구의 의의와 한계(과제와 전망)
주
참고문헌(게시 방식에 따름) / 자료 편(있을 경우)

1) 제목으로 승부!
2) 문제설정이 결정되면 반은 성공이다.
3) 2, 3장과 4, 5장은 바꿔도 가능하다(선행연구를 비판적으로 검토하고, 이들
   의 이론적 틀에 근거해 이를 바탕으로 대상과 방법을 채택한다).
4) 방법은 대상에 접근하는 방법, 데이터 수집방법을 포함한다(왜 정량조사인지.
   왜 현장조사를 하는지).
5) 필요할 경우 2장 다음에 대상의 성립과 배경(문맥)에 대한 해설에 해당하는
   장을 추가해도 된다.
6) 6장의 본론은 발견 내용에 맞춰 줄기를 만든다.
8) 문장은 어디까지나 두괄식으로 작성한다. 명제를 늘어놓고 이를 검증한다(에
   세이형 또는 모노로그형, 드라마형 등의 기법, 고도의 기술은 기초 기술을 익
   히고 시도하자→시도해도 좋으나 요구수준이 높아지는 것을 각오해야 한다).
9) 주와 참고문헌 형식은 학술논문의 관행에 따른다.

주의사항

몇 가지 주의사항을 살펴보자.

(1) 제목으로 승부!

제목이 중요하다. 독자가 제목만 봐도 무슨 내용인지 예상할 수 있어야 한다. 학술논문의 흔한 제목인 '방문간호를 둘러싼 과제와 전망'은 정말 최악이다. 이를 '방문간호사는 왜 늘지 않는가?'로 고치면 바로 질문이 무엇인지 전해진다. 주제를 한 줄로 표현할 수 있다면 그것으로 충분하다. 부제는 주제만으로 설명이 부족하기 때문이므로, 없어도 괜찮다면 그대로 두는 것이 당연히 더 좋다. 제목은 마지막까지 고민하고 바꿔도 된다. 연구를 진행하면서 정말 알고 싶은 것이 무엇인지, 무엇을 밝히고자 했는지가 분명해지는 경우도 있다. 다만 이해하기 쉽게 정하는 것이 가장 중요하다. 추상적인 제목으로 사람들이 애매하게 생각하지 않도록 하자.

(2) 문제설정이 결정되면 반은 성공이다.

연구문제를 설정하는 방법은 논문의 성패를 좌우한다. 누구도 설정한 적 없는 명확한 질문이라면 그것만으로 연구의 독창성이 담보된다. 이를 '착안점이 좋다' 또는 '문제의식이 좋다'라고 한다. 그러나 성공은 아직 절반밖에 이루지 못했으며 전부 성공한다는 보장은 없다. 역시 논증이 중요하다.

우에노 세미나의 수강생으로 후쿠시마현의 명문 여자고등학교 출신 학생이 있었다. 그 학교가 개교 이래 처음으로 남녀공학으로 변경되어, 변경 전과 후에 여학생들에게 어떤 변화가 일어났는지를 문제로 설정했다. 100년에 한 번 나올까 말까 한 역사적 변화, 절호의 기회를 만났으니 꼭 연구해보기를 바란다고 격려해주었다. 그녀는 그 데이터를 교사와 학생들을 대상으로 하는 믿을 수 없는 주관적인 인터뷰조사에 의존하는 방법을 채택하지 않았다. 그녀가 채택한 것은 뜻밖에 심플하고 놀랄 만큼 명확한 방법이었다. 외부에서 누구라도 관찰할 수 있고 동시에 실증 가능한 복식의 변화에 주목한 것이다. 이는 겨울이 추운 후쿠시마에서 여학생들은 등교할 때는 교복 치마를 입지만 교내에서는 바지로 갈아입는 생활습관이 있었기 때문이다. 제목은 '현립별 고등학교의 일제 남녀공학화가 여학생에 미치는 영향—학생들의 겉모습을 중심으로'[2](시라이, 2006)라고 정했다. 이런 제목이라면 연구문제가 무엇인지 바로 알 수 있다. 분석 결과는 남녀공학으로 바뀐 후 여학생은 교내외를 불문하고 종일 교복 치마 차림으로 생활하는 학생이 대부분이라든지 하는 것을 예측할 수 있다. 치마는 누구나 치마를 입으면 언뜻 여자로 보이는 최강의 '여장'이다. 의복의 젠더 초월은 여성의 남장(바지 착용) 이상으로 남성의 여장(치마 착용)의 벽이 높다고 알려져 있다. 누구라도 치마를 입기만 하면 '여자처럼' 보이는 것은 치마가 여장남자의 필수 아이템이기 때문일지도 모른다. 그녀가 이론적 틀로 채택한 것은 구축주의의 젠더 이론이다. 이에 따르면 여성/남성이란 여성/남성처럼 행동하는 사람을 말한다. 따라서 여성과 남성 모두 '여장'을 한 동안에는 '여자로서' 행동한다. 이 연구로 얻는 발견은 남녀공학화 이후에 여학생의 '여장 정도'가 높아졌다, 즉 여학생의 젠더화 영향이 강해졌다는 것이다.

그리고 이 발견은 다른 방법으로 얻은 남녀공학화에 대한 선행 연구 결과와 훌륭하게 일치했다. 바꿔 말하면 여자아이를 여성스럽게 기른다는 동기로 여학교에 입학시키는 부모의 의도와 달리 여학교는 남녀공학보다 여학생을 젠더화하지 않는다. 즉 여성스러움을 배양하지 않는다. 마찬가지로 성차별이 심한 사회에서 여성을 지키기 위해서는 여학교가 좋은 피난처 기능을 하며, 남자가 없어서 여성의 리더십도 기를 수 있으므로 여학교의 존재의의가 있다는 주장의 근거가 된다. 이처럼 훌륭한 졸업논문을 쓴 시라이 유코 학생은 졸업 후 신문 기자로 활동하고 있다.

(3) 2, 3장과 4, 5장은 서로 바꿀 수 있다.

선행연구의 검토로 아래와 같은 이론적 틀을 채택하는 데 이르렀고, 그 이론적 틀에 따라 대상과 방법을 아래와 같이 설정하는 논술 방식이다.

(4) 2, 3장을 '대상과 방법'으로 통합하는 것도 가능하다.

여기서 말하는 방법은 대상에 접근하는 방법, 즉 데이터 수집방법을 의미한다. 참여관찰인지, 질문지조사인지, 인터뷰조사인지, 그리고 어째서 그 방법을 채택했는지다. 연구문제에 대해 대상과 방법의 조화가 적절한지를 논하는 부분이다.

(5) 필요하면 2장 다음에 연구대상이 낯선 독자들을 위해 한두 개의 장을 추가해 '질문의 배경' 또는 '주제의 설명', '전사(前史)' 등을 설명해도 좋다.

'개호보험법 이후 재택 개호의 현황과 과제'의 경우 '개호보험'이 무엇인지를 설명해주고, 이전의 재택 개호가 어땠는지 하는 '전사'를 기술한다. 여기에 '재택 개호'라는 키워드의 개념 정의도 필요하다. 지금처럼 재택 고령자 시설이 늘어나면서 실버 서비스를 제공하는 고령자 주택에도 '재택'이라는 개념이 나타났다. 그렇다면 자신이 알고 싶은 문제에 맞춰 '재택'에 서비스 고령자 주택을 포함할지를 정의해야 한다.

(6) 6장의 본론은 분량이 많으면 나눈다.

여기가 가장 중요한 부분이므로 분량이 많아도 괜찮다. 분석 카테고리를 상위, 중위, 하위로 나누고 각각의 장, 절, 항을 만든다.

차례의 커스터마이징

차례는 자신의 연구내용에 따라 조절해야 한다. [도표12-1]처럼 연구계획서에 있는 표제를 그대로 옮겨 적어서는 안 된다. 커스터마이즈가 무엇인지를 보여주는 좋은 사례가 있어 [도표12-2]에 실었다. 5장에서 예로 든 데루 군의 연구계획서를 차례로 만든 것이다.

연구계획서에 있던 '아카 초칭'은 후에 검토를 거쳐 학교와 가정에 없는 '아동을 위한 제삼의 장소'로 바꿨다. 일본인에게는 낯선 '제삼의 장소'라는 개념보다 '아카 초칭'이 더 잘 통할지도 모른다.

최종적으로 책이 되어 나온다면, 그 시점까지는 헤매도 괜찮다.

장 제목은 그 장의 내용을 응축한 정보, 괄호 안은 각 연구계획서에 제시된 대응항목을 나타낸다. 최종적으로는 괄호를 없애도 상

아동을 위한 '제삼의 장소'의 가능성 - '방과 후 아동 교실' 현장에서의 고찰
서문. 아동은 어떤 '방과 후'를 보내고 싶어 할까?(질문 설정)
1. 아동에게는 '피난처'가 필요하다!
2. 학교와 가정 어디에도 마음 둘 곳이 없었던 경험자의 관점에서.

1장. '24시간 전투 중인가요?' 휴식이 허락되지 않은 아이들(질문의 배경).
1. 과중한 스케줄에 시달리는 매일 매일.
2. 쉬는 게 쉬는 것이 아닌 휴일.
3. 아이의 '공부와 생활의 균형'을 위해.

2장. '방과 후'는 어떤 측면에서 거론되어왔는가(선행연구의 비판적 검토).
1. 놀이 공간의 학교화 - 기토리에의 '방과 후론'을 바탕으로
2. '생활의 장'인지 '놀이의 장'인지를 둘러싼 논쟁.

3장. '아동의 방과 후'라는 필드에 몸을 담는다는 것(대상과 방법).
1. 아동의 '주관적'인 마음 둘 곳을 명확히 밝힌다.
2. 현장에서의 '경험치'와 연구를 통한 '전문지식' 양쪽을 활용.
3. 필드 노트로 얻은 것을 도식화하기.

4장. '어른' 중심의 세계에서(현상 분석).
1. 2분의 1 성인식이 대체 뭐야!
2. '미세모노 고야'(見世物小屋, 구경거리의 일본어-옮긴이)화된 학교.
3. 어른들의 '보람'을 전수받는 아이들.
4. 아이들이 장난감가게에서 이것저것 사달라고 하는 이유는 무엇인가.
5. 포켓몬 대전에서 '다크 라이'에 지고 마는 이유.
6. 또래압력이 '사회 부적응자'를 만든다.

5장. '피난처'로서의 방과 후 아동 교실(수용자 사례 분석 1).
1. 지금 '공원에서 어슬렁거리는 아이'를 누가 지도할 것인가?
2. '등교 거부'까지 가면 이미 늦었다.
3. '아무것도 하지 않아도 되는 시간과 장소'의 소중함.
4. 아동 '나홀로족'의 피난처를 마련하자.

관없다. 이런 작업을 한 후에 차례를 보면 그것만으로 논문 내용을 예상할 수 있다. 또 장 제목을 연결하면 그대로 논문 요약본이 되는 차례가 바람직한데, 예로 든 차례가 이에 부합한다. 예로 든 차례는 절까지 기재되어 있으므로 그 일부를 소개한다.

5장. '피난처'로서의 방과 후 아동 교실(수용자 사례 분석 1)
5-1. 지금 '공원에서 어슬렁거리는 아이'를 누가 지도할 것인가?
5-2. '등교 거부'까지 가면 이미 늦었다.
5-3. '아무것도 하지 않아도 되는 시간과 장소'의 소중함.
5-4. 아동 '나홀로 족'의 피난처를 마련하자.

차례는 이렇게 구성해야 한다. 차례만 읽으면 5장의 내용을 거의 상상할 수 있다. 아동 '나홀로족'이라는 네이밍에도 센스가 엿보인다. 모든 아이에게 친구만 바람직한 것은 아니며, 집단에서 떨어져 생활하는 '나홀로족'이라도 그 나름의 마음 붙일 곳이 있으면 좋다는 저자의 생각이 엿보인다. 대체 누가 쓴 것인지 흥미를 불러일으키고, 읽어보면 결론과 근거가 제시되어 설득이 되는 논문은 이런 것이다.

본 논문의 말미에 오는 '결론'이 중요하다. 하고 싶은 말이 무엇인가? 전제는 필요 없으니 결론만 말해라, 이 연구로 당신이 발견한 것은 무엇인가? 등의 질문에 답할 수 있어야 한다. 결론은 논문을 쓰기 전이 아니라 쓴 후에 도달하는 것인데, 쓰기 전에 어디에 착지할지 예상해야 한다. 연구계획서를 차트(해도)라 하듯이 어디에 내릴지를 정하지 않고 출항하면 배는 표류할 뿐이다. 차례 구성 단계에서 결론이 희미하게 보인다. 그리고 정말 마지막에 이 논문으로 알게 된 점과 그렇지 않은 점, 이룬 성과와 이루지 못한 것을 부검한다. 여기서 과제를 발견하면 그것이 논문을 마치고 나서 그다음 단계 연구과제의 기초가 된다.

차례를 보면 논문의 질을 알 수 있다기보다, 차례를 보면 저자의 머릿속을 알 수 있다. 잘 정리되지 않은 차례는 저자의 머릿속도 잘 정리되지 않았다는 말이다. 설계도가 어설프면 논문 작성을 계속하기 힘들다. 그만큼 차례가 중요하다.

독자로서 나는 책을 손에 들면 먼저 차례를 유심히 본다. 차례를 보면 대체로 그 책의 수준을 알 수 있다. 직업상 책을 많이 읽는 나는 표지부터 내용까지 한 권의 책을 차례대로 읽는 경우는 거의 없다. 차례부터 보고 핵심적으로 필요한 정보를 찾아본다. 책 내용이 흥미로워 처음으로 돌아가 읽기 시작하고, 내용이 마음에 들어 표지부터 뒤표지까지 다 읽는 경우는 매우 드물다. 그런 독서의 쾌락을 충족시켜주는 책을 만나기는 참으로 어렵다.

차례는 몇 번이고 수정하라

우에노 세미나에서는 차례 구성에 시간을 할애한다. 불과 한 항목의 차례 자료라도 마음에 들 때까지 완전하게 만들고, 충분히 코멘트해준다. 데이터 더미에 묻힌 연구자가 먼저 분석적으로 자기 논문의 설계도를 제시하는 것이므로 거기에 무엇이 있는지뿐 아니라 무엇이 없는지도 자연스럽게 살피게 된다. 연구계획서와 마찬가지로 이것도 반려해서 재수정을 요구해야 하는 학생이 나온다.

차례 구성을 정하고 나서 비로소 논술 내용을 할당한다. 장마다 어느 정도 분량의 정보가 있는지, 대략 가늠해 글자 수를 적어두는 것도 좋다. 그렇게 하면 장마다 그 장의 세부 사항도 예상할 수 있고, 전체적으로 어느 정도 분량인지 가늠할 수 있다. 차례 구성은 마지막까지 수정할 수 있다. 그때 장, 절, 항, 문단 단위로 정보가 이동한다. 정보의 단위는 건축재의 블록과 같은 것이다. 이를 적절한 위치에 배치해야 한다. 학위논문 심사에서 'OO에 대한 설명이 빠졌습니다'라고 질문하면 'O항에 있습니다'라고 답변하는 경우가 있다. 저자의 머릿속에는 이미 정보가 들어있고, 이것이 논문 어딘가에 있으나 적절하게 배치하지 않으면 필요한 정보로서 독자에게 입력되기 어렵다.

차례는 몇 번이고 수정해도 된다. 데이터가 있고 분석도 했다. 머릿속에 내용이 담겨 있다. 그러나 자신이 아는 한 무엇을 어느 순서로 꺼내올 것인가, 어떻게 효율적이고 논리적으로 독자를 설득할 수 있을지, 이를 위해서는 구조물을 설계할 때와 같은 준비가 필요하다. 이 과정을 건너뛰고 대충 작성해서는 안 된다.

다음 장에서 '논문 작성법'을 이어서 살펴보자.

13

논문을 작성하라

논문 작성법

차례라는 이름의 설계도가 완성되었다.

그렇다면 드디어 논문 작성법을 살펴보자.

일본의 국어교육에는 논리적인 문장 쓰기 훈련이 부족하다고 이미 지적했다. 사회과학의 문장은 설득을 위한 문장이지 공감이나 감동을 위한 문장이 아니다. '느낀 것을 느낀 대로 적는 것'이 아니라, '생각한 것을 근거를 제시해 논리적으로 다른 사람에게 전달되도록 쓰는 능력'이 필요하다. 다음에 제시한 것은 사회과학을 위한 문장 작성법으로 에세이나 소설 작법과는 차이가 있다.

사회과학을 위한 문장은 '논문'이라 하며 일정한 작성법이 있다. 이는 학문이라는 '지적 공유재'를 저장하기 위한 법칙이다. 이를 위해 연구계획서나 논문에는 서식이 정해져 있다. 논문 작성법은 간단하다. 연구계획서 흐름대로 차례를 완성했으니 이에 맞춰 순서대로 쓰면 된다. 간단하나 일정한 질과 양이 요구되므로 노하우가 필요하다.

논문의 기본은 질문과 가설, 근거와 발견, 그리고 결론이 명확하게 드러나는 문장으로 써야 한다는 것이다. 대부분 논문에는 '요약'이 필요한데 100~400자 정도로 위의 정보를 모두 담아야 한다. 이 요약을 논증하는 것이 본문이다. 인간에게 시간이란 자원이 한정되어 있으므로 요약이나 결론만 읽는 독자가 있다는 것도 예상해야 한다. 그 부분만 읽고도 메시지가 전달되고 정보의 가치가 있다고 판단되면 그다음 본문을 읽는 것이 바람직하다.

샘플 장을 작성하라

도입부에 힘을 주는 작가가 있듯 연구논문도 '서론'의 한 줄이 중요하다 할 수 있다. 서두에서 독자를 끌어들이는 기술을 '츠카미'라 한다. 그러나 논문을 꼭 서두의 첫 줄부터 써야 하는 것은 아니다.

'츠카미'도 중요하지만 츠카미로 인상적인 에피소드를 썼다고 해서 그것이 반드시 독자의 공감대 끌어내는 것은 아니다. 그보다 정공법으로 질문을 제시하고, 그 질문의 의의를 독자와 공유함으로써 계속 읽게 만드는 것이 중요하다.

물론 도입부의 한 줄이 논문의 기초를 결정하는 경우도 있다. 문외한인 역사학 분야에서 '역사학과 페미니즘'에 대해 쓰려고 제목을 붙이고 자료를 수집해 읽었으나 어떻게 구성해야 할지 결정하지 못하던 때가 있었다. 고심 끝에 어느 날 한 줄이 떠올랐다. 그리고 그다음부터 논문이 술술 써졌다.

'일본 여성사와 페미니즘의 만남은 불행이었다'(우에노, 1995).

우에노 세미나에서는 차례 작성 다음 단계로 샘플 장을 작성하는 단계가 기다린다. 설계도가 아무리 훌륭하다 해도 기둥을 세우고 벽을 칠하는 시공도 잘되리란 법은 없다. 게다가 구두로 하는 보고에서 제아무리 거침없이 착지점까지 끌어가는 것처럼 보이는 연구라도 막상 써보면 어려움을 겪는 경우가 간간이 있다. 거듭 말하지만, 말로 하는 프레젠테이션 능력과 논문을 쓰는 능력은 별개다. 한쪽이 다른 쪽을 보증하는 것도 아니다. 둘 다 익혀서 능수능란하게 사용해야 한다. 또 해보면 알겠으나 구두보고는 얼버무리고 넘어갈 수 있지만, 문장에서는 이것이 허용되지 않는다. 논리의 비약이나 모순, 데이터의 결함이나 위치의 흔들림 등이 모두 나타난다.

샘플 장을 작성하는 목적은 개념과 용어를 선택하고 문체 채택이나 논술의 치밀함을 조정해 그 밖의 장을 그전까지의 흐름에 맞춰 작성하는 기조를 정하기 위해서다. 석사논문이나 학위논문 등 지도교수가 있는 경우에는 샘플 장을 제출하고 진행해도 된다는 허락을 받기 전에는 한발도 앞으로 나아갈 수 없다. 학위논문은 장거리 마라톤이므로 원고를 많이 쓴 후에 지도교수가 코스 이탈을 지적하는 방식은 위험부담이 너무 크다.

　이어서 논문 작성법에서 주의할 사항을 순서대로 살펴보자.

쓰기 쉬운 장부터 써라

샘플은 어떤 장부터 써도 괜찮다. 쓸 수 있는 장, 쓰기 쉬운 장을 선택해서 쓰면 된다. 연구계획서에 해당하는 1~5장은 몇 번이고 수정하기 때문에 가장 빨리 써야 하는 것은 분명하나 반대로 이를 썼다고 해서 본론 내용에 들어갔다고 할 수는 없다. 처음에 본론 일부를 써보고, 그다음에 1장의 질문 설정으로 돌아갈 수도 있다. 데이터와 발견을 쌓아가면서 사후적으로 연구문제가 점점 더 선명해져 궤도수정을 해야 하는 경우도 있기 때문이다.

정보를 축적하라

사실 논문은 차례를 작성하기 전부터 이미 완성되었다고 해도 과언이 아니다. 데이터 수집과 분석 과정에서 작성한 메모, 선행연구의 문헌을 읽으며 만든 인용을 위한 초록, 통계나 도표 등 본문 안에 들어가야 할 내용을 연구 과정에서 축적한다.

　여기서도 KJ법과 마찬가지로 교토학파 연구자들이 만든 노하우와 도구가 있는데, 우메사오 다다오(우메사오, 1969)가 발명한 B6판 가로쓰기 교토대식 카드다[도표13-1]. 교토대식 카드는 후에 발전을 거쳐 서식, 종이 재질, 두께 등이 다양한 버전이 탄생했다[도표13-2, 13-3].

　인쇄업계에서는 B판 판형이 쇠퇴하고 A판이 주류를 이뤄 B6판에 대응하는 A6판을 사용해봤지만 역시 정착되지 않았다. 일반적 기준에서 A5판은 약간 크고, A6판은 조금 작은 감이 있다.

기본적으로 정보 유닛화를 위한 것이나 비결은 유닛마다 크기를 규격화하고, 이에 따라 조작성을 높이는 것이다. 이를 위해 B6판과 두툼한 종이는 제외했다. 서식은 정보 취득 날짜, 정보원, 제목 등을 적는 것이다.

1차 데이터 처리 과정에서 메타 정보와 메타메타 정보가 생산되는데 여기서부터는 이런 해석이 성립한다, 다른 문맥 정보로 해석하면 이 데이터에는 이런 특징이 있다 등과 같은 발견이다. 그런 메모를 교토대식 카드에 쓴다. 규칙은 KJ카드와 같고, 하나의 카드에 하나의 정보가 원칙이다.

해보면 알겠지만 B6판 가로쓰기 용지에 수기로 기입하는 메모의 길이는 약 200자 정도다. 그리고 200자의 길이는 논문을 쓸 때 한 문단의 길이와 거의 비슷하다. 논문에서는 정보의 차원이 담론에서 이야기로 상승한다. 즉 A, B, C라는 담론 사이에 순접 또는 역접 등의 논리적 관계가 생성되고, 이것이 문단이 된다.

그 문장 사이사이에 필요한 인용이나 데이터, 통계자료 등을 적절하게 배치한다. 이를 위해 인용이나 통계는 모두 교토대식 카드에 옮겨 적는다. 복사기가 발명되면서 이 작업이 간단해졌다. 필요한 부분을 복사하거나 컴퓨터 화면을 프린트해서 모두 저장해둔다.

차례는 이때 스톡 정보를 분류하기 위한 인덱스 역할을 한다. 정보, 데이터, 인용을 어디에 기술해야 하는지, 이를 위한 정보를 먼

저 각 장의 태그가 붙은 박스에 넣어 모은다. 이를 위한 저장 폴더
도 생긴다[도표13-4].

도표13-1. 교토대식 카드(오리지널).

도표13-2. 다양한 교토대식 카드.

도표13-3. 전국대학생연합회에서 제작한 B6리포트.

도표13-4. 카드 폴더.

정보를 배열하라

정보를 시간이라는 변수 위에 배열한 것이 논문이다. 실제로 작성할 때는 시간순으로 논술한다. 문장을 쓰기 시작하면 문단과 문단 사이에 빠진 부분이나 부족한 정보가 보이므로 이를 보충한다.

또 한 가지 중요한 것은 이 정보를 중요도에 맞춰 배열한 후 생각을 정리하는 것이다. 그렇게 하면 장황해서 생략해도 좋은 정보, 또는 본문에 넣지 않고 주에서 풀어도 좋은 정보를 구분할 수 있다.

긴 논문이나 책을 쓸 때 나는 이 방식을 사용한다. 또 수업이나 강연을 할 때도 이 카드가 상당히 도움을 주었다. 주제에 맞춰 필요한 카드를 빼서, 이를 시간순으로 배열하면 이야기가 자연스럽게 구성되기 때문이다. 카드가 가진 또 하나의 장점은 시간 배분에 따라 적절한 정보를 건너뛰거나 순서를 바꾸는 것이 순식간에 가능하다는 것이다.

정보의 유닛화라는 개념에 익숙해지면 나중에 커뮤니케이션 기술이 진화해서 슬라이드 프로젝터나 파워포인트와 같은 도구가 등장했을 때도 카드를 그대로 옮기면 된다. 교토대식 카드 또는 슬라이드 프로젝트를 이용한 발표는 이른바 종이 연극과 같은 개념이다. 파워포인트가 등장했을 때 오히려 로우 테크 도구보다 불편하다는 느낌을 받은 적이 있는데, 시간순으로 배열된 순서를 바로바로 바꾸기가 힘들어서였다.

최근에는 이런 작업을 모두 컴퓨터 화면에 띄워 처리할 수 있으며 데이터 저장도 쉬워졌다. 그러나 내가 교토대식 카드를 고집하

는 것은 평면의 2차원 데이터에 시간이라는 변수가 더해져 3차원
정보처리를 할 때, 컴퓨터의 2차원 화면은 인간의 수작업에 의한
공간적 처리에 적합하지 않기 때문이다.

두괄식으로 써라

논리적 문장은 결론이 앞에 등장한다. 'A면 B이다. 왜냐하면 C이
기 때문이다'와 같이 명제를 제시하고 이를 논증하는 서술 방식이
다. 근거가 여럿일 경우에는 다음과 같은 세 가지 이유가 있으며 그
이유는 첫째, 둘째, …… 와 같이 순서를 세워 논술한다. 데이터에
는 여러 유형이 존재하며 아래의 대상은 다음 다섯 가지 유형으로
분류되는데, 그 이유를 제시한 다음에 '아래는 각 유형에 맞춰 순서
에 따라 이야기하겠다'고 예고한다. 이때도 유형이 등장하는 순서
와 그에 맞는 논리적 근거를 제시해야 한다. 예를 들어 그 유형의
출현빈도나 개연성의 정도, 중요도, 연대순(시간축) 등이다. 단순히
자기 마음에 드는 순서 등은 논외로 한다. 독자에게 앞으로 무엇을
이야기할 것인지를 예고하고, 그것이 필요한 정보임을 설득해야 한
다. 그렇지 않으면 장황한 정보를 무엇을 위해 읽어야 하는지, 독자
는 이해하기 힘들다. 연구논문은 오락거리가 아니므로 독서의 즐거
움을 위해서가 아니고, 가치 있는 정보를 손에 넣기 위해 읽는 것이
다. 그렇다면 지금 읽고 있는 장이나 문단이 주제를 이해하고, 결론
을 납득하기 위해 필수불가결한 정보라는 점이 독자에게 전달되어
야 한다.

영어 논문의 속독법으로 각 문단의 첫 줄을 읽으면서 논문의 대략적 내용을 파악하는 요령이 있는데, 이 경우에도 논리적으로 쓰인 논문이라는 조건이 붙는다. 문장은 장황해지기 마련이다. 보통 명제가 첫 줄에 나오고, 둘째 줄은 대부분 동일한 명제의 환언(패러프레이즈), 그다음으로 근거와 조건, 예외나 유보 등의 세부 항목으로 들어간 기술이 등장한다. 따라서 일본어 논문도 마찬가지로 문단의 첫 줄을 연결하면 논문의 전체적 내용을 요약할 수 있을 정도로 논리적으로 써야 한다.

비공식적 데이터는 사용하지 마라

문장 기술에는 시선을 집중시키는 도입부, 저자인 '나'가 등장하는 논픽션형, 공감에 호소하는 에세이형, 마지막까지 수수께끼를 푸는 미스터리형 등의 숨은 비법과 고도의 기술이 있으나 초심자에게는 추천하지 않는다. 초서는 해서를 쓰고 나서다. 무엇보다 논문의 기초를 완성한 다음에 변주에 도전하자. 정규전을 치르지 않고 게릴라전을 치를 수는 없다. 처음부터 숨은 비법에 기대려는 학생이 있는데 그럴 때는 "그렇게 해도 좋으나 요구수준이 높으므로 각오하라"(평가 기준이 보통보다 엄격하다)고 경고한다.

아는 것을 전부 쓰려고 하지 마라

초심자가 빠지기 쉬운 실수는 아는 것을 전부 다 쓰려고 하는 것이다. 선행연구를 검토해 알게 된 내용을 이것저것 다 쓰고 싶은 마음은 이해하나 그렇게 되면 논문은 길어지고, 언뜻 공이 많이 들어간 듯 보여서 정말 많이 읽었구나 또는 공이 많이 들어갔다는 독자 서평을 받는 정도에 그친다. 게다가 학설사가 아니기에 선행연구의 성과를 모두 정리할 수도 없다. 선행연구를 검토하는 이유는 한눈에 자신이 세운 연구질문에 도움이 되는지 아닌지를 알기 위한 것일 뿐이다. 그 기준이 명확하면 필요한 정보와 필요 없는 정보가 무엇인지 자연스럽게 구별할 수 있다. 무턱대고 이것도 알고 저것도 안다고 쓰면 더 애매해질 뿐이다. 읽는 사람은 인내심이 강하지 않다.

자명하게 통용되는 정보를 생략하지 마라

위와 반대되는 초심자가 빠지기 쉬운 또 하나의 함정은 자신이 명백하게 아는 내용에 대한 설명을 생략하는 것이다. 잘 아는 내용은 정보가 되지 않는다. 하지만 자신이 잘 아는 것과 독자가 아는 것에는 차이가 있다. 사전지식이 없는 독자도 알 수 있도록 설명하는가는 매우 중요하다. 이때는 가능한 그 분야에 대해 잘 모르는 제삼자에게 초고를 읽어달라고 부탁하자. 이게 무슨 뜻인지? 어떤 의미인지? 질문을 받는다면 아직 잘 전달되지 않았다는 것을 알 수 있다. 업계 사람들 사이에서만 통용되는 이야기로 글을 쓰면 그렇지 않은 사람이 이해하는 문장을 쓸 수 없다. 일단 써보면 알겠지만, 이미 아는 것도 잘 설명하기 어려운 부분이 나온다.

　나는 전문용어가 나오면 종종 학생들에게 설명해보라고 요구한다. 그 기준은 '중학교 3학년 수준의 용어'다. 의무교육을 마친 중학교 3학년생의 언어능력과 어휘 수준으로 상대방에게 설명하는 것이다. 다른 사람에게 설명하면서 자신이 얼마나 이해하고 있는지를 알 수 있다. 설명할 수 없다면 자신도 이해하지 못하는 전문용어나 개념 등은 쓰지 말자. 처음 대학 교단에 섰을 때 사회학자의 이름과 자곤(전문용어) 없이 사회학을 설명하기로 마음먹고, 강좌 수료 후 이제 막 고등학교를 졸업한 교양과정 수강생들로부터 '구조주의가 무엇인지 이제 알겠다'는 수강평가를 받았을 때의 기쁨을 잊을 수 없다.

개념과 용어는 정의해서 사용하라

특정 개념과 용어·표기법은 일단 채택하기로 했다면 마지막까지 같은 표기를 사용한다. 그리고 어떤 경우에라도 채택한 개념과 용어는 '다음과 같은 의미로 사용함'이라고 정의해야 한다. 다소 단조롭더라도 문장을 꾸미기 위해 단어를 바꾸거나 다양하고 다의적인 표현을 사용해서는 안 된다. 이는 읽는 이에게 어떤 오해나 오독도 허용하지 않기 위해서다. 문학 작품이라면 '다양한 감상이 있을 수 있다'는 것이 장점일지 모르지만, 연구논문에서 해석의 다의성은 백해무익하다. 논문의 문장은 일의적으로 오독 없이 읽을 수 있어야 한다.

　개념과 용어 대부분은 여러분이 창조한 것이 아니다. 누군가 다른 사람이 앞서서 사용한 것이다. 그렇다면 누구의 어떤 개념을 어떤 이유로 채택하는지를 명시해야 한다. 학문이 연구자 커뮤니티의 공유재산이라는 것은 이런 개념(현실을 해석하는 도구)의 스톡이 이미 눈앞에 있기 때문이다. 그 도구의 사용 방식이 잘못되었을 경우 자신이 해결하고 싶은 질문에 맞춰 얼마든지 변경하거나 수정해도 상관없다. 이때도 왜, 어디를, 어떤 이유로 수정했는지 설명해야 한다. 아무도 사용한 적 없는 자신이 만든 독자적 개념이나 용어를 만들어도 좋으나 이 경우에는 기준이 높아진다. 기존에 존재하는 개념을 사용하지 않은 이유를 증명해야만 하기 때문이다.

본문과 인용을 구별하라

본문과 인용이 구별되게, 다시 말해 다른 사람의 생각과 자기 생각을 구별하고 그 차이가 무엇인지 알 수 있도록 서술하는 방식은 중요하다. 언어가 애초에 타자에게 속한 것이듯 여러분이 하는 대부분의 생각은 다른 것에서 빌려온 것이다. 연구자가 아이디어를 다른 것으로부터 빌리는 것은 부끄러운 일은 아니다. 빌린 아이디어를 이용해 새로운 발견에 이를 수 있으면 된다. 한 선배 연구자가 논문은 90퍼센트가 빌린 것이고 나머지 10퍼센트가 독창적이면 된다고 말한 적이 있는데, 연구자 커뮤니티에 속한다는 것은 이를 말한다. 이때 누군가로부터 어떻게 빌렸는지를 명시하는 것이 연구자의 서술 방식이다. 이는 어디까지가 차용이고, 어디서부터가 자신의 독창적인 아이디어인지를 나타내기 위해서도 필요하다. 이를 위해 저자명과 인용부, 출처를 명기해야 한다는 규칙이 있다.

인용은 위험한 것이다. 영향을 받은 연구자의 문체까지 자기도 모르게 비슷해져간다. 영향을 많이 받은 연구자의 문장은 어떤 책의 어디부터 인용했는지 제시할 수 없으므로 참고문헌에 기재하지 않는 경우도 종종 있다. 대학원생의 논문에는 저자명을 빼고 본문에 인용으로 처리하기도 하는데, 그 문장의 흐름이 매우 자연스러워 만약 어떤 사정으로 인용부가 누락되거나 출처정보가 빠지거나 해서 오싹해지는 경우도 종종 있다. 그렇게 되면 뒤에 나오겠지만 표절에 해당한다. 그리고 연구윤리상 표절은 결코 용납될 수 없는 행위다.

이를 피하기 위해서는 본문 안에 아무리 번거롭더라도 '미셸 푸코에 따르면 섹슈얼리티란(이하 인용)'(Foucault, 1976:35) 또는 이는 신시아 인로가 말한 '여성의 군사화'(Enloe, 1998:121)에 해당한다'라고 하거나 출처를 표기해야 한다. 잘 알려지지 않은 사람의 경우에는 '군대와 여성의 연구로 알려진 미국의 국제정치학자 신시아 인로는'과 같은 설명을 덧붙여주면 좋다. 최근 젊은 연구자들의 논문에서 문장 안에 피인용자 이름을 생략하고 출처만 표기하는 경우가 늘어나고 있는데, 이는 놀랄 일이다. 또 저자명이 처음 나올 때는 성과 이름 모두를 써주고, 두 번째부터는 성만, 성이 같은 사람이 여러 명 나와서 구분하기 어려우면 성과 이름 모두를 쓴다는 규칙도 무시하곤 하는데 번거롭다는 이유만으로 생략해서는 안 된다.

인용 스톡의 작성법

참고로 내가 인용 스톡을 작성하는 방법에 대해 살짝 살펴보자.

필요한 책은 반드시 밑줄을 그으며 읽는다. 책은 더러워지기 마련이다. 그래서 책은 사서 소유하는 것이 편하다. 밑줄을 그은 책은 두 번 읽는다. 두 번째는 밑줄 친 부분만 집중해서 읽고, 두 번 밑줄을 그은 부분에 포스트잇을 붙인다. 여러 군데에 표시를 한다 해도 한 권에 20~30곳 정도로 그렇게 많은 양은 아니다. 이를 복사해서 정보 카드에 유닛화한다. 여기서도 하나의 정보에 하나의 유닛 단위를 고수한다. 정보 카드에는 반드시 출처와 인용 목록을 명기한다. 이와 동시에 문헌 목록을 작성해둔다. 이렇게 해서 다 읽은 책은 플로우에서 재스톡화해도(책장에 다시 꽂아놓아도) 좋다. 내게 필요한 책의 핵심이 수십 건의 정보로 남았기 때문이다. 이를 문맥에 맞춰 배열하면 인용할 때 하나하나 해당 서적을 꺼내볼 필요가 없다.

다만 이렇게 선별한 인용문에는 매력적인 문장이 많아 자기도 모르게 이를 본문에 녹이고 싶고, 본문 또한 그 영향을 받기 쉬워진다. 책에서 가져온 인용뿐 아니라 인터뷰 데이터에서 나온 1차 데이터도 마찬가지다. 그러나 일반적으로 인용한 부분은 요약에서는 전부 제외시켜야 한다. 즉 여러분의 발견이나 결론은 1차 데이터를 모두 탈락시킨 후 자기 스스로 만들어낸 메타 정보나 메타메타 정보다. 인용으로 자신의 아이디어를 대변하는 것은 불가능하다.

또 한 가지 인용은 본문 속 핵심적인 부분에서 한 번만 사용하자. 인용을 반복해서 사용하면 임팩트가 약해진다. 인용을 사용하고 싶은 곳이 여러 곳이라 고민되겠지만 인용 효과를 높이기 위해서는 이렇게 하는 것이 효과적이다. 적절한 문맥에 적절한 분량으로 인용할 수 있다면 '예술의 경지'에 오른 것이겠으나, 어찌 되었든 논문의 가치를 높여주는 것은 자기가 쓴 본문이지 인용이 아니다.

표절·도용을 하지 마라

연구자 커뮤니티의 성과물은 공유재산이므로 이를 위해서는 자기 논문 중 어디까지가 다른 사람에게 속한 것인지와 어디서부터 독창적인 자신의 아이디어인지를 구별하는 것이 매우 중요하다. 이는 연구자로서 살아남기 위한 최소한의 조건이라 해도 과언이 아니다. 이를 위해 인용이나 출처 표기법이 정해져 있는데 이를 준수하지 않으면 표절(plagiarism)에 해당한다.

인터넷에서 정보를 수집하기 쉬워지면서 온라인 정보를 그대로 가져와서 논문을 쓸 수 있게 되었다. 대학교수들 대부분이 이 문제로 골머리를 앓는다. 기말보고서나 졸업논문은 물론, 석사논문이나 학위논문에서 표절을 저지르고 석사학위나 박사학위를 받은 후에 발각되면 학위 심사에 참여한 심사위원의 평가능력도 의심받고, 학위의 반납이나 퇴학처분 등 대학의 명예와 관련된 소동으로 발전하기도 한다. 이를 위해 표절 검출 소프트웨어가 시중에 출시되었을 정도다. 그럼에도 표절을 근절하기가 불가능함은 매년 유명 대학이나 학술 저널에서 표절 소동이 일어나는 것을 보면 알 수 있다. 발각된 것은 일부일 테고, 그냥 묻힌 채 업적으로 평가받는 경우도 있을 것이다.

그러나 연구자로서 표절은 매우 부끄러워해야 할 일이다. 무엇을 위한, 누구를 위한 연구인지, 자신이 세운 질문에 이미 다른 누군가가 답을 찾았다면 해당 선행연구자에게 경의를 표하면 되고, 아직 해결되지 않았다면 선행연구자에게 경의를 표하면서 새로이 독창적인 질문을 설정하면 된다. 연구자에게 최고의 보수는 자신이 설정한 질문을 자신의 힘으로 해결하는 쾌감이지 표절이나 도용은 본말전도다.

내가 우에노 세미나에서 학생들에게 다른 누군가의 것이 아닌 1차 데이터에 의한 연구를 요구하는 것도 이 때문이다. 미디어나 온라인상에는 2차 데이터가 넘쳐흐른다. 이를 재빠르게 복사하고 붙이기만 해서 작성한 리포트를 '종합학습' 등의 이름으로 중학생이나 고등학생들에게 시키는 것은 연구라는 이름에 걸맞지 않다.

서식, 인용, 주석, 문헌의 표기법

원고의 서식, 인용, 각주, 문헌 등의 표기에 관해서는 학술논문의 관행에 따른다. 내가 채택한 것은 일본 사회학회의 《사회학평론 스타일 가이드》[3]다. 여기서는 1장짜리 요약에도, 3장으로 구성된 에세이에도 동일한 기준을 적용한다. 아무리 짧아도 학술논문의 스타일에 맞춘 서술 방식을 습득해두면 향후 긴 논문도 쓸 수 있다. 참고로 이 책도 이 스타일 가이드에 따라 작성했다.

폰트와 크기

아웃풋에 관해 살펴보자. 최근에는 학생들의 리포트도 온라인으로 제출하게 되었다. 수기로 작성한 원고를 읽던 시대를 생각하면 읽기 쉬워졌다 할 수 있다. 그 시절에도 읽는 이를 고려해 상대방이 고령자라면 글씨 크기를 11에서 12로 키우는 정도의 배려는 있었다.

도쿄대학교에는 전공학과별로 다양한 관행이 존재하는데 일본사와 일본문학은 세로쓰기 논문이어야 받아주는 학칙이 있다고 한다. 그중에도 국문학연구실(지금도 동일한 명칭이다)에는 수기로 작성한 원고만 받아준다는 제약이 있었다. 1990년대 워드 프로세서가 일제히 보급되던 시절 퇴고와 수정이 쉬운 워드 프로세서로 작성한 원고를 4만~8만 자 분량의 세로쓰기 원고지에 수기로 정갈하게 작성하는 것이 국문학과 학생들의 일이었다고 한다. 신기한 관행이라고 생각한다. 이제는 사라졌을지 모르겠다. 한편 일본중세사 학자인 고(故) 와키타 하루코 씨가 특별 주문한 교토대식 카드의 독자적인 버전은 세로쓰기였다. 이분들은 평소 세로쓰기에 익숙했기 때문에 교토대식 카드도 세로쓰기로 만든 것에 감탄했던 기억이 난다.

알기 쉽게 써라

가장 중요한 것은 알기 쉬운 말로 쓰기다. 복잡하고 난해한 문장을 고급스러운 문장이라고 착각해서는 안 된다. 이해하기 쉬운 문장은 단순한 문장이라는 의미가 아니다. 사실은 아무리 복잡한 개념이라도 이해하기 쉬운 말로 설명할 수 있다. 업계용어나 전문용어, 수려

한 수사법, 모호한 문장에 의존할 필요는 없다.

논문에서 중요한 것은 자신이 생각하는 바를 근거와 함께 논리적으로 읽는 이를 설득하는 일이다. 훈련하면 누구나 이 능력을 키울 수 있다.

인칭은 어떻게 쓸까?

빼놓을 수 없는 주어의 인칭에 무엇을 사용하는지 살펴보자. 일본어의 인칭은 성별, 지위, 문맥에 따라 다양하고 상황이 정해져 있지 않으면 무엇을 택해야 하는지 결정할 수 없다. 논문에서 일인칭은 지금까지 '우리는' 또는 '인간은'과 같이 이른바 누구도 지시하지 않는 무인칭이었다. '이상의 사항을 우리는 확인할 수 있다' 등과 같은 문장을 읽으면, 나는 '우리'에 포함되지 않는다고 반론을 제기하고 싶어지기도 한다. 그뿐 아니라 일인칭을 피하려고 수동태('이상의 사항을 확인하게 되었다')를 자주 사용하는 논문도 있다. 둘 다 바람직하지 않다.

논문의 메시지를 발신하는 것은 자기 자신이며, 그 내용에 책임이 있는 것도 자기 자신뿐이기 때문에 일인칭 단수형인 '나'를 사용하면 된다. '나'는 공용 공간에서의 성별을 불문한 일인칭 단수형이다. 평론가 중에는 '나'라고 자신을 지칭하는 사람도 있지만, 아무래도 공적인 자리에서 사적인 느낌을 주는 것 같아 꺼려진다. 그러고 보니 '나'라는 인칭대명사를 사용한 논문을 본 적이 없는 것 같다.

논문은 지식의 공공재이지만 어디까지나 '내가' 발신한 정보라는 것을 각인하기 위해서라도 주어에 일인칭 단수형을 사용하는 것이 좋다고 생각한다.

누구를 대상으로 하는가?

마지막으로 논문을 작성하는 데 중요한 사항을 살펴보자. 이는 누구를 대상으로 쓰는가? 하는 질문이다. 논문의 수신자를 의식하는 것은 논문을 쓰는 데 매우 중요한 일이다.

연구논문의 첫 번째 독자는 보통 지도교수다. 그러나 지도교수가 반드시 적절한 독자라고 할 수는 없다. 특히 지도교수와 학생 사이에 신뢰가 없는 경우에는 최악이다. 학회라면 첫 번째 독자는 심사위원이다. 이도 복면심사위원제도라 해서 도대체 누가 심사위원을 맡았는지 알 수 없는 권력 구조가 있다. 지도교수나 심사위원은 그들의 관문을 통과하지 못하면 다음으로 나아갈 수 없는 수문장 역할을 하는데, 그런 사람이 자신에게 꼭 최적의 독자라고 할 수는 없다.

지도교수나 심사위원이 첫 번째 독자라는 것은 논문을 읽는 대상이 학계라는 이름의 학술 커뮤니티라는 말이다. 연구는 지식의 공유재에 새로운 발견을 추가하는 것이며, 연구자에게 이것이 업적이 되고, 업적을 쌓아감으로써 학계 안에서 위치를 획득한다. 학술 커뮤니티는 공평한 업적주의가 통용되는(또는 간주되는) 소수의 사회집단 중 하나다. 물론 인문계나 사회과학처럼 평가 기준이 일원적이지 않은 분야에서는 반드시 그렇다고는 단언할 수 없지만 말이다.

　그러나 연구는 학계에서의 업적 경쟁을 위해 존재하는 것일까? 질문을 세우고, 답을 도출해 지금까지 없던 새로운 길을 탐색하는 것은 누군가에게 새로운 어떤 것을 전달하고 싶기 때문이다. 여기서 '누군가'는 '누구'이며, '전달하고자 하는 어떤 것'에서 '어떤 것'은 무엇일까?

　조사윤리적 측면에서 말하면 논문의 첫 번째 독자는 일단 조사대상자여야 한다. 조사대상자에게 성가신 질문을 꼬치꼬치 묻는 조사자는 피할 수 없는 침입자다. 무엇을 하러 왔는지, 자신에게 무엇을 원하는지, 조사대상자는 조사자에게 도전한다. 설문조사의 응답자는 자신이 조사에 협력한 이상 조사 결과를 듣고 싶다고 요구할 수 있다. 자신이 제공한 데이터가 도대체 어떻게 처리되었는지 알고 싶은 것은 당연하다.

　조사 결과는 먼저 조사대상자에게 피드백을 준다. 인용하는 데이터는 본인의 동의 없이 공개할 수 없다는 것은 말할 필요도 없다. 설사 음원이 남아있다 해도 '그런 말은 하지 않았다', '그런 의도가 아니었다'고 한다면 눈물을 머금고 삭제할 수밖에 없다. 조사 결과를 바탕으로 분석·고찰한 최종 아웃풋인 연구논문이 조사대상자가 납득할 수 있는 결과물인지 아닌지는 중요하다. 물론 그중에는 조사대상자에게 비판적인 내용도 있을 것이다. 이것도 포함해 1차 데이터를 제공한 조사대상자가 납득할 수 있는 결과가 나오면 그 논문은 훌륭한 논문이다.

이런 말을 할 때 내가 항상 염두에 두는 것은 하루히 키스요 씨의 명저 《부자(父子)가정에 살다》(하루히, 1985)이다. 부자가정의 아버지들이 만든 그룹을 통해 얻은 데이터를 바탕으로, 부자가정이라는 소수 그룹을 통해 모성 신화의 완고함과 아버지로서의 어려움을 짚어낸 공이 많이 들어간 저작물이다. 부자가정의 아버지란 (1) 난이도별로 시기에 따라 아이의 친권을 갖고 (2) 조부모의 도움이나 시설의 도움을 받아 스스로 양육을 담당하고 (3) 재혼하지 않은 아버지들로 좀 더 노골적으로 말하면 부인에게 자식을 두고 도망가지 않은 아버지들이라고 하루히 씨는 지적한다. '당신이 아이를 돌보기는 무리다, 양육시설에 맡기면 된다'는 복지 관계자의 부자를 떼어놓으려는 시도에 저항하고, 아이를 맡길 본가의 자본도 재혼할 돈도 없는 사회적 약자라고도 할 수 있는 이 남성들의 속마음을 엿볼 수 있었던 것은 하루히 씨가 여성이기 때문이었을 것이다. 아니, 사실은 하루히 씨였기에 가능했다. 남성성에 대한 비판과 함께 이해와 동정을 겸하고 있는 하루히 씨의 연구 조사대상자인 아버지들이 공감을 표하고, '여기에 나도 있다'며 진심으로 응해주었다. '부자회의 아버지들이 내 책을 선전해서 판매에 도움을 주었다'고 말하던 하루히 씨의 기쁜 목소리가 지금도 잊히지 않는다.

반대로 자신이 제공한 데이터가 각색 가공되어 조사대상자가 '여기에는 내가 없다', '이건 내가 아니다'라고 생각하는 연구논문은 실패라 할 수 있다. 바꿔 말하면 연구논문의 가장 처음 그리고 엄격한 판정단은 조사대상자다.

누구에게 보내는 메시지인가?

나는 논문을 쓸 때 이 논문을 누가 읽었으면 하는지, 그 대상을 의식하며 쓰는 것이 좋다고 학생들에게 계속 말한다. 나아가 그 대상자는 추상적인 청중이 아니라 한 사람이나 두 사람이라도 좋으니 고유명사를 가진, 실체를 가진 사람인 편이 좋다. '문(文)'이라는 한자는 원래 편지를 의미한다. 누구에게 보내기 위해 쓰는가가 문장의 기본이다. 이런 실체가 있는 수신인을 동시대에 가질 수 있는 저자는 행복한 사람이다. 그 시기에 자신을 이해해주는 사람이며, 가장 엄격하게 비판해줄 독자를 상상해보자. 이는 자신의 한계를 뛰어넘기 위해서다.

나는 학생들에게 항상 이런 말을 해왔다. "여러분이 쓴 논문의 수신자가 이렇게 유쾌한 세계(글자의 세계를 말함)에 있다고 생각하지 마라. 시선을 더 멀리 둬라." 이는 눈앞의 지도교수나 동료의 평가에 휘둘리는 학생이나 대학원생을 수도 없이 봐왔기 때문이다.

이럴 때는 항상 처음에 설정한 질문으로 돌아가자. 자신이 세운 질문은 언제나 연구의 원점이다. 도대체 무엇을 위한, 누구를 위한 질문인가? 누구에게 무엇을 반론하기 위한 것인가? 누구를 대상으로 어떤 메시지를 보내는 것인가? 그렇게 생각하면 전달하고 싶은 상대방이 자연스럽게 떠오를 것이다. 그리고 그에 맞춰 문체도 결정하자.

14

비판능력을 기르자

대신해서 보여줘라

다른 사람의 불행이 내 행복은 아니지만 자기가 논문을 쓰는 수고보다 다른 이가 쓴 논문의 허점을 발견하기가 더 쉽고, 꼬투리를 잡는 것이 즐거운 법이다. 학생들의 리포트를 읽는 데 익숙한 나는 손에 빨간색 볼펜을 들고 논문을 읽는 습관이 붙었는데 오탈자나 오류를 발견하면 빙그레 웃는 짓궂은 면이 있다.

그런데 다른 사람의 논문에서 잘못된 곳을 발견하면 자기 논문의 잘못된 점도 알 수 있다.

부르디외나 푸코 같은 논문을 쓸 수는 없어도 그들을 비판할 수는 있다. 우에노 세미나에서는 방대한 지적 문헌 목록을 바탕으로 어떤 고전 텍스트라도 '비판적으로 읽게' 한다. 요약은 용납하지 않는다. 수강생들은 미리 정해진 문헌을 읽어오는 것을 전제로 한다. 누구도 본인 이상으로 자기 생각을 잘 전달할 수 있는 사람은 없으므로 어설픈 요약은 필요 없고, 누군가가 쓴 인문서나 개설서도 필요 없으며, 오로지 원전(원전이라 해도 번역본이지만)을 읽어오게 한다. 그것도 정독이 아닌 다독으로. 그렇게 하면 학부생이라도 '여기에는 증명이 없다'라든가 '이 주장은 납득하기 어렵다'와 같은 의견을 많이 낸다. 상대가 대가인지 모르는 무지함에서 비롯된 것일지도 모르지만 이를 들으며 나는 '좋아요. 계속하세요'라고 독려한다.

비판은 독자의 특권이다. 정보의 소비자인 한 미식가도 감독도 될 수 있다. 비슷한 수준의 토론은 불가능하더라도 맛이 있는지 없는지나 입에 맞지 않는지 등으로 호불호를 말할 수 있다. 학부생까지는 그래도 되지만 대학원생이라면 그렇지 않다. 선행연구를 비판한다면 비판은 해도 좋으나 다만 그럼 스스로 해보라는 말을 듣는다. 왜냐하면 대학원생은 정보생산자 예비군이기 때문이다.

비평가가 돼라

다른 사람의 논문을 비평하는 것은 자기 논문을 쓰기 위한 기본 중의 기본이다.

지금으로부터 40년도 전에 일본에서 최초로 '여성학'이라는 이름을 사용한 저널 《여성학 연보》(일본여성학연구회 여성학 연보 편집위원회)가 발간되었다.[4] 그 창간호의 편집장이 나였다. 1980년에 나왔으니 일본여성학회의 학회지 〈여성학〉의 창간(1992년)보다 앞선 것이었다. '여성학? 그게 대체 무슨 학문인가?'라는 소리를 듣던 시절의 일이다. 논문을 쓰고 싶은 생각은 태산 같았지만, 기존 학회지에 실으면 '주관적'이고 '논문으로 가치가 없다'며 반려될 내용뿐이었다. 그래서 아무 데서도 받아주지 않는다면 직접 잡지를 만들어야 겠다고 생각했다. '공평·중립', '객관성' 등을 고집할 생각이 없었기 때문에 '여성학에 대한 열정적인' 논문을 우선 채택하는 등 자신을 위한 무대를 자기 자신의 노력으로 준비했기에 '편집위원의 논문을 우선 채택'하는 등 상식적으로는 생각할 수 없는 규칙을 만들었다. 왜냐하면 누구보다도 시간과 수고를 들인 사람이 보상받는 것이 당연하기 때문이다. 자기 논문을 게재하고 싶다면 간단하다. 손을 들고 편집위원이 되면 된다.

그래도 논문의 질에는 신경을 썼기 때문에 비평가 방식을 채택했다. 학회지의 경우 심사위원 방식[5]을 채택하는데, 여기의 심사위원과는 차이가 있었다. 비화를 말하자면 《여성학 연보》의 비평가 방식은 동시에 도쿄대학교 사회학연구실의 대학원생이 독자적으로 간행한 〈소시오 로고스〉를 모델로 했다. 〈소시오 로고스〉는 학회의 권위주의를 거부하고 서로 절치부심하는 연구의 장으로서 자주적인 저널을 만들고자 비평가 방식을 채택했다. 창설 멤버로는 하시즈메 다이사부로, 야마모토 야스시, 아카다 모토요시가 있으며, 나는 최초이자 거의 유일한 외부 기고자였다.

나는 학회지의 복면심사위원제도[6]가 권위주의적이라 매우 싫어한다. 일방적으로 심사를 하는 것이 아니라 심사위원이 당당하게 얼굴을 보이고 집필자와 대화하면 된다고 생각하기에 그 신념을 관철해 지금까지 학회지의 심사위원은 원칙적으로 거절한다. 심사 의뢰가 오면 '귀사의 학회지는 심사위원을 공표하시나요? 그렇다면 수락하겠습니다'라고 의사를 밝혔으나, 이에 응하는 학회가 없어서 다행히 다른 사람의 논문을 심사하는 시간만 들고 공이 적은 일을 받지 않아도 되었다.

누구나 논문을 쓰기 전에는 그저 아마추어다. 아마추어가 1만 2,000~1만 6,000자의 논문을 갑자기 쓸 수 있을 리 없다. 특히 여성학은 '여성의 경험을 담론화하는 것'을 주창하며 '여성이라면 누구나 주장해야 하는 것이 있다'고 주장해왔다. 이 아마추어 여성들에게 '논문을 써보겠냐'고 권해도 흔쾌히 응하지 않는다. 그러나 비평가라면 응할 수 있다.

《여성학 연보》는 응모한 원고에 그 논문의 주제와 비슷한 분야의 전문가와 전혀 상관없는 사람을 2인 1조로 비평가 채택하는 방식이었다. 가능한 대면 상황을 만드는 것을 전제로 집필자와 비평가가 면담하는 시간을 갖는다. 이런 대화 속에서 흥미로운 발상이 많이 나왔다.

2인 1조인 비평가 중 나는 대개 전문가 입장에 속하므로 내가 운을 떼면 그것으로 이야기가 끝나기 때문에 비전문가와 비평가가 먼저 발언하도록 했다. 그렇게 알게 된 사실은 전문가 의견과 비전문가 의견이 90퍼센트가 일치한다는 것이다. 여기서 나온 표어가 '비전문가가 모르는 것은 전문가도 모른다'이다. 설명 부족이나 논리의 비약, 일반화의 오류는 어떤 독자라도 간파할 수 있다.

또 한 가지 알게 된 사실이 있다. 비평가는 심사위원이 아니라해도 집필자에게 영향력을 행사한다. 그렇게 해서 수정된 원고는 대개 비평가의 의향에 편중되고 초고에 있던 열정이나 독창성이 빛바래기 쉽다. 그 결과 제출된 수정원고에 2차 비평을 첨가해 정말하고 싶은 말이 무엇인지 비평 안에서 선택하고 싶은 것과 그렇지않은 것을 구분하기를 제안하고 3차 원고를 제출하도록 했다. 이런 과정을 거쳐 집필자와 비평가가 공동작업한 창작물이라 해도 좋을 정도로 서로의 합의를 거쳐 완성된 최종 원고는 초고와는 전혀 딴 판으로 개선된다. 여기서 얻은 교훈은 '수정은 두 번 이상'이다.

저명한 집필자 가운데 '이런 적은 처음이다'라고 화를 내며 원고를 반려하는 사람도 있었다. 반면 '이렇게 정성 들여 원고를 읽어준 사람은 인생에서 처음이다'라며 감동을 준 분도 있었다. 사람은 참 다양하다.

비평가와 집필자의 관계는 미묘하다. 학회지 등의 심사위원은 채택 여부에 관한 권한을 부여받고, 동의를 얻지 못하면 게재가 거부된다.《여성학 연보》에서 비평가는 단지 비평을 하는 것일 뿐, 게재 여부를 결정하는 권한은 비평가의 의견을 참고로 편집위원회가 결정했다. 비평을 거부하고 초고를 고집하는 집필자도 있었다. 그러나 역시 비평가가 수문장의 역할을 하고 이를 통과하지 못하면 다음 단계로 진행할 수 없다는 암묵적인 압박이 여전히 존재한다. 오랜 세월을 거치면서 이를 이유로 문제가 생기기도 했다. 비평가의 과도한 권력화와 전문화가 원인이다. 그래도 기본적으로 대면, 서면이 아닌 면담을 통한 비평의 교환은 비평하는 사람도 이를 받는 사람에게도 많은 이점을 가져다주었다.

이 과정을 거쳐 비평가는 논문이란 무엇인지, 어떻게 써야 하는지, 어떤 논문이 좋은 논문인지를 배운다. 비평가가 다음 해에는 집필자가 되어《여성학 연보》는 이렇게 예비 저자를 양성해왔다. 이 과정에서 탄생한 '비평의 방식'을 [도표15-1]에 실었다.

═□□══════════ 도표15-1. 비평의 방식. ═══════════□□═

0. 기본의 '기본'
• 자기도 하지 못하는 것을 남에게 요구하지 않는다!

1. 서론
• 비평 (1) 저자가 하고 싶은 말에 맞춰 그 의도가 좀 더 잘 통하도록 조언하고 (2) 논지의 결함이나 논의의 문제점을 지적하고 (3) 있을 법한 비판을 예상해 저자가 방어할 수 있도록 지혜를 주기 위함이다.
• 비평과 비판은 다르다. 따라서 말꼬리를 잡거나 다른 의도를 가지고 비판하지 않는다.
• 비평과 반론은 다르다. 따라서 자신의 이견이나 반론을 무조건 관철하려 하지 말고 논문이 발표된 후, 서평이나 논문의 형태로 발표한다.
• 문제점을 지적한 경우에는 '그렇다면 어떻게 하면 좋을지'와 같이 대안을 제시하는 것이 예의다.

---

2. 내재적 비평
- 내재적 비평은 저자의 논지나 주장에 따라 이를 수용하고 동시에 논지의 비일관성이나 부족한 점, 논지의 확장과 응용 가능성에 대해 저자를 대신해 제시하는 것이다.
- 전체적 구성 · 차례
- 논리발전과 이론 · 개념장치
- 선행연구나 조사 데이터의 망라성과 해석
- 논지의 타당성 · 설득력

3. 외재적 비평
- 저자가 미처 생각하지 못한 관점에서 한계나 결함을 지적한다. 저자는 종종 자기 구도에 갇혀 자신의 아이디어를 거시적이고 상대적인 관점에서 바라보기 힘든 법이다. 이를 외재적 시점에서의 지적이라 하며, 저자의 관점이나 지평을 크게 넓힐 수 있다. 외재적 비평도 마찬가지로 저자의 취지와 의도를 더 좋게 표현하게 돕기 위한 조언이며, 저자를 부정하려는 의도로 하는 것이 아니다.
- 외재적 비평은 근거 없는 비판이 되기 쉽다. 거기에 이미 존재하는 것을 긍정적으로 평가하고, 없는 것에 대해 왈가왈부하지 않는다.
  논문 한 편이 대상으로 하는 내용의 전체 요인에 관해 망라할 필요는 없다. 다만 빠진 부분이 치명적인 변수나 요인이라든지, 있으면 좋을 것 같은 시점이나 분석에 관해서는 적극적으로 지적한다.

내재적 비평과 외재적 비평을 구별하라

코멘트 과정에서 가장 크게 배우는 것은 다음과 같다.

'자기 자신도 해결할 수 없는 것을 다른 사람에게 요구하지 말자!'

비평과 말꼬리 잡기는 다르다. 비평은 꼬투리를 잡는 것이 아니라 (1) 저자가 하고자 하는 말에 맞춰 그 의도가 더 잘 통하도록 조언하고 (2) 논지의 결함이나 논의의 문제점을 지적하고 (3) 있을 법한 비판을 예상해 저자가 방어할 수 있는 지혜를 주기 위함이다.

비평은 비판, 반론과도 차이가 있다. 예를 들어 상대의 논지에 찬성할 수 없더라도 가능한 상대의 주장을 설득력 있게 만들기 위해 협력하고, 저자가 미처 발견하지 못한 예상 가능한 비판이나 결함을 제시하고, 이를 보완한 논점을 넣어서 완성도 높은 논문으로 만들기 위해 돕는 것이 비평이다. 논문 내용에 비판이나 반론을 하고 싶으면 논문이 발표된 후에 적절한 매체에 서평이나 논문의 형태로 발표하면 된다. 산을 가장 낮은 골짜기부터 넘는 쉬운 방법이 아니라, 상대의 논문을 가능한 완성도 있게 만들고 넘을 만한 가치가 있는 산으로 만드는 역할을 한다.

이를 위해서는 내재적 비평과 외재적 비평을 구별하는 것이 도움이 된다. 내재적 비평은 저자의 논지나 주장에 맞춰 이를 받아들이고 이와 동시에 논지의 비일관성이나 부족한 부분, 논지의 확장과 응용 가능성을 저자 대신 지적하는 것이다. 한편 외재적 비평은 간단히 말하면 꼬투리 잡기다. 이런 부분이 빠졌다, 이 부분을 모르겠다, 이런 부분이 검증되지 않았다 등의 지적을 하는 것이다.

외재적 비평이 도움이 되는 경우는 저자가 자각하지 못한 한계나 결함을 지적할 때다. 저자는 종종 자신이 세운 구조에 갇혀 자기 아이디어를 거시적이고 상대적으로 보기가 힘들다. 이를 외재적 시점에서 알려주면 저자의 관점이나 지평을 단번에 확대할 수 있다. 외재적 비평도 저자의 취지나 의도를 더 좋은 표현으로 만들기 위한 지적이지 저자에게 반론하거나 부정하기 위한 것이 아니다.

비평에서 중요한 사항은 이미 있는 것을 긍정적으로 평가하고 없는 것을 논하지 않는 것이다. 외재적 비평에는 '이런 점이 부족하다', '이런 부분이 빠졌다' 등이 있는데, 일일이 대응할 필요 없다. '이런 점이 부족하다'는 비평은 해석하면 '내가 궁금한 부분에 대한 답이 제시되지 않았다'는 말인 경우가 많은데, 그것은 당신의 질문이니 내게 답을 해야 할 책임은 없다고 받아치면 된다. 바꿔 말하면 비평가는 우선 논문 발표자가 세운 질문을 공유하고 그 질문의 관점 안에서 더 좋은 답을 도출하도록 도움을 주는 역할을 한다.

질문을 설정하는 방법과 질문 채택 방법에 따라 답이 도출되기도 하고 그렇지 않기도 한다. 예를 들어 주제가 '아동에 대한 성적 학대를 둘러싼 미디어의 담론 분석'이라고 하자. '과연 아동에 대한 성적 학대가 증가 또는 감소했는가에 대한 실태는 어떤가?'라는 질문을 받아도 이 연구에서 할 수 있는 대답은 '알 수 없다'뿐이다. 미디어는 담론이지 현실이 아니므로 담론 분석이라는 방법으로 알 수 있는 것은 어디까지나 담론에 관한 것일 수밖에 없다. '실태'에 다가가기 위해서는 별도의 질문 설정방법과 연구대상과 방법이 필요하다. 그렇다면 '실태는 어떤가?'라는 질문에 관해서는 '그 부분은 제 질문이 아닙니다'라고 응수하면 된다. 따라서 이런 비평은 부적절한 비평이라 할 수 있다.

질문설정방법이나 연구대상과 방법의 조합이 주제에 접근하는 각도를 결정하기 때문에 거기에는 당연히 한계나 사각지대가 수반된다. 한 편의 논문이 대상으로 하는 내용의 모든 측면을 망라할 필요는 없다. 다만 빠진 부분이 치명적인 변수나 요인이거나 추가하면 좋을 것 같은 관점이나 분석에 관해서는 적극적으로 지적해준다.

내재적 비평방법

비평 방식에도 요령이 있다. 전체에서 세부로, 중요성이 높은 것부터 낮은 것으로 하는 것이 순서다.

먼저 질문설정방법의 독창성과 논지의 명쾌함을 평가하자. 다음으로 전체적 구성과 차례가 적절하게 작성되었는지 살펴본다.

나아가 논리발전과 이론·적절한 개념장치의 사용을 검토한다. 여기서 선행연구와 조사 데이터의 방대함이나 해석의 타당성을 검토하는데, 만약 해당 분야의 중요한 선행연구에서 논문 발표자의 시각에서 빠진 문헌이 있으면 이를 지적하는 것도 중요하다. 또 같은 분야의 전문가라면 이론이나 개념의 사용이 적절한지 검토해야 한다.

가장 중요한 것은 논지의 타당성과 설득력이다. 논문 대부분이 선행연구에 대해 어떤 형태로든 도전이나 수정을 요구받는데, 끝까지 다 읽었는데도 논문의 주장에 설득력이 없다면 그 논문은 의미가 없다. 이를 해결하기 위해서는 문장의 세부 내용을 살펴봐야 한다. 용어의 설명 부족, 논리의 비약, 문장의 비일관성 등 눈으로 봤을 때는 발견하지 못한 사실을 독자가 지적해준다. 이럴 때야말로 비전문가 독자의 눈이 필요하다. 비전문가의 눈에 내용이 거슬린다는 것은 논문에 비문이 상당히 많다는 의미다.

'이 표현은 이상하다'고 문제점을 지적한 경우에는 '그러면 이렇게 수정하자'고 대책을 제시하는 것이 논문 작성자에 대한 배려다. 이렇게까지 할 수 있으면 여러분의 비평능력이 상당한 수준에 달했다고 할 수 있다. '내가 하고 싶은 말이 바로 그것이다'라고 저자가 이해할 만한 대안을 제시하면, 저자의 논리와 생리에 맞는 내재적 비평을 할 수 있게 된 것이다. 비평은 무엇보다 저자를 설득할 수 있어야 한다. 저자가 납득하지 못하는 비평은 그 역할을 제대로 수행할 수 없다. 가끔 세미나에서 '교수님은 어떻게 제가 하고 싶은 말을 그렇게 잘 아시나요'라는 말을 들을 때가 있는데, 이것이 내공이며 교단에 선 세월이 헛되지 않았다는 생각이 든다.

도움이 되는 비평과 도움이 되지 않는 비평

비평 중에는 도움을 주는 것과 도움이 되지 않을 뿐 아니라, 이를 참고하면 오히려 독이 되는 비평도 있다. 비평을 받는 입장에서는 좋은 비평과 그렇지 않은 비평을 구분하는 것도 중요하다. 비평가가 가진 권위에 눌려 순전히 비평 내용에 좌우되는 학생이 있는데, 자신이 질문을 설정한 처음 마음가짐을 잊지 말자.

난감한 경우는 이 권위가 권력을 수반하는 경우다. 학술지 심사위원의 경우 다른 매체로 가는 대안도 있겠지만, 학위논문의 커뮤니티(심사위원회)로부터의 비평이라면 학위수여라는 권력이 동반되기 때문에 학생들에게는 사활이 걸린 문제다. 특히 힘든 것은 '학제적'이라는 미명하에 다른 분야의 심사위원이 커뮤니티를 구성하는 경우다. 자신의 학문에 맞춰 신랄하게 비평하는 커뮤니티 회원들의 의견에 휩쓸려 혼란의 아노미에 빠지는 학생을 많이 봤다. 이때도 내재적 비평과 외재적 비평, 채택할 가치가 있는 비평과 그렇지 않은 비평을 구별할 능력이 필요하다.

비평하는 능력은 훈련으로 배양할 수 있다. 비평능력을 기르는 훈련으로 우에노 세미나에서는 매회 세미나 보고의 모든 발표자에게 의무적으로 비평을 제출하도록 했다. 한 번에 4명의 보고자가 있으면 그 모든 보고자를 대상으로 비평 카드와 해당 수업에 대한 우에노 비평 카드, 총 5개를 수업이 끝날 때까지 제출한다. 비평을 쓰는 시간은 따로 주지 않는다. 보고와 토론이 종료됨과 동시에 비평을 제출하기 때문에 수강생은 졸 틈이 없다. 거기다 보고자의 발표를 제대로 듣지 않으면 적확한 비평을 할 수 없으므로 자연히 열심히 발표를 보고 듣는다. 다만 양이 충분하도록 기본 B6판 교토대식 카드 크기를 사용했다. 그렇게 1년에 30번의 수업×인원수면 합계 수백 장의 비평 카드를 쓰는 동안 비평능력이 눈에 띄게 좋아진다. 1년이 지나면 지도교수 수준의 비평능력을 보여주는 학생도 있었다. 이런 지도력 있는 대학원생이 리더가 되어 동기들과 논문 검토회를 여는 곳도 있다. 그리고 같은 횟수로 비평을 받는 쪽에 서면 유익한 비평과 그렇지 않은 것의 차이를 구별할 수 있다. 따라서 비평은 비평하는 측과 받는 측, 양쪽에 서 보는 것이 중요하다.

비평 섹션을 만들어라

샘플 장을 제출한 후에는 반드시 비평 섹션을 만들자. 희망자를 2인 1조로 각 샘플 장에 비평가로 정하고, 비평 규칙에 따라 자료를 만들어 발표한다. 물론 샘플 장은 사전에 온라인으로 제출하고 데이터를 공유해 수강생 전원이 읽어왔다는 전제에서 진행한다. 여러 사람에게 시켜보면 비평능력의 차이가 한눈에 보인다.

우에노 세미나에서는 논문의 초고를 그대로 제출논문으로 받지 않는다. 반드시 비평 섹션을 통과하고 수정된 원고를 제출하게 한다. 《여성학 연보》를 운영하던 경험을 생각하면 '수정은 두 번 이상'으로 정하고 싶으나 시간에 제약이 있어 무리다. 그러나 초고(드레프트)는 어차피 초고일 뿐이다. 독자가 처음 읽고 수정을 거듭하면서 비로소 완성도 높은 논문이 탄생한다. 연구자 대부분이 '초고를 누군가에게 읽어달라고 하고 조언을 받았다'며 길게 감사의 말을 전하는 것은 이 때문이다. 즉 논문은 소설처럼 작가 단 한 사람의 판타지 산물이 아니라 연구자 집단이 공동으로 작업한 축적물이다. 따라서 세미나나 연구회, 학회처럼 토론의 장이 중요하다.

방어능력을 갖춰라

비평능력을 이야기하는 김에 방어능력에 대해서도 살펴보자. 학위논문 심사 과정에는 구술시험이라는 관문이 있다. 이때 논문의 약점이나 결함을 심사위원에게 지적받는데, 이때도 내재적 비평과 외재적 비평을 구별하는 것이 도움이 된다. 외재적 비평이라면 '그건

제 질문의 요점과 맞지 않습니다' 또는 '그건 당신의 질문이지 제 논문에 관한 사항이 아닙니다'라고 맞받아치면 된다. 내재적 비평이라면 거기에 정중하게 대응하고 반론할 필요가 있으면 확실하게 반론한다. 대개의 질문은 본문에 대답이 있는데, 그것이 적절한 곳에 배치되지 않아 독자의 눈을 끌지 못하는 경우가 있다. 그런 경우에는 '지금 하신 질문에 관해서는 몇 단락 몇째 줄에 이렇게 나와 있다'고 설명한다. 오해나 오독했을 경우 '거기는 그런 내용이 아닙니다'라고 설명하고 이해를 구한다. 설명 부족이나 착각을 지적받으면 '지적 감사합니다. 참고하겠습니다'라고 대답한다. 자신의 아킬레스건을 공격받으면 '네, 저도 약점이라고 생각했습니다. 재검토하겠습니다', '검토가 부족했습니다. 향후 보충하겠습니다'라며 재확인한다.

반대로 애매하고 구체성이 결여된 논리에는 '지금 하신 지적은 어디가 문제인지 구체적으로 설명해주시면 감사하겠습니다'라고 질문하고, 상대가 싫어하는 기색을 보이면 '지적 정말 감사합니다. 그러면 어떻게 수정하면 좋을까요?'라고 겸손하게 상대의 조언을 구한다. 거기까지 생각하지 못한 심사위원이라면 허를 찔려 곤란하고 곤혹스러울 것이다. 학위수여제도에서 심사위원은 권력자다. 하고 싶은 말을 마음껏 하기는 쉽지만, 심사 과정에서는 심사위원의 심사능력이 시험대에 오른다.

방어능력은 자신의 주장을 관철하기 위한 기술이다. 적절한 비평이면 감사한 마음으로 채택하고, 그렇지 않으면 반론하고 경우에 따라서는 버티는 것이 당연하다. 이것 역시 논문 한 편을 쓸 때마다 길러지는 능력이다.

사회자의 역할

또 하나, 사회자에 관해서도 짚고 넘어가자.

우에노 세미나에서는 수강생에게 순서대로 사회를 담당하게 했다. 그렇지 않아도 권력자인 교수가 개입해 교수의 말에 휘둘리는 것을 피할 뿐 아니라, 수강생 전체에게 한 번씩 사회자 역할을 경험하게 해서 그 기술을 몸에 익히게 하기 위해서다. 같은 자리에 있어도 사회자가 되면 보는 관점이 달라진다. 여러 명 사이라면 한 명쯤은 입을 다물고 지나갈 수 있는 부분도 사회자가 되면 아무 말도 하지 않을 수 없다.

사회자는 단순히 발언자를 지목하는 역할이 아니다. 제한된 시간 안에 중요한 논제를 적절하게 배분하고 논의의 흐름을 만들어 말 그대로 '회의를 이끌어가는 역할'을 한다. 따라서 '방금 한 보고에 질문이나 의견 있으면 자유롭게 발언해주시기 바랍니다'라는 말이 사회자의 입에서 나오면 내가 개입한다. 그건 사회자의 일이 아니기 때문이다. 보고 중에 문제는 이미 제시되었다. 이를 정리해 우선순위가 높은 순으로 배분해 '이것과 이것, 저것에 대해 지금부터 이 순서대로 논의하고자 합니다'라고 말해야 한다.

'방금 발표한 내용에서 이해가 잘되지 않는 부분이나 사실관계에 대해 질문이 있으면 우선 받도록 하겠습니다'라고 말하는 것도 좋지 않다. 제한된 시간 안에 우선도가 낮은 것부터 배분하게 되기 때문이다. 약간의 의문이 있다 해도 사소한 흠결일 수 있다. 그보다는 전체적으로 큰 주제나 논지에 대해 논의하는 것이 먼저다. 치명적인 의문이라면 반드시 그 자리에서 발견될 것이다.

그러므로 가능한 교수가 개입하지 않는 편이 좋다고 하면서 실제로는 사회에 엄격하게 개입했다. 지루한 질문을 하면 용납하지 않았고 침묵도 허용하지 않았다. 그뿐이 아니다. 미국의 학급에서는 침묵을 찾아보기 힘들다. "If you don't speak out, you don't exist(말하지 않으면 없는 것과 마찬가지다)"가 우에노 세미나의 표어였다. 세미나 종료 후, '오늘의 발표자는 OO, XX 등 5명으로, 따라서 출석자는 5명이군요'라며 수강생의 얼굴을 하나하나 꼼꼼히 확인하기도 했다.

학생들은 이렇게 말하며 겁을 냈다.

"우에노 교수님은 아무 말도 안 하면 화를 내신다. 지루한 질문을 해도 마찬가지다."

물론 화를 내거나 혼내는 것은 아니다. 잠자코 가만히 있는 내 미간에 세로 주름이 깊게 지는 모습을 학생들이 긴장하며 관찰한 것이다.

사회자의 역할은 유한한 시간 자원을 유의미한 논의를 위해 효율적으로 사용하는 데 있다. 사회자는 발언을 억제하는 일은 하지 않는다. 흥분해서 그 시간을 독점하는 것도 고려해야겠지만 말이다. 단지 손을 든 사람을 지명하는 역할만 하는 것이 아니다. 이를 위해서는 적극적 유도와 개입 등의 운전과 조종(스티어링)이 필요하다. '유익한 토론'이란 무엇일까? 보고자와 청중 모두에게 보고만으로는 얻을 수 없는 플러스알파의 발견을 유도하는 논의다. 그렇지 않으면 논의의 가치가 없다고 할 수 있다.

심포지엄에서는 사회자를 모더레이터나 코디네이터라 부르는데, 조정하고 중개하며 다른 점을 연결하는 역할이다. 한 명 한 명의 참가자보다 전체를 보고 그 자리를 음미하며 논의의 방향과 착지점을 생각하고 시나리오를 예상해두는데, 시나리오대로 흘러가지 않더라도 당황하지 말고 임기응변으로 다음으로 넘어가 참가자와 청중에게 만족감을 주고 돌아오는 중요한 역할이다.

그러고 보니 권력의 최고기관인 국회에 의장이 있는데 그 자리에 앉은 사람이 이런 사회자의 역할을 하고 있다니, 생각하기 힘들었다. 이런.

15
논문 작성법 강좌

여기까지 왔다면 논문은 거의 완성된 것이다. 이를 정리해서 다시 한번 상기시켜줄 과거의 텍스트가 있다. 도쿄대학교 우에노 세미나의 '논문 작성법' 매뉴얼이다. 내가 해온 말을 당시 세미나 수강생들이 어떻게 받아들였는지, 전달 방식과 이를 받아들이는 방식 사이에 오해는 없었는지를 검증하는 '증언'에 해당한다.

우에노 세미나에서는 여름과 겨울 두 차례 세미나 합숙을 했다. 참가자들은 정규 세미나 수강생 외에 다른 학과 학생과 대학원생, 다른 대학에서 온 학생과 사회인들로 매회 수강인원이 20명을 넘었다. 2박 3일간 합숙하며 아침부터 밤까지 보고와 토론을 반복하는 힘든 집중 세미나로, 아침부터 밤까지 약간의 휴식을 제외하고는 강행군을 계속하며 매회 비평 카드를 작성해야 하므로 잠시 눈 돌릴 여유도 없었다. 그러다 분위기가 무르익어 러너스 하이가 아니라 '세미나 합숙 하이'의 상태에 돌입하는 기분은 매우 상쾌했다. 한 합숙소에서 숙소 관리인이 인사하러 왔을 때는 "정말 오로지 공부만 하시네요"라며 눈을 크게 떴다. 다른 대학교의 세미나 합숙은 오락을 중심으로 이뤄진다고 하는데, 우에노 세미나의 합숙은 아무리 경치가 좋은 곳에 가도 산책을 할 여유조차 없는 빡빡한 일정이었다.

내가 세미나를 할 때마다 간사에게 부탁하는 것은 수도권에서 2시간 내로 이동할 수 있는 거리에 온천이 있는 숙소다. 나는 자타공인 온천 마니아로 합숙할 때 온천물에 몸을 담그는 것이 유일한 휴식이었다. 휠체어를 타는 외국인 유학생이 세미나 수업을 들었을 때는 수도권에서 휠체어가 들어갈 수 있는 온천지 정보를 샅샅이 조사했다. 그렇게 해서 여학생들과는 '목욕탕 친구'가 되었다.

매년 학생이 새로 들어오는 학부와 달리 대학원생을 지도할 때 힘든 점은 그들이 영원히 눌러앉아서 좀처럼 나가지 않는 것이다. 그래서 같은 강의를 반복할 수 없다. 지난해와 같은 내용의 강의를 한다는 불평을 듣고 싶지 않기 때문이다. 나는 강의와 세미나의 주제를 매년 바꾸고, 수업에서 한 번 사용한 텍스트는 두 번 사용하지 않기로 스스로 원칙으로 세웠다. 단순히 자신과의 약속이라 할지라도, 이를 도쿄대학교 근속기간인 18년 동안 고수하기는 쉽지 않았다. 그 대신 매년 수강생은 올해는 어떤 새로운 내용을 다루게 될지

기대하며 강의를 재수강했다. 거의 12년 동안 같은 수업을 들은 학생도 있다.

우에노 세미나 합숙의 또 하나의 특징은 학부생과 대학원생의 합동 세미나인데 이들뿐 아니라 외부 학생, 말하자면 나이와 경험의 폭이 큰 다양한 사람들이 참가했다는 점이다. 그중에는 합숙에만 참가하는 사람도 있을 정도였다. 합숙에서는 다른 사람에게 전달하는 말로 발표를 하고, 베테랑이 신입들을 교육하는 동료의 교육 효과가 발휘되었다. 마쓰이 학생은 대학원을 다니면서 지도교수 수준의 교육적 지도력을 갖추게 되었는데, '마치 내가 할 법한 비평'을 몇 번이나 해서 감탄시켰다. 마쓰이 학생 수준의 비판능력과 지도력을 갖춘 대학원생이 여러 명이면 지도교수는 그저 잠자코 있어도 세미나가 진행된다. 나이 차이가 별로 나지 않으면 오히려 후배를 몰아붙이려고 무자비한 비판을 쏟아내는 선배도 있는데, 이때는 '이 부분도 나름대로 쓸 만하니까'라며 둘의 균형을 맞추는 정도에서 적당하게 마무리한다. 사실 교수가 악역을 맡기보다 악역은 다른 누군가에게 맡기고 천사의 역할을 하는 편이 훨씬 편하다.

세미나 합숙에는 선배들이 '대학원 입시 공략법'이나 '졸업논문·석사논문 대책 비법', '나의 취업 준비 경험담' 등의 특별 프로그램도 마련되어 있다. 우에노 세미나는 다양한 분야를 포괄하는 세미나였다. 이 특별 프로그램 중 하나가 마쓰이 학생의 '논문 작성법 강좌'다. 이제부터 소개하는 것은 몇 번의 수정을 거쳐 최종 원고로 탄생한 매뉴얼의 초록이다.

제목인 '도쿄대학교 우에노 지즈코에게 논문집필을 배우다'는 다츠미 요코의 《도쿄대학교에서 우에노 지즈코에게 싸움을 배우다》(다츠미, 2000/2004)를 따라 지은 것이다. 물론 내가 가르친 것은 연구지 싸움이 아니다. 아래 마쓰이 씨의 매뉴얼은 우에노 세미나의 핵심을 잘 전달한다. 내용은 지금까지 내가 가르쳐온 것과 중복되는 부분이 많지만, 이는 수강생이 우에노 세미나 수업을 어떻게 받아들였는지에 관한 기록이다. 각 표제로 쓰인 인용은 내가 한 말인데, 내가 세미나에서 강조한 말인 듯하다. 정작 말을 한 본인은 잊었어도 들은 상대는 이를 기억하고 있었다.

우에노의 발언은 주로 질문의 형태를 취하고 있다. 사회학은 좁게는 국내 문제부터 넓게는 글로벌리제이션(globalization)까지, 사회보장정책에서 하츠네 미쿠(하츠네 미쿠는 크립톤 퓨처 미디어가 2007년 8월 31일 발매한 야마하의 보컬 음성 합성 소프트웨어 VOCALOID2 소프트웨어이자 이미지 캐릭터다—옮긴이)까지 놀랄 만큼 폭넓은 분야를 다루는 학문이다. 교수가 학생 한 명 한 명의 질문에 답할 수 있는 전문지식만 가진 것은 아니다. 정신과 의사인 사이토 마나부 씨는 전문가란 모든 것을 잘 아는 사람이 아니라 적절한 질문을 할 수 있는 사람이라고 말했다. 의사가 알지 못하는 지극히 개별적인 고민을 안고 임상의 장에 온 환자에게 '전문가'로서 무엇을 해줄 수 있을까하는 질문을 받았을 때였다. 그렇게 생각하면 마쓰이 씨가 한 기억에 남는 질문은 논문 저자에게 필수적인 질문뿐이었다.

도쿄대학교에서 우에노 지즈코에게 논문집필을 배우다(초록)

작성자 마쓰이 다카시

0. 서론

본 문서는 우에노 세미나 합숙에서 '논문 작성법 강좌'를 위해 작성한 것이다. 세미나 현장에서 우에노 지즈코 교수의 발언과 비평 중에서 논문집필에서 중요하다고 생각하는 내용을 발췌했고, 이를 저자(마쓰이) 나름의 해석을 거쳐 해설했으며, 저자 본인의 의견인 '논문 작성법'에 관해 쓴 것이다.

1. 이상은 높게 설정하라—주제 설정

대부분 논문은 필요에 따라 집필된다.

앞서 언급한 내용은 논문집필에서 최소한의 조건일 뿐이다.

논문이, 아니 어떤 문장 집합을 한 덩어리의 의미 있는 것으로 받아들여지게 하기 위해서는 주제가 필요하다. 논문의 경우에는 '~을 해명하고자 한다'라는 연구목적이 주제다.

먼저 하고자 하는 것부터 해보면 어떨까?

아마도 대학이나 대학원에 들어가 사회학을 선택하고 우에노 세미나를 듣는 여러분은 자신의 흥미나 관심 혹은 과제나 목적을 어느 정도 가지고 있을 것이다. 논문집필은 상당히 힘든 육체노동이므로, 자기가 흥미롭다고 생각하는 주제가 아니면 지속하기 힘들다. 자기조차 흥미롭다고 생각하지 않는 논문을 과연 누가 흥미롭게 봐 주겠는가. 사소한 것을 신경 쓰기 전에 먼저 자신이 무엇을 해명하고자 하는가를 명확하게 발견하는 것이 가장 중요하다.

지나치게 허세를 부린다

그렇다고 해도 현실적으로는 하고자 하는 것을 전부 할 수는 없다. 따라서 현실적 제약을 무시하고 논문구상을 발표하면 '지나친 허세'라는 비평을 받는다. 확실히 지나친 자신감으로 논문집필에 돌입하면 언제 어디에 착지할지 알 수 없는 조난상황에 처한다.

허세가 지나치다는 생각이 들면 줄일 수 있다. 자신이 하고자 하는 바를 먼저 거시적으로 생각하자. 이것이 논문집필의 첫걸음이다.

2. 논문이라 할 수 없는 것—논문 형식

단순히 '읽을거리'가 아니라 논문이 논문으로서 성립하기 위해서는 논문 형식을 고려해야 한다. 형식이 제대로 갖춰지지 않은 문장은 '이대로는 논문이 아니라 에세이다'라는 비평을 듣는다.

당신의 주장을 한마디로 하면 무엇입니까?

처음에 생각한 주제는 대부분 '~에 관하여'와 같은 형식으로 막연하다. 이대로는 논문이 진전되지 않는다. 논문의 가장 심플한 형식은 아마도 'A는 B다'와 같은 구조다. 이를 생각하게 해주는 것이

'당신의 주장을 한마디로 표현해주세요'라는 비평이다.

한마디로 할 수 없으니 몇 장이나 되는 논문으로 썼을 텐데 이를 일부러 한마디로 전달하도록 함으로써, 무엇이 상대적으로 중요하고 무엇이 불필요한지를 선별하게 된다. 주장하는 바를 한마디로 표현할 수 있는지는 논문의 골조를 명료하게 만들어준다.

본 연구의 가설은 무엇인가?

막연히 '~에 관하여'라는 주제를 'A는 B다'라는 형식으로 만들어내기 위해서는 질문을 간추려서 구체화하는 작업이 필요하다. 그리고 '~에 관해 알아보고자 한다'는 주제를 'A는 B인가?'라는 형식으로 치환할 수 있으면 'A는 B다'와 같은 논문의 기본구조를 도출할 수 있다. 'A는 B인가?'라는 구체적 의문문이 논문의 가설이다.

논문이라는 제한된 공간 안에서 구체적으로 무엇을 알고자 하는가를 설정하는 것이 가설이다. 따라서 가설은 한정적이면 한정적일수록 명료한 논문이 탄생한다.

본 논문은 □와 △ 중 어느 쪽을 주장하고자 하는 것인가?
또는 본 논문의 최종 목적은 무엇인가?

가설이 명료하지 않으면 'A는 B다'라는 논문의 기본구조를 명확하게 제시할 수 없다. 그 결과 결론이 모호하거나 한 가지 이상의 주장을 하는 것 같은 논문이 완성된다. 따라서 이 단락의 소제목과 같은 종류의 비평을 받는다.

물론 역사적으로 위대한 사람의 논문 중에도 'A는 B다'라 할 수 없는 매우 구체적이지 않은 주장을 하는 논문이 있고, 그래서 그 정당성과 타당한 해석을 둘러싸고 여러 논의가 이뤄진다. 그러나 이런 논문은 '위대'할지는 모르지만 명료하다고는 할 수 없다. 평범한 우리는 먼저 명료한 논문집필을 목표로 하는 것이 맞다.

질문과 작업방법이 일치하지 않는 것 같습니다

'A는 B다'라는 구조를 다시 한 단계 더 현실적인 논문에 가깝게 만들기 위해서는 'A는 C라는 근거에 따라 B다'와 같은 형식이어야 한다. 'A는 B다'라는 주장만으로는 그저 단언에 지나지 않는다. 왜 'A는 B다'라고 말할 수 있는지 그 근거인 C가 논문의 핵심이다. 구체적으로는 조사와 분석·고찰과 같은 과정이 C에 해당한다.

이것은 이미 상식이다

만약 가설을 적절하게 설정하고 이에 맞는 작업을 수행했다면 그 결과가 'A는 C라는 근거에 따라 B다'라는 주장이 성립할 것이다. 그런데 여기까지 진행했지만 논문으로서 가치가 없을 수 있다. 이는 '당신의 주장은 이미 상식에 가깝다'라는 비평을 받을 때다.

　　아무리 논리적이고 정확한 사실에 근거한 주장이라 해도 그것이 이미 다른 사람에 의해 해명된 사실이라면 그 논문은 존재 가치를 잃는다. 모두가 독창적인 논문을 쓰는 것은 아마 불가능하겠지만, 어느 정도 독창적인 부분이 없으면 새로 논문을 집필할 필요가 없다.

이런 비판을 피하기 위해서는 기본 상식이지만 선행연구 검토를 빼놓을 수 없다. 선행연구 검토는 자신이 쓰고자 하는 논문이 전부 해명된 것도 아니고, 그렇다고 완전한 미개척 진공 지대를 연구하는 것도 아니라는 사실을 알기 위한 작업이다. 선행연구의 틈을 적확하게 발견하고 이를 재빨리 공략함으로써 나름의 독창적인 논문이 탄생할 수 있다.

엉터리 차례로는 논문을 쓸 수 없다

지금까지 말했듯 'A는 C라는 근거에 따라 B다'라는 논문 전체의 주장을 겨냥도로 제시하는 것이 차례(논문구성안)다. 차례는 우선 무엇보다 전체적인 설계도여야 한다.

좋은 논문은 차례만 봐도 그 내용의 골조를 이해할 수 있다. 바꿔 말해서 차례가 확실한 골격을 갖추고 있지 않으면 그 논문이 전체적으로 무엇을 말하고자 하는지 알 수 없다.

물론 처음에 만든 차례는 집필 도중에 점점 골격을 갖춰간다. 그렇다고 차례를 적당히 만들면 안 된다. 차례는 각각의 시점에서 최선을 다한 완성 예상도여야 한다.

3. 쓰고 싶은 것보다 쓸 수 있는 것을 써라
—현실의 제약

실제로 논문은 마감과 분량 제한이 있는 현실 세계 속에서 제한된 지식과 능력밖에 가지지 못한 자신이 써내야 한다. 그런 의미에서

'쓰고자 하는 것보다 쓸 수 있는 것'이라는 말은 매우 중요하다.

'쓰고자 하는 것'이 없는 상태에서 '쓸 수 있는 것'은 성립하지 않는데 조건을 무시하고 '쓰고자 하는 것'만 추구하는 것은 결과적으로 어떤 답도 도출하지 못한다.

마감일까지 앞으로 △개월밖에 남지 않았다

그렇다면 '쓸 수 있는 것'이란 무엇을 기준으로 규정할 수 있을까?

먼저 무엇보다 중요한 것은 시간적 제약이다. '마감까지 앞으로 △가 남았다'는 말은 논문집필 담당자에게는 매우 냉혹한 타격이다. 마감일로부터 역산해서 무엇을 어디까지 할 수 있을지 계획을 세우는 길밖에 없다.

남은 시간 속에서 무엇을 해야 하는지, 무엇을 할 수 있는지와 같은 임기응변적 대응이 중요하다. 그리고 이를 위해서는 남은 시간이 어느 정도인지 자각하고 있어야 한다.

자료의 범위는 어디까지인가?

또 한 가지 '쓸 수 있는 것'을 규정하는 중요한 제약을 들자면 작업에 들이는 노동력이다. 논문구상에 대한 비평에서 자주 '자료의 범위는 어디까지인가?'라는 질문이 등장한다. 이는 예를 들면 몇 년 분량의 자료인지, 또는 어떤 분야까지 다루는지 그리고 더 구체적으로는 책이 몇 권인지, 영상이 몇 편이고, 인터뷰는 몇 명을 했는지와 같은 질문까지 포함한다.

논리적으로 완벽한 논문구성안이라 해도 현실에서 작업할 수 없다면 논문으로서 성립하지 않는다. 시간적 제약이나 작업량과 같은 물리적 제약은 논문의 성립조건이다. '자료의 범위'에 관한 질문은 이를 자각하도록 도와준다.

비슷한 내용의 발표는 듣고 싶지 않다

실제로 분석을 시작하고 집필과 같은 구체적인 연구에 돌입함으로써 처음에 세운 겨냥도의 현실성이 점점 더 명확해진다. 그렇다면 가능한 한 빨리 작업에 착수하고 가능한 한 빨리 깨닫고 적절하게 궤도수정을 하는 방법밖에 없다.

논문제출 최종 마감기한 전에 스스로 마감일을 몇 차례 설정하고, 이를 목표로 할 수 있는 한 빨리 조금이라도 많이 집필해두는 것은 이런 의미에서 중요하다. 따라서 세미나의 중간발표나 수정논문 검토회와 같은 기회를 적극적으로 활용해야 한다.

연구가 진행되지 않아 이번 발표는 생략하고 싶다는 연구자도 있는데, 나는 이에 찬성하지 않는다. 연구가 진행되지 않았더라도 발표를 건너뛰거나 전과 같은 내용의 발표로 때우려 하지 말고 조금이라도 진전시킨 내용을 발표하는 것은 무의미한 일이 아니다. 그 자리에서는 결과적으로 '같은 내용을 발표한다'는 말을 들을지도 모르나 그 작은 한발이 마감 직전에 큰 의미가 되기도 한다.

4. 하고자 하는 내용이 전달되지 않는 것은 전적으로 저자의 책임이다—표현의 기술

아무리 명확한 구조를 갖췄다 해도 문장표현력이 미숙하면 의도한 내용은 읽는 이에게 전달되지 않는다. 그리고 읽는 이에게 제대로 전달되지 않으면 지금까지 논문집필에 들인 수고가 헛된 일이 된다. '하고자 하는 말이 전달되지 않는 것은 전적으로 저자의 책임'이라는 말은 극단적인 것이 아니다. 오독의 가능성을 가능한 한 없애도록 적절한 표현을 사용하려는 노력은 저자의 의무이며, 오독이 생긴다 해도 곤란한 것은 전적으로 저자다.

이것만 읽어서는 무슨 말을 하고 싶은지 모르겠다
또는 make sense가 아니다

필요한 정보가 문장에 들어있지 않다는 것은 무엇이 필요한 정보인지 본인이 알지 못하고 독선적인 문장이라는 말이다. 당연한 말이지만 문장을 읽는 것만으로 자신이 하고자 하는 말을 다른 사람에게 제대로 전달해야 한다.

이것이 누구의 개념(주장)인가?
당신의 조어(주장)인가?

누군가가 기존에 주장한 내용인 것을 알면서, 특히 출처를 표기하지 않고 자신의 주장처럼 이야기하면 이는 표절이 된다. 반대로 자기 생각을 다른 사람이 한 말처럼 표현하면 조작이다.

'이는 누구의 개념인가?'와 같은 질문은 무언가를 주장했다고 생각하는 기분에 잠긴 집필자를 현실 세계로 되돌려놓는다. 예를 들어 조어를 통해 어떤 논의를 진전시켰다고 느끼는 경우, 그것이 정의되지 않고 마음대로 조합한 조어일 뿐이라는 사실을 자각함으로써 논의가 진행되지 않고 애매한 상태임을 깨닫는 것이다.

본 개념은 △△나 ××와 어떤 관련성이 있는가?
또는 이를 영어로 하면 어떻게 되는가?

불분명한 개념을 해소한다는 관점에서 말하면 위에 제시한 비평이 도움이 된다.

논문의 경우에는 의식적으로 개념의 의미를 확정할 필요가 있다.

기본적으로 특정 개념은 다른 개념과의 관계 속에서 의미를 가진다. 이는 전문용어도 마찬가지다(오히려 더 인위적으로 그렇게 만들어져 있다). 예를 들어 '대중'이라는 단어는 마르크스주의 혁명운동의 문맥에서는 '전위' 개념과 대응하는 단어다. 그러나 대중사회론이라는 문맥에서 '대중'은 '시민' 개념과 대비된다. 한편 대중문화론에서 '대중'은 '서민' 등의 개념에 가깝고 '엘리트'와 대립하는 개념으로 쓰인다.

특정 개념의 유의어나 대의어를 자각함으로써 그것을 어떤 의미로 사용하는지를 재확인할 수 있다.

또 그 개념을 영어로 치환하는 것도 비슷한 효과를 낸다. '영어로 하면 무엇인가?'라는 질문은 영어로 표현하는 편이 정확하다는 영어 숭배 사상을 의미하는 것이 결코 아니다. 일상적 어감에 기대어 개념의 의미가 애매해졌을 때, 반대로 '외국어'로 번역함으로써 특정 개념과 그 이면에 펼쳐진 다른 개념과의 관계를 의식적으로 확인하려는 것으로 봐야 한다.

5. 학문은 진리를 추구하기 위한 것이 아니다
─학문이라는 정치

지금까지 살펴본 바를 바탕으로 논문을 어느 정도 쓸 수 있게 되었을 것이다. 그러므로 여기서 '논문 작성법 강좌'를 마쳐도 괜찮을지도 모른다. 그러나 우에노 세미나에서는 여기서 더 나아가 다음 문제도 간과할 수 없다고 생각한다. 이는 완성된 논문이 도대체 어떤 의의를 가지는지에 관한 문제다.

학문과 논문 모두 결코 정치적으로 중립적이지 않다. 이를 도대체 얼마나 고려할 수 있는지와 같은 어려운 문제가 마지막까지 남아있다.

So what?

주제를 설정하고 가설이 제대로 검증된 주장이 완성되었다. 그 주장은 독창적이고 문장도 명료하다. 즉 지금까지 살펴본 '논문 작성법'을 성실하게 따른 논문이라고 가정해보자. 그럼에도 이 '완벽'한 논문을 비판할 수 있는 무시무시한 비평이 존재한다.

'그래서 하고 싶은 말이 무엇인가?'

외형적으로 아무리 논문의 형태를 갖췄다 해도 그 논문을 쓰는 의미를 전달하지 못하면 결국 제대로 된 평가를 받지 못한다. 물론 논문의 형식을 갖추는 것만으로도 훌륭한 일이며, 그것만으로도 업적이 될 수도 있다. 그러나 우에노 세미나에서는 이것만으로 의미가 없고, 그 논문을 쓰는 의미가 무엇인가와 같은 질문을 받는다. 이는 앞서 말한 '이상은 높게'라는 비평으로 이어지는 문제다. 말하자면 단순히 논문의 형식을 갖추는 것만으로는 부족하다.

본 논문을 ~가 읽는다면 어떤 반응을 보일까?

논문을 쓴다는 것이 하나의 정치적 실천인 이상 자신을 포함한 정치 당사자들에게 어떤 효과를 가져올지는 무시할 수 없는 사실이다. 그리고 특정 사람들에게 그 논문이 부정적 효과를 주는 경우도 종종 있다.

완성된 논문을 '당사자'가 읽었을 때의 반응에 대해 자기 입장은 무엇인가는 잊으면 안 되는 문제다.

그리고 이런 논문의 효과에 대한 질문은 주제 설정의 문제와도 이어진다. 자신이 무엇을 하고자 하는가에서 시작된 주제 설정이 논문의 형태로 완성되면서 나타나는 효과. 그 효과를 예상하는 것이 다시 자신의 관심 문제를 수정해가는 일이 된다.

6. 마치며

우에노 세미나에서 문헌보고를 하는 경우 요약은 원칙적으로 허용하지 않으며 비평만 허용된다. 논문 내용을 이해하는 것은 당연히 출발점에 지나지 않는다. 세미나에서 그 당연한 일을 발표해도 의미가 없다. 정말 중요한 것은 내용을 이해하고 얼마나 그 논문을 비판적으로 음미할 수 있는지다. 논문에 필요한 것은 냉정한 고찰과 분석이며, 무엇이 타당하고 무엇이 타당하지 않은지를 냉정하게 구분하는 능력이다. 즉 비판적으로 검토하는 자세가 중요하다.

초심자인 우리는 선행연구와 교수를 통해 배우고 이들의 '지도'를 하나하나 흡수해야 한다. 이를 흡수함과 동시에 선배의 '신봉자'가 아니라 비판자가 되어야 한다고 나는 생각한다. 따라서 이 '논문 작성법' 초록도 반드시 숙지하고 나아가 비판적인 시각을 갖기를 바란다.

우에노 세미나의 DNA

소제목을 인용하면서 나도 모르게 웃음이 났다. 내 강의를 듣는 학생들은 자주 들어본 말일 것이다.

지금 기억나는 것은 '마감이 앞으로 △개월밖에 남지 않았다'는 말이다. 교수에게는 그렇지 않아도 대학생이나 대학원생에게는 절체절명의 공포를 부르는 말이다. 게다가 졸업논문, 석사논문의 마감에 1시간이라도 늦으면 유급이 확정되기 때문이다. 교수가 학생에게 인사 대신 하는 말인 '논문은 어떻게 진행되고 있나요?'라는 질문을 듣는 것이 부담스러워 연구실을 피하는 학생도 있다. 그러나 교수는 편집자와 같으며 학생들이 피해도 어쩔 수 없는 일이다.

교수에게 이런 질문을 받지 않으면 그 학생에게는 미래가 없다.

꼭 기억해야 하는 말은 'So what(그래서 뭐)?'이다. 이는 판을 뒤집는 말이다. 당신의 연구는 도대체 누구를 위한, 무엇을 위한 것인가? 길고 긴 연구보고를 한 후에 이 말이 나왔다면 치명적이다.

몇 번이고 거듭 강조하는데 연구도 대상이 있는 메시지다. 마쓰이 씨가 '논문 작성법 강좌'의 서두에 '이상은 높게'라는 내 말을 인용하고, 마지막에 'So what?'을 가져와 다시 학문의 '목표'를 언급한 것은 굉장히 기쁜 일이다. 이렇게 우에노 세미나의 DNA가 전달되었다는 뜻일 테니까 말이다.

VI부

독자와
소통하는
글쓰기

16

구두로 보고하다

프레젠테이션 능력이 중요하다

자신이 무엇을 이뤘는지 다른 사람 앞에서 프레젠테이션하는 능력이 점점 중요해지고 있다.

메시지를 제시하는 것을 영어로 프레젠테이션(presentation)이라 하고, 이를 청중에게 전달하는 것을 딜리버리(delivery)라 한다. 어떤 메시지라도 청중에게 전달되지 않으면 의미가 없다. 연구의 최종 목적은 다른 사람에게 전달하는 것이다. 논문 간행도 마찬가지다. 간행물을 의미하는 퍼블리케이션(publication)은 '공개하다(publicize)'에서 나온 단어다. 자신의 지적 생산물을 다른 사람들과 공유해 공공재로 만드는 것이 퍼블리케이션의 의미다. 그렇게 여러분의 연구

업적은 학문 공동체의 재산 목록에 추가된다.

정보생산의 아웃풋은 언어적 생산물이다. 여기에는 구두와 문자 두 가지 매체가 이용된다. 구두를 통한 아웃풋을 구두보고(oral presentation)라 한다. 연구는 최종적으로는 문자 매체를 이용한 아웃풋으로 완성해야 한다. 그것이 바로 논문이다. AV(audio/video) 기록 매체가 없던 시대에는 구두로 한 보고는 사라져서 없어졌다. 오늘날에는 구두보고도 기록 매체로 몇 번이고 재현할 수 있으나 아웃풋으로 문제 매체가 우선시되는 것에는 변함이 없다. '작품'은 어디까지나 문자로 된 것이다. 따라서 학계에서는 업적의 핵심으로 저서와 논문의 수를 학회나 강연회에서 한 구두보고의 횟수보다 중시한다.

문자 매체로 기록된 정보를 보존하는 곳이 도서관이다. 현재 종이에 먹이나 잉크를 묻혀 문자를 기록한 것 이상으로 1,000년이 넘는 시간 동안의 보존성을 가진 것은 발견되지 않았다. 디지털 매체는 디스크가 노후하고, 그보다 해독 소프트웨어가 점차 낡아져 해독이 어려워질 것이다. 정보가 들어있다 해도 해독할 수 없다면 쓰레기일 뿐이다. 디지털 매체가 등장한 지 100년이 채 지나지 않았으므로 100년 넘게 보존 가능한지는 검증되지 않았다. 공적 간행물의 최종목적지는 도서관이다. 여기서 사장되지 않고 때로 잠자고 있는 책을 깨워 누군가가 읽거나 인용되는 것이 논문의 바람이다.

희소한 시간 자원

문자를 이용한 표현과 구두로 하는 표현은 서로 다른 기술을 요구한다. 그리고 오늘날의 정보생산자에게는 이 두 가지 능력이 모두 요구되므로 각각의 능력을 익혀둘 필요가 있다고 나는 항상 말해왔다. 여기서는 구두보고의 기술을 살펴보자.

언어를 이용한 표현은 시간이라는 변수 위에서 성립한다. 시간 자원의 배분을 독자가 통제할 수 있는 문자 매체와 달리 구두보고의 시간 자원은 보고자의 통제하에 있다. 따라서 구두보고에서 좀 더 유의할 점은 시간 관리다. 시간은 누구에게나 하루 24시간만 주어지는 제한된 자원이다. 하물며 학회처럼 구두보고가 줄지어 이어지는 곳에서는 시간 자원을 보고자들이 분배해야 한다. 보고 하나당 15분에서 길면 25분이 표준이다. 20분 안에 질문 설정부터 대상과 방법, 논증, 발견, 결론까지 제시해야 한다. 60분이면 60분 동안 마찬가지의 과정을 거치고, 90분이면 90분 동안 같은 과정을 거친다. 시간이 길면 다소 정보량이 늘고 논증이 치밀해질지 모르나 기본적으로 비슷하다. 주어진 시간이 길면 오히려 이야기가 장황해질 수도 있다.

20분 동안 처음부터 끝까지 말로 설명하는 구두보고에 익숙해지면 30분이나 40분이라는 시간은 여유 있게 느껴질 것이다. 외국의 강연은 초청 강연이나 기조 강연에서도 대체로 40분 정도가 주어진다. 40분이라는 시간 배당은 강연자가 특별한 대우를 받는다는 증거다. 일본의 표준 강연시간은 1시간에서 1시간 반이다. 화술을 즐기기에는 좋을지 몰라도 시간이 길다고 해서 정보가 급격히 증가하는 것은 아니다.

참고로 대학 수업은 90~100분이고, 의무교육은 40~45분이다. 90분은 사람이 집중할 수 있는 시간의 거의 상한선이다. 초중학생의 집중력은 그 절반밖에 되지 않는다. 90분 수업에 익숙해지면 45분은 한참 짧게 느껴지는데 45분이 주어지면 상당한 정보량을 말할 수 있다. 그뿐 아니라 최근에는 방송국의 중간광고 시간에 맞춰 15분마다 주의를 환기하지 않으면 아이들이 버티지 못한다는 교사도 있다. 세계적으로 유명한 강연회 TED의 시간도 15분이다. 그 시간 동안 청중을 울리거나 웃게도 하고 감동을 주기도 하므로, 15분이 사람들에게 메시지를 전달하기에 충분한 시간이라 생각할 수 있다.

우에노 세미나에서는 시간 관리를 철저하게 한다. 타이머(어디서나 볼 수 있는 타이머)를 준비해서 연구계획서나 차례는 발표 5분에 비평 5분, 석사논문이나 박사논문의 보고는 발표 20분에 비평 20분이다. 타이머는 날카로운 소리로 설정해서 보고자에게 경고를 보낸다. 연구계획서 발표에 5분 이상 할애하지 않는 것은 연구계획서는 앞으로 이런 주제를 이런 대상과 방법으로 연구하겠다는 애드벌룬에 해당하므로, 이 부분은 아직 연구를 시작하지 않은 사람도 얼마든지 말할 수 있기 때문이다. 중요한 연구 내용(논증과 발견)은 그다음에 나온다. 따라서 통상 학회보고에서 '서론—질문 설정, 대상과 방법의 선택'에 5분, 본문에 10분, 결론에 5분으로 총 20분 동안 처음부터 끝까지 발표하기 위해서는 '서론'에서 5분 이상 할애하면 안 된다. 대학원생들의 학회보고 중에는 연구계획서에 해당하는 부분을 지루하게 계속 발표하기도 해서 빨리 본론으로 들어갔으면 하는 와중에 시간이 다 끝나버린다. 이런 연구계획서 수준의 학회보고를 몇 번하면 질려서 시간이 아깝다는 기분이 든다.

보고와 비평 그리고 토론 시간은 약 1:1의 비율로 배분했다. 수업시간 자원을 한 사람당 40분이나 배당하는 것은 대학원생만의 특권이다. 40분 중 35분까지를 프레젠테이션에 쓰면 비평을 받는 시간이나 토론 시간이 그만큼 줄어든다. 세미나는 절차탁마의 장이다. 보고를 우선시하면 자신의 아이디어를 단련할 기회를 잃는다.

우에노 세미나에서 이런 일이 있었다. 나는 미국식으로 수업을 정각에 시작하고 정각에 끝냈다(종료는 약간 유동적이긴 했다). 어느 날 예정된 보고자가 예고 없이 늦었는데 그 시간이 약 20분이었고, 나를 포함해 20명 정도의 참가자들이 그저 보고자가 도착하기만을 기다렸다. 숨을 몰아쉬며 뛰어들어온 보고자가 죄송하다고 했음에도 나는 이렇게 말했다. "사과할 거라면 여기 있는 모두에게 사과하세요. 학생은 20명×20분이나 되는 귀중한 시간 자원을 낭비했습니다." 우뚝 멈춰선 학생이 눈물을 흘리며 모두에게 사과했다. 우에노 세미나는 학생을 울린다는 소문이 났는데 실제로 학생을 울렸던 사례다.

구두보고는 얼버무릴 수 있다

20분 동안 자신의 연구성과를 전달할 수 있을까.

사실 논문을 쓰는 것보다 구두보고가 훨씬 간단하다. 왜냐하면 구두보고에서는 얼버무릴 수 있기 때문이다. 20분이라는 시간 자원 안에서라면 논증은 허술해지고 증거 제시도 줄어든다. 시간은 뒤로 돌릴 수 없으므로 파워포인트로 화면을 넘기면서 발표하는 경우 논리적 비약이 있다해도 그냥 넘어갈 수 있다. 논문이면 앞으로 돌아가서 확인하면 되는데, 구두보고는 어떻게든 얼버무리고 넘어가려는 경향이 있다. 인간의 기억력은 정확하지 않기 때문에 처음에 들은 내용은 중간에 잊어버리고 결말이 깔끔하면 안심하고 감탄하기도 한다.

사실 물 흐르듯 유려하게 구두보고를 한 학생이 막상 문장으로 쓰면 여기저기서 막히는 경우도 봤다. 구두보고에서는 얼버무리는 것이 허용되지만 논문은 그렇지 않다. 글로 쓰인 논문의 경우 독자는 몇 번이고 반복해서 읽을 수 있고 멈춰서 읽거나 앞으로 돌아가서 다시 읽을 수도 있다.

구두보고의 목적은 자신이 이런 성과를 거뒀다는 자기 고백이다. 그리고 진짜 성과물인 저서나 논문으로 독자를 유도하는 것이다. 따라서 책의 저자로서 몇 년에 걸쳐 완성한 책 내용을 1시간 동안 강연하라고 하는 것만큼 화나는 일은 없다. 강연을 듣고 '읽을 마음'이 들게 하는 것보다 역시 몸소 글로 쓴 문장을 차분히 읽어주었으면 한다.

파워포인트의 장단점

구두보고의 도구는 최근 수십 년 동안에 기술적으로 진보했다. 지금은 파워포인트 없는 강의를 생각하기 힘들 정도다. 이공계에서는 수업의 영상화가 빠르게 진행되고 있고, 문과도 예외는 아니다. 내가 도쿄대학교를 퇴직한 2011년 당시 주변의 문학부 교수에게 들은 바로는 수업에 파워포인트를 이용하는 교수가 약 절반에 이르며 이를 쓰지 않는 교수가 점점 줄어드는 추세라고 했다.

나도 강연할 때 파워포인트를 사용한다. 지금은 파워포인트 없이는 강연이 불가능하지만, 파워포인트에도 장단점이 있다.

영상의 전달력은 위대하다. 음성만으로 편하게 메시지를 청중에게 전달하려 하기보다는, 음성을 문자로 변환하거나 칠판에 써야 하는 모델을 도식화하거나 통계수치를 도표로 만들거나 거기에 동영상이나 음성을 추가하면 메시지를 강력하게 전달할 수 있다. 아직 파워포인트가 등장하기 전 수업에는 통계나 도표, 인용을 복사해서 배포 자료를 만들었다. 그리고 OHP(오버헤드 프로젝터)가 등장하고 슬라이드가 발전해 파워포인트가 되었다. 그리고 지금은 영상이나 애니메이션, 음성도 삽입할 수 있다.

그런데 이를 대신해 등장한 것이 파워포인트 의존이다. 파워포인트를 사용하면 오로지 정해진 순서대로 이야기하게 되고, 임기응변으로 말을 적재적소에 바꾸기도 힘들어졌다. 그 효과는 파워포인트에 나와 있듯이 다음 이야기를 화자 자신이 예측할 수 있는 것이다.

제한된 시간 자원을 빈틈없이 이용해 시간 낭비 없이 스피치하기 위해서라면 완성된 원고를 사전에 준비하고 이를 읽는 스타일이 가장 완벽하다. OHP나 파워포인트로 이 방식을 채택하는 사람도 있다. 완벽한 원고를 문자정보로 영상에 띄우고 이를 읽는 방법이다. 외국어로 강의를 할 때는 이렇게 읽어내려가는 스타일이 종종 쓰인다. 최근에는 장애인의 정보보장에 요약 필기라는 실시간 문자 재생기가 있는데, 약간의 시간차가 있으나 음성과 문자를 거의 동시에 제공한다는 점에서 비슷하다. 그러나 결정적인 차이는 사전에 준비한 낭독용 원고의 경우에는 화자와 청자 모두 다음에 올 내용을 예상할 수 있다는 것이다. 그리고 커뮤니케이션에서 이런 예상만큼 흥미를 식게 만드는 것은 없다.

오사카대학교의 커뮤니케이션 디자인 센터에서 강연을 통한 커뮤니케이션론을 강의한 히라타 오리자 씨는 《내리막길을 천천히 내려가자》(2016)에서 탁월한 커뮤니케이션론을 전개했다. 발화에 사람이 매료되는 이유는 무엇일까? 순간의 말 막힘이나 매끄럽지 않은 말로 화자는 예측을 공백으로 만들어야 하기 때문이라고(정확하게는 기억나지 않지만 대략 이런 내용이었다), 따라서 '청산유수' 같은 '언변'은 사실 언변이라 할 수 없다.

몇 년 전에 마이클 샌델 교수의 〈하버드 백열교실〉이 화제였다. 나도 방송으로 봤는데 그가 파워포인트를 일절 사용하지 않는 것에 놀랐다. 청중과의 '대화'라는 학문의 원점이라 할 수 있는 커뮤니케이션 속에서 그는 메시지를 전달했다. 장시간 진행되는 수업은 지루하지 않았고, 청중은 매료되어 귀를 기울였다. 교실에는 긴장감이 넘쳤다. 왜냐하면 다음에 무슨 내용이 나올지 누구도 예상할 수 없기 때문이다.

파워포인트 없이도 이렇게 수업을 할 수 있다. 나는 샌델 교수에게 이를 배우고 크게 공감했다.

라이브와 대면성

파워포인트가 진화하면서 시각적으로도 화려하게 조작해서 애니메이션 효과나 음성을 삽입한 프레젠테이션을 준비하는 학생도 등장했다. 그런데 그런 프레젠테이션을 보면 뭔가 속은 듯한 기분이 든다. 이야기는 진행이 되지만 정말 그게 맞을까 하는 의문이 들어서다.

영상매체가 진화하면 몇 번이나 말로 프레젠테이션하는 아날로그적 수단을 사용하지 않아도 20분 분량의 VTR을 편집해서 보여주면 되는 것이다. 요즘 젊은 강연자 중에는 일부러 준비한 프로모션 비디오를 그대로 회의장에서 틀어주는 사람도 있다. 확실히 편집된 영상 콘텐츠는 완성도가 높아 보였지만, 나는 아쉬웠다. 모처럼 그 자리에 본인이 있는데 육성을 들려주지 않으니 말이다.

최강의 커뮤니케이션은 무엇보다 메시지 수신자의 신체적 현재성(presence)이다. 그때 그 자리를 공유한다는 현장감과 대면성이 커뮤니케이션의 기본 중 기본이다. 프레젠테이션은 역시 스스로 해야 한다.

구두보고는 커뮤니케이션의 한 형식에 지나지 않는다. 연구회나 세미나가 중요한 것은 현장감과 대면성이 있기 때문이다. 그런 곳에서 구두보고는 준비한 것 이상의 메시지를 전달하고 청중은 예상하지 못한 반응을 보인다. 항상 그렇다고는 할 수 없지만 내가 라이브 강연을 좋아하는 것은 '아니 이런 말까지 하다니'라는 'K점'[1]을 넘는 발언을 그 자리의 분위기가 끌어내는 경우가 있기 때문이다. 또 말을 하면서 그렇구나 하고 스스로 깨닫거나 이것과 저것의 연결고리를 찾기도 한다. 배우가 같은 무대에서 연극을 하면서 객석과의 그 당시 일회성의 일체감을 맛봤을 때의 성취감과 비슷할 것이다.

따라서 나는 아무리 커뮤니케이션기술이 발달한다 해도 방송대학이나 e러닝은 라이브 수업이나 세미나를 완전히 대체할 수 없다고 생각한다. 대학의 소수정예 세미나 형식은 예나 지금이나 가장 사치스럽고 풍요로운 교육환경이어야 한다.

라이브는 재미있다

나는 강의나 강연보다 질의응답 시간을 훨씬 더 좋아한다. 강의나 강연에서는 자신이 미리 알고 있는 이상의 내용을 얻는 일이 드물지만, 질의응답에서는 예상하지 못한 의견 교환이 이뤄진다. 물론 청중의 반응 중에는 앞 장에서 말한 내재적 비평과 외재적 비평을 구별했듯이 답해야 하는 질문과 답할 필요가 없는 질문이 있다. 신이 아닌 이상 모든 질문에 답을 해야 하는 책임감을 느낄 필요는 없으므로 영양가 없는 질문은 패스해도 된다.

　패스하는 방법에도 요령이 있다. 가장 간단한 방법은 질문에는 질문으로 대응하는 것이다.

　"질문하신 본인의 의견은 어떤가요?"

　이런 요령 말이다.

　"마르크스는 질문은 그 질문을 한 사람이 가장 깊이 생각하고 있다고 말했습니다. 지금 하신 질문의 답은 질문자가 가장 잘 아시리라 생각합니다. 저보다 본인에게서 답을 찾기를 바랍니다."

　"개호보험의 향후 전망은 어떤가요?"와 같은 엉뚱한 화풀이성 질문에는 "지금 하신 질문은 제가 아니라 정부에 하셔야 할 것 같습니다"라고 답하면 된다.

　그러나 폐부를 찌르는 지적이나 급소를 찌르는 직구와 같은 질문은 진지하게 답해야 한다. 거기에 여러분 자신의 진심과 성장의 씨앗이 들어있을지도 모른다.

　강연은 아니지만 잊기 힘든 기억이 있다. '사명감 있는 수업'을 실천한 고등학교 선생님인 고 야마다 이즈미(2007) 선생님과 면담할 때의 일이다. 암이 재발해 시한부 선고를 받은 야마다 선생님은 진통제에 의지해 나를 만나러 왔는데, 그때 그녀는 몇 개월 후에 있을 강연을 수락할지 고민 중이었다. 상대측에 피해를 줄 수도 있다며 망설이는 그녀에게 처음 만난 나는 '수락하라'고 권하며 다음과 같이 말했다. "살아 있는데 미리부터 걱정하실 필요는 없어요." 그리고 이 말을 한 나 자신에게 놀랐다. 주저 없이 일회성의 라이브 현장에서 나는 내 마음 깊은 곳에서 나온 말을 내뱉은 것이다.

그렇다. 나는 그 말이 하고 싶었다. 말은 그런 곳에서 생각지 못하게 생성된다. 이는 화자와 청자 모두에게 예상을 뛰어넘는 발견을 가져다준다.

커뮤니케이션은 도박이라고 말하는 사람이 있다. 내민 물건을 상대가 수락할지 알 수 없다. 내가 제시한 것과 다른 것을 수락할지도 모른다. 제시한 것 이상을 받을지도 모른다. 보장 없는 미래에 그때마다 뛰어드는 행위가 커뮤니케이션이라면 발화는 그 기본 중 기본이며, 이를 위해 귀중한 시간 자원이라는 선물 같은 기회를 활용하지 않을 수 없다. 그리고 구두보고의 일회성과 대면성을 통해 놀랄 만한 깨달음을 얻어 여러분의 연구는 더욱 업그레이드될 것이다. 수많은 저작에 대화나 비평을 해준 동료와 청중에게 감사의 인사를 전하는 것은 이 때문이다.

17

메시지를 전달하라

어떻게 전달할까?

질문을 설정하고 데이터를 수집 분석해 발견과 과제를 도출하고 논문을 작성하면, 다 썼다고 생각하는 사람이 많다. 그러나 마지막으로 큰 산이 하나 남아있는데, 메시지를 전달하는 것이다. 누구에게 무엇을 어떤 방법과 매체로 전달할 것인가? 아무리 콘텐츠를 만들어도 독자에게 전달하지 못하면 소용없다. 그런데 이를 간과하는 연구자가 너무 많다.

단독 저자로 간행하라

논문 간행을 퍼블리케이션이라 한다. 원래 '퍼블릭(공개)하다'에서

온 단어임은 앞에서 설명했다.

어떻게 공개하면 좋을까? 이때 미디어(매체)가 문제로 떠오른다.

앞에서 연구자는 자신의 업적이 '활자로 만들어진다'고 말했다. 지금 생각해보면 정말 아날로그적인 표현이다. 오늘날의 독자에게 '활자'란 이미 낯선 개념이 되었을 것이다. 활자가 타자를 대체하고, 활판인쇄가 워드프로세서 인쇄를 대체해도 인쇄 미디어의 벽은 아직 뛰어넘지 못했다. 무엇보다 종이라는 자원이 필요하며 이 때문에 분량에도 제약이 생긴다. 제한된 지면을 어떻게 채울 수 있을지 또한 제한된 사람들의 특권이다.

게다가 오늘날에는 인쇄 미디어가 현저하게 쇠퇴하고 책과 잡지도 잘 팔리지 않는다. 연구논문을 퍼블리케이션하기 위한 벽은 젊은 연구자들에게 점점 높아지고 있다고 해도 과언이 아니다. 단행 저작물이 한 권 있고 없고는 젊은 연구자들에게는 사활이 걸린 문제인데, 인문사회과학 계열의 학술서적을 내주는 출판사가 점점 줄어들고 있다.

1990년대 중반부터 진행된 대학원 중점화는 많은 부분에서 실패한 정책이었다고 생각하는데, 딱 하나 좋은 점이 있다. 이는 학위 취득이 학문 인생에서 도착점이 아니라 출발점이기 때문에 학계에 데뷔하는 시기의 젊은 연구자는 가장 생산성 높은 나이대에 양과 질이 보장된 학위논문을 조금씩 쓰게 되었기 때문이다. 물론 대학이나 분야에 따라 차이가 있으나 학위를 인정해주는 대학은 그 나름의 평가 기준을 적용해왔다. 이 때문에 그들이 치러야 할 대가도

적지 않았다. 취직하면 학위논문을 쓸 수 없어서 취직을 못 하고, 학문의 생산성이 높은 나이와 출산이나 육아 시기가 겹쳐서 사생활에 지장이 생기는 경우가 그렇다.

지금은 중견 사회학자로 상당히 영향력 있는 오구마 에이지 씨는 그래도 운이 좋은 케이스였다. 출판사에서 근무하다 퇴직 후 진학한 대학원에서 쓴 석사논문이 그대로 《일본 단일민족신화의 기원》(1995)이라는 저서로 출간되었고, 그다음에 박사논문은 《'일본인'의 경계》(1998)라는 두꺼운 단행본으로 출간되었다. 전자는 사륙판 464쪽, 후자는 국판 792쪽의 두꺼운 책으로 가격도 그에 상응해 고가였으나 두 권 모두 재판에 들어갔고, 출판사에도 이득이 있었을 것이다.

그러나 무명인 신인의 학위논문, 게다가 비용이 드는 두꺼운 단행본을 그대로 간행하기에는 위험부담이 따른다. 예전에 인문사회과학서의 독서인구는 약 3,000명으로 초판 3,000부를 팔면 수지타산이 맞았으나, 요즘에는 이 출판 인구가 급격히 감소하고 분야에 따라서는 초판 300부를 내는 경우도 드물지 않다. 부수가 적으면 이에 따라 가격이 비싸지고 가격이 비싸면 점점 팔리지 않는 악순환에 빠진다. 훌륭한 학위논문이라도 간행하겠다고 나서는 출판사가 줄어들었다. 설령 부수가 300부라도 단행본이 있다는 것, 게다가 학위논문을 바탕으로 한 단행본이라는 것은 강점이다. 사실 학위논문 중에는 독자 수를 기대하기는 어렵지만, 그 전문분야에서 무시할 수 없는 상징과 같은 귀중한 업적이 되는 것이 있다.

오구마 씨의 저서를 출판한 신요사는 흔치 않은 출판사 중 한 곳이다. 우에노 세미나의 관계자는 후쿠오카 아이코의《문화대혁명의 기억과 망각》(2008), 사토 마사히로의《정신질환 담론의 역사사회학》(2013), 노베 요코《입양의 사회학》(2018)에서 많은 도움을 받았다. 이들은 석사논문이나 박사논문을 거의 그대로 단행본으로 출간했는데, 후쿠오카 씨가 그 첫 주자로 그해에 제25회 오히라 마사요시 기념상을 수상했다. 담당 편집자인 와오카 켄이치 씨의 노력이 없었다면 이들의 책은 세상에 나오지 못했을 것이다.

일반 독자에게 전달하라

학위논문이 그대로 단행본이 되는 것은 매우 운이 좋은 케이스다. 보통 400자 분량의 원고지 600매 이상, 책의 경우 400쪽이 넘는 단행본을 내주는 곳은 극히 드물다. 대부분의 출판사는 저자에게 수정을 요구하고 여기서 책의 콘셉트가 완전히 바뀐다.

정가를 유지하면서 판매 부수를 늘리기 위해서는 전문서가 아니라 일반 독자를 대상으로 한 책으로 출간해야 하고, 그러기 위해서는 문체나 구성을 바꿔야 한다. 무엇보다 분량을 절반에서 3분의 1로 압축해야 하는데, 이런 요구에 응하기는 쉽지 않다. 실제 학위논문을 처음부터 새로 쓰는 정도의 수고가 필요하다. 내가 가르친 학생 중에는 칠전팔기의 정신으로 부딪혀 정신력으로 버티며 힘들어하던 학생도 있었다. 학위논문은 아무리 길어도 지도교수가 이를 지적하지 않는다. 오히려 길게 쓰면 노력이 가상하다는 평가를 받는다

(좀 더 간략하게 쓰라는 지적을 종종 하기는 한다). 그러나 교수도 장황한 논문을 읽는 것은 확실히 피곤하다. 학생의 논문을 인내하며 읽는 것은 교수뿐인데, 왜냐하면 그것이 교수의 일이기 때문이다.

일반 독자를 대상으로 한다면 결코 독자를 무시해서는 안 된다. 친절하게 쓰는 것과 수준을 낮추는 것은 다른 개념이다. 항상 자기 자신에게 가장 최선의 독자를 대상으로 쓴다는 생각으로 써야 한다. '비평능력을 기르자'라는 장에서 말했듯 '초심자가 모르는 것은 전문가도 모른다'는 말을 기억하자. 오히려 전제를 공유하지 않은 초심자와 독자를 대상으로 쓰는 것이 훨씬 더 많은 능력을 요구하는 일일 수 있다.

책을 읽는다는 것은 다른 사람의 시간을 뺏는 일이다. 나는 지금도 내가 쓴 책을 누군가에게 줄 때 살짝 주눅이 드는데, 이는 상대방의 귀중한 시간을 빼앗을 가치가 이 책에 있을까 자문하기 때문이다. 따라서 자신이 하고자 하는 말을 간결하고 알기 쉽게 전달하려고 노력하는 것이 중요하다.

그리고 그 노력은 반드시 보상받는다. 학술논문이나 전문서의 독서인구는 약 100명에서 많으면 1,000명 정도다. 일반서라면 여기서 좀 더 독자층이 넓을 수 있다. 부수가 늘지 않더라도 거기서 여러분은 아직 발견하지 못한 독자와 만날 수 있을지도 모른다.

예로 11장에서 언급한 이치노미야 시게코 씨의 저서 《이식과 가족》(2016)을 들 수 있다. 오랫동안 생체간이식이라는 최첨단 의료현장에서 간호사로 근무해온 저자가 자신의 인생 전체를 돌아보며 쓴 저서다. 의학전문서로 출판하면 판매 부수도 올리지 못하겠지만 좋은 평가를 받지 못할 수 있다. 왜냐하면 간호사인 이치노미야 씨는 의사가 관심을 두는 환자가 아니라 주변부인 기증자의 기증 후의 삶에 관심이 있었기 때문이다. 20년 이상에 걸친 오랜 취재는 가족 관계에 직접 들어가 환자의 생사로 환원되지 않는 기증자가 침습성이 높은 생체장기이식을 '하기를 잘했다'고 생각하는지, 아니면 후회하는지의 분기점을 제시하고 의료현장에 깊은 반성을 요구하는 내용이었다. 이치노미야 씨의 저서는 이식치료를 망설이는 많은 기증자나 대상자, 나아가 장기간 환자나 환자 가족과 전문 의료진과의 관계에 관해 직접 겪은 현장에서 시사점을 도출했다. 다만 이를 위해 편집자가 내건 조건은 분량을 절반으로 줄이라는 것이었다. 그녀는 심신이 망가질 정도로 힘들어했다. 박사논문을 쓰는 고통 후에 또 다른 고통이 기다릴 것을 예상하지 못했기 때문이다.

최근에는 석사논문이 그대로 서적으로 출판되는 사례가 증가했다. 석사논문은 8만~16만 자 정도의 분량이다. 게다가 신서 분량의 단행본은 요즘 시대에 소모품이다. 조금 흥미로운 주제라면 편집자가 욕심을 낸다. 나카노 마도카 씨의《'육아휴직 시대'의 딜레마》(2014)가 이에 해당하는 세례고, 이 밖에도 아라타 마사후미의《'동양의 마녀'론》(2013), 시부야 토모미의《일본의 동정》(2003/2015) 등도 석사논문이 책으로 출간된 사례다.

석사논문이 그대로 단행본으로 출간되는 것은 동화 속 이야기라고 생각할지 모르지만, 나는 반드시 이렇게 말한다. 설사 석사논문을 간행했다고 해도 최종적으로 박사논문의 난관이 훨씬 더 높다고 말이다. 이미 쓴 내용을 또 쓸 수 없기 때문이다. 학위논문은 석사논문의 연장 선상으로 이를 종합해서 업그레이드하는 것이 가장 효율적이나, 석사논문을 이미 아웃풋으로 내놓으면 질문을 다시 설정해야 하고 5년에 걸쳐 쓰는 학위논문을 후기 과정 3년 동안 다 써야하는 압박에 시달린다.

아웃풋에는 마력이 있다. 한번 아웃풋으로 내놓은 것을 다시 수정하기는 매우 어려워 서둘러 자신의 연구성과를 아웃풋으로 내놓는 데에는 익기 전에 과일을 따는 위험이 따른다. 간행의 기회가 있으면 있는 만큼 반대로 성과물은 미숙한 상태로 나오기 쉽다. 개념을 영어로 concept라 하는 것은 지당하다. concept는 conceive(잉태하다)에서 온 말이고, conception은 한마디로 잉태를 의미한다. 왜냐하면 아이디어라는 것은 마음에 따뜻하고 뜨거운 것을 품고 있다는 뜻이기 때문이다. 나는 감사하게도 출판 기회를 많이 얻었으나, 지금 되돌아보면 후회가 남는 것은 더 크게 발전시켰어야 할 아이디어를 미숙아인 채로 출산했다는 점 때문이다. 미숙아라도 오장육부는 존재하는 완성품이다. 한번 조산하면 사람의 아이와 달리 그 이상 커질 수 없는 것이 연구다.

그렇기에 낳고 성숙해지기를 기다리는 것 또한 연구자에게 필요한 자세다.

18

프로듀서가 돼라

인쇄 미디어인가, 전자 미디어인가

오늘날의 저자들에게는 정보 테크놀로지의 변화에 어떻게 대응할지와 메시지를 발신하는 본인에게 최적의 매체를 선택하는 것이 과제로 부상했다. 최근에는 인쇄 미디어와 함께 전자 매체의 등장으로 메시지 송수신의 장벽이 낮아졌다. 대학에서도 정보공개 요청이 강해지고 특별한 사정이 있는 경우를 제외하고는 학위논문을 온라인상에 공개해 누구나 접근할 수 있다. 학위논문은 전문을 다운로드할 수 있고, 온디맨드 출판도 있어서 옛날처럼 아는 사람을 통해 입수하거나 전문을 복사하는 수고를 덜게 되었다. 학위논문에 저작권이 존재하나 거기에 사용료가 발생하지 않는 것은 지적재산권의 특권신청이나 상표등록이 있는 경우를 제외하면 학위는 공공재이기 때문이다.

최근에는 자신의 논문이나 학위논문 전문을 자신의 블로그나 홈페이지에 올려두는 사람도 있다. 아마존이 서적의 전자화를 시도했을 때 일본 팬클럽의 일부 회원들이 저작권 소송을 제기하려 했다. 내게도 의향을 묻는 연락이 왔으나 나는 응할 수 없었다. 물론 원고료나 인세 수입으로 생계를 꾸리는 저자에게는 사활이 걸린 문제일 것이다. 내가 이런 말을 하는 것도 대학교수라는 급여생활자 신분이라서 원고료로 생계를 꾸리지 않기 때문이라는 말을 들어도 어쩔 수 없다. 그래도 세상에는 공짜로라도 자신의 메시지를 더 많은 독자에게 전달하고자 하는 사람들이 있다. 그리고 이는 저자라면 당연한 마음이라고 나는 생각한다. 자신의 메시지에 대가를 요구하는 사람은 무료로 이를 제공하려는 사람들과 경쟁해야 한다. 굳이 어려운 도전을 하는 의미가 있을까 싶다.

사유재·회원재·공공재

재산에는 사유재와 회원재 그리고 공공재가 있다. 지적재산도 마찬가지다. 재산은 통상 이전하거나나 분할하면 원래 가지고 있던 재산이 줄어드는데 지적재산만큼은 그렇지 않다. 얼마든지 복제할 수 있고 복제하더라도 원래의 가치가 줄어들지 않으며, 게다가 공공재의 범위가 넓으면 넓을수록 가치가 상승하는 경우도 있다.

사유재와 공공재 사이에 회원재가 존재한다. 제한된 범위의 사람들에게만 접속 권한을 주는 공유재를 말한다. 책은 이른바 대금이라는 회비를 지불한 사람만이 접근할 수 있는 회원제의 재산이라 볼 수 있다. 따라서 저작권자나 출판사가 신간이 도서관에 들어가는 데 불쾌감을 느끼는 것도 무리는 아니다. 도서관에서 신간을 대출하는 사람이 회비를 지불하지 않고 회원재에 접근하는 무임승차자로 보이기 때문이다. 특정 집단의 명부나 내부 정보 등도 회원재에 해당한다. 이런 회원재는 공개적 접근이 가능해져 공공재가 되면 그 가치가 떨어진다. 정보격차에서 이익이 발생하기 때문이다.

우리처럼 정보발신자가 되려는 사람들에게 정보는 사유재, 회원재, 공공재 어느 쪽일까? 사유재라면 벽장 속 작가에게 부탁해 원고를 통속에 넣어두면 좋겠지만, 그러면 정보생산을 한다 해도 발신자가 될 수 없다. 독자에게 전달되어 소비되지 않는 정보는 무가치하다. 회원재가 되기 위해서는 여러분의 정보에 대가를 지불하는 일정한 수의 사람들이 있어야 한다. 그런데 정보라는 것은 직접 소비해보기 전까지는 그것이 무엇인지 알 수 없다는 성격을 지닌다. 그 품질을 보증하는 것은 저자의 브랜드나 서평을 써준 사람의 지위 등의 주변 정보뿐이다. 이를 믿고 읽은 다음 '돈과 시간이 아깝지 않았다'는 생각이 드는 책은 별로 없다. 작가처럼 여기에 생계를 걸고자 하는 사람이 아니라면(사실 원고료나 인세로 생계를 유지하기는 매우 힘들다), 오히려 자신이 생산한 정보를 무상으로라도 좋으니 가능한 많은 독자에게 전달하고 싶어 하는 저자가 많을 것이다.

그런 면에서 노벨문학상 수상 작가 스베틀라나 알렉시예비치가 자기 책 전문을 러시아어와 프랑스어로 홈페이지에 올려 공개한 것을 알고 굉장히 놀랐다. 동시에 영어판과 일본어판도 올려주면 좋겠다고 생각했다.

현재 저작권법에서는 저작권자의 사후 50년이 지나야 저작권을 무료로 사용할 수 있다. 1994년 이후에 생텍쥐페리의 저서 번역이 유행처럼 번진 것도 그의 사후 50년이 되는 시점이어서였다. 이를 연장하기보다는 오히려 단축해서 2차 저작물 등으로 자유롭게 표현활동의 소재로 사용하게 한다면 문화 활성화에 기여할 것이다.

내가 이사장을 맡은 인정NPO법인 우먼스 액션 네트워크의 웹사이트[2]에는 미니 커뮤니케이션 도서관이 있다. 거기에는 소수로 시작한 여성운동을 지지해온 미니 커뮤니케이션을 전자화해 소장해두었다. 《자료 일본 여성 해방사》 전 3권(미조구치·사이키·미키 편, 1992~1995)은 편집자와 출판사의 후원으로 전권 무상으로 공개되었고, 미니 커뮤니케이션의 고전 모리사키 카즈에 팀의 《무명통신》도 본인의 동의를 얻어 1959년 창간호부터 공개했다. 아는 사람만 알고 제한된 사람들 사이에서만 유통되는 귀중한 정보가 이렇게 공개적인 공간에서 공유재가 되었다. 다른 재산과 달리 정보재만은 아무리 복제해도 원래의 가치가 떨어지기는커녕 오히려 올라가는 신기한 재산이다.

매체를 선별하라

인쇄 매체에는 자비출판인 동인지, 심사위원이 있는 학술 저널부터 심사위원이 없는 투고지, 연구학회지나 단체의 미니 커뮤니케이션 등 다양한 선택지가 있다. 각각 응시 자격이나 조건, 요구되는 질, 분량 제한이나 서식의 제약이 있다. 그뿐 아니라 전문 독자인지 일반 독자인지 아니면 업계 사람인지 등에 따라서도 성격이 다르고, 요구되는 문체나 스타일도 다르다. 따라서 자신이 누구에게 어떤 메시지를 전달하고자 하는지에 따라 매체를 선택할 필요가 있다.

나는 일본여성학연구회가 간행한 《여성학 연보》 창간호의 편집장이었다. 이 잡지는 '여성학'의 이름을 건 일본 최초의 잡지로 1980년 창간 이후 38호까지 이어졌다.[3] 그 편집 방식에 관해서는 '비판능력을 기르자'라는 장에서 설명했는데, 이 잡지를 만든 것은 당시 내가 쓰고자 했던 글을 게재해줄 매체가 어디에도 없었기 때문이다. 사회학회에는 《사회학평론》이라는 학술지가 있었는데, 여성학 논문을 거기에 실으려면 '주관적'이라 간주하며 거절할 것을 예상할 수 있었다. 사회학 논문은 담담하게 쓸 수 있으나 여성학 논문을 쓸 때는 내 안에 분노가 불쑥 치밀어 올랐다. 그 분노는 문체에 나타났고, 자기 입장을 강하게 드러내는 역할을 했다. 그 결과 다른 매체 어디에서도 실어주지 않을 '여성학의 시점으로 본 날카로운 문제의식과 새로운 각도에서의 분석을 통해 각각의 분야에 영향을 미치고, 독자와 함께 그 변혁을 노린다'[4]는 논문을 우선으로 채택한다는 말 그대로 '주관적'인 잡지 매체가 탄생한 것이다. 겨우 그 잡지에 실린 논문이 다른 학술지에 인용되는 일은 당시에는 꿈에도 생각지 못했다.

문체 선택

매체마다 성격, 독자층, 요구하는 수준이 다르다면 문체를 어떻게 선택해야 할까? 글을 쓸 때 직면하는 문제다.

예전에는 의뢰받은 매체마다 다른 문체를 사용해 "같은 사람이 쓴 글이 맞나?" 싶은 다양한 문체를 구사하는 방식을 지향했다. 문체는 사고의 도구이므로 고바야시 히데오(일본의 평론가─옮긴이)나 무라카미 하루키와 같이 몇 줄만 읽어도 저자의 개성이 각인되는 문체가 중요하다는 이도 있다. 그래서 문체의 파스티초(pasticcio, 기존의 작품을 차용하거나 모방하는 기법─옮긴이)[5]가 성립하는 것이겠으나, 개인적으로 문체가 하나로 굳어지면 오히려 사고를 제약한다고 생각한다. 특정 문체를 사용함으로써 생각할 수 있는 것과 없는 것이 있으며, 이로 인해 표현할 수 있는 것과 없는 것이 생긴다. 따라서 문체는 다양하게 구사할 수 있는 편이 좋다.

일반인을 대상으로 한 가벼운 문체에 익숙해지면 치밀하고 복잡한 내용은 쓸 수 없게 될 수 있기 때문이다. 재기발랄한 젊은 작가에게 종종 신서판(가볍게 읽을 내용을 수록한 책값이 싼 총서─옮긴이) 의뢰가 들어오곤 하는데, 지금의 신서판은 정보의 저량(stock) 자료가 아니라 유량(flow) 자료다. 작가와 독자 모두 빠르고, 쉽고, 가벼운 것을 추구한다. 이런 신서판 문체에 익숙해지면 사용하는 개념 하나하나를 음미하며 치밀하게 논리를 구성하는 학술논문은 쓰기 힘들어진다. 젊은 작가들에게 유량 정보와 함께 작가 또한 유량 자료처럼 일회용으로 쓰고 버려질 수 있다는 말을 해주고 싶다.

콘텐츠를 생성하라

그렇지만 온라인 세계에서 매일 쏟아지는 유량 자료와 별도로 각각의 분야에서 저량 자료의 책을 쓰기란 장벽이 높고 여기에는 지도교수나 동료, 편집자와 같은 동반자가 필요하다. 우에노 세미나의 시스템은 연구계획서부터 데이터 수집, 데이터 분석, 차례 구성, 샘플 장 작성, 비평 섹션에 이르는 구조화된 커리큘럼을 통해 동료들과 연구 커뮤니티를 만드는 것이다. 동료는 비평 경험을 통해 비평능력을 갖추고, 훌륭한 독자가 되어간다. 우에노 세미나 수강생들은 매 학기 사이가 매우 좋은데 이는 위와 같은 과정을 공유하면서 서로의 성장을 자극하는 동료의식 덕분일 것이다. 짓궂은 학생은 "여러분은 지옥의 우에노 세미나를 견뎌냈으니 연대감이 강하겠네요"라고 말하기도 한다. 나는 이런 대면적 소집단을 통한 학습능력을 높이 평가하기 때문에 소수정예라는 세미나 방식이 대학교육의 핵심이며, 이것이 e러닝으로 대체되는 일은 없으리라 믿는다.

출판이라는 권력

양질의 콘텐츠를 제작하는 프로듀서라는 역할은 매체가 변해도 사라지지 않을 것이다. 문제는 그것이 가치 있는 일이라 해도 대가가 발생하는지의 발생 여부다. 이때 취재에 비용이 드는 다큐멘터리나 논픽션, 증거가 필요한 조사 보도 등의 담당자가 급격히 감소한다는 한탄을 들었다. 전자 매체로 된 콘텐츠가 무상으로 제공되면 여기에 정보를 제공하는 인센티브가 사라질 가능성이 있다. 더 많은 독자에게 전달하고 싶으나 메시지를 발신하는 데 대가를 받고 싶다는 요구가 점점 딜레마에 빠지게 만드는 것 같다.

제작에 상대적으로 비용이 드는 인쇄 미디어를 통한 정보 발신은 지금도 많은 사람에게 여전히 장벽이 높은 꿈이다.

단독 저자가 되고 싶다는 꿈은 예를 들어 자비출판으로라도 이룰 수 있지만, 자비 부담 없이 상업 매체를 통한 출판은 최근 출판시장의 급격한 악화로 그 장벽이 더욱 높아졌다. 출판사가 위험을 감당할 만한 여력이 없어졌기 때문이다. 나는 (술집에서 기생을 소개하듯) "괜찮은 아이가 있어요"라며 프로듀서 역할을 맡아 여러 명의 저자를 출판업계에 입문하게 도와주었다. 그런데 이런 기획들이 최근 몇 년 동안에는 어려워졌음을 피부로 느낀다.

학계에서는 포스트와 연구비도 자원인데 출판에 도전하는 것도 자원의 일종이다. 출판업계에서는 수도권 집중현상이 현저한데, 나는 도쿄대학교 대학원생들에게 여러분이 행복한 위치에 있음을 잊지 말라고 말한다. 도쿄에는 편집자가 많고 그들은 재능 있는 젊은 저자를 찾는다. 도쿄대학교 우에노 세미나 같은 곳에서 수업을 듣는 것만으로 그들의 눈에 띄기 쉬울 것이다. 같은 수준의 재능을 가졌으나 지방에 있는 저자도 있다.

내게도 출판 중개를 의뢰하는 사람이 찾아온다. 전혀 일면식 없는 사람이 두꺼운 원고를 갑자기 보내오기도 한다. 책으로 내고 싶은데 출판사를 소개해달라는 것이다.

책을 내고 싶다는 열의는 알겠지만, 다른 사람에게 무엇을 부탁

할 때 정중하게 부탁하는 방법을 모르는 사람들이 참 많다고 생각한다. 출판 상담을 받을 때마다 저자에게 아래와 같은 조건을 요청한다. 이런 기본도 모르는 사람들이 참으로 많으니 여기서 짚고 넘어가도록 하자.

먼저 출판을 의뢰하기 위해서는 아래 네 가지를 갖춰야 한다.

(1) 저자명(필명 가능) 그리고 프로필

(2) 책의 목적과 타깃 독자

(3) 서명과 차례

(4) 샘플 장

프레젠테이션은 말이든 문장이든 다른 사람의 시간 자원을 뺏는 것임을 잊지 말자. "이것 좀 읽어주세요"라면서 책 한 권 분량의 원고를 건네주면 상대는 곤란하기만 하다. 책상 위에 쌓아두고 잊힐 것이다. (1)부터 (3)까지가 A4용지 한 장 정도 분량이고, 여기에 흥미를 느끼면 샘플 장을 읽게 된다. 나아가 관심이 생기면 나머지 부분도 읽고 싶다고 생각할 것이다. 샘플 장은 전체 내용 중에서 가장 핵심적이고 흥미로운 부분을 선택한다. 그뿐 아니라 편집자는 이를 보고 저자가 어떤 문체를 가졌는지, 문장이 매끄러운지를 판단한다. 썩은 사과는 한 입 베어 물면 알 수 있다는 말처럼 전문을 읽지 않더라도 전체적인 느낌은 알 수 있다.

'책의 목적'에는 '타깃 독자'를 반드시 넣는다. 누가 읽으면 좋다는 책의 독자층은 매우 중요하다. '가능한 많은 사람이 읽었으면'이라든지 '누가 읽어도'라는 막연한 타깃은 오히려 누구도 읽고 싶지 않게 한다. 독자론에 따르면 독자에는 '정통 독자(legitimate reader)'와 '비정통 독자(illegitimate reader)'가 있다. 정통 독자는 특정 사람을 대상으로 그 사람이 읽었으면 하는 스트라이크존 한가운데 있는 독자다. 비정통 독자는 직접적 대상 독자는 아니나 우연히 책을 펼쳐볼 가능성이 있는 독자를 말한다. 정통 독자가 아무리 소수라고 해도 타깃 독자가 명확할수록 비정통 독자 또한 '우연히' 읽고 마음이 움직이는 책이란 바로 이런 책을 말한다. 그리고 정통 독자(이 사람에게야 말로 전달하고자 하는)가 대면적 관계임이 확실하다는 것은 독자를 결코 무시하면 안 된다는 기본을 지키게 한다. 어느 젊은 연구자에게 책을 받았을 때 그 책의 타깃이 확대되어 있을 뿐 아니라 저자가 비장의 카드는커녕 전력으로 쓰지 않았다는 느낌을 받은 적이 있다. 그 감상을 솔직하게 본인에게 전했더니 "애초부터 웹상에 올리는 거라서 타깃 독자가 명확하지 않고, 독자는 이 정도 수준이면 만족하지 않을까요"라는 대답을 듣고 아연실색했다. 독자를 무시하면 그 대가는 자신에게 돌아온다. 작품의 질이 확실히 떨어지기 때문이다.

이 책에는 쓰고 싶은 것을 80퍼센트 정도만 쓰고 나머지는 다른 책에 쓰자는 옹졸한 생각을 하거나, 비장의 무기를 쓰면 다른 동료들에게 아이디어를 뺏길지 모른다는 의심을 하는 젊은 저자도 있다. 자신의 능력을 전부 보여주지 않고 아껴두면 어차피 그 정도밖에 안 되는 작품이 나올 수밖에 없다. 아까워하지 말고, 자신의 역량을 전부 쏟아내기를 두려워하지 말자. 이를 통해 다음 단계로 업그레이드할 수 있으니 아이디어를 뺏길까 두려워할 필요도 없다. 이과 연구와 달리 문과 연구 분야에서는 어떤 아이디어라도 개성이 드러난다. 그렇게 간단하게 다른 사람이 흉내 낼 수 없으며, 아이디어의 가치를 평가받고 공공재가 되면 그것이야말로 명예로운 일이 아닐까. 어떤 연구라도 때마다 중간보고를 하는데 그때마다 할 수 있는 전력을 다하는 것이 다음 단계로 나아가는 추진력이 된다.

편집자는 프로듀서

간행에서 편집자의 개입은 중요하다. 일반서의 경우 독자의 질이 달라진다. 상업출판사의 편집자는 저자와 독자 사이를 중개하는 첫 번째 독자다. 편집자는 문자 그대로 중개자=매체(medium)의 역할을 한다.

나는 그런 점에서 좋은 편집자를 만나는 행운을 얻었다. 좋은 편집자는 좋은 지도교수와 마찬가지로 저자를 성장시킨다. 그래서 나는 저자를 출판사에 소개할 때 가능한 한 빨리 좋은 편집자와 연결해주고, 그 후에는 가능한 개입하지 않으려 한다. '첫 번째 독자'가 여러 명이라면 누구의 조언을 따라야 할지 저자는 혼란스러워진다. 세상에는 저자에게 받은 원고를 인쇄소에 전달하기만 하는 편집자도 있다고 들었는데, 적어도 내가 만난 그리고 내가 선택한 편집자들은 그렇지 않았다. 그들은 상품으로서 책을 서점업계라는 마켓으로 보내는 프로듀서의 역할을 했다. 그리고 내게 가차 없이 주문을 주고 수정을 요청했다. 이런 편집자를 만나게 된 것에 자부심을 느낀다. 좋은 편집자와 만날 수 있는지는 아티스트가 좋은 갤러리(화랑)와 만나는 것만큼 중요하다.

이 성공사례가 다츠미 요코의 《도쿄대학교에서 우에노 지즈코에게 싸움을 배우다》였다. 간사이 출신 탤런트 다츠미 요코가 젠더 연구를 공부하고 싶다며 2년 동안 우에노 세미나를 수강한 성과를 쓴 책으로 문고판과 함께 22만 부를 넘는 판매 부수로 베스트셀러에 올랐다.

2년이나 수강했으면 충분하기에 졸업하면 무엇을 할 것인지를 물었고 졸업논문을 쓰기를 추천하자 그녀가 가져온 원고가 매우 흥미로워서, 치쿠마 쇼보의 존경하는 편집자 후지모토 유카리 씨에게 부탁했다. 후지모토 편집자는 다츠미 씨에게 이런저런 주문을 했고, 다츠미 씨가 이를 모두 수용하고 수정해 완성한 결과물은 굉장히 매력적인 책이 되었다. 훌륭한 편집자에게 맡긴 이상 나는 개입하지 않기로 했는데 그 결과 다소 민망한 제목이 붙었다. 최소한의 조치로 첫 줄에 '이는 제가 알지 못하는 제 모습이었습니다'라고 덧붙였다. 물론 저자인 다츠미 씨가 감이 좋고 총명하며 훌륭한 저자이기 때문이지만, 프로듀서인 후지모토 씨의 방식이 아주 적절하게 맞아떨어졌다.

후지모토 씨는 치쿠마 쇼보에서 내 담당 편집자였다. 신입사원이었던 그녀와 처음으로 함께한 책이 《'나'를 찾는 게임》(1987/1992)이었다. 엄청난 양의 포스트잇을 붙여 질문하고, 원고를 꼼꼼하게 읽는 젊은 그녀에게 나는 감동했다. 그녀의 주문에 일일이 응한 내

태도가 신입 편집자인 그녀에게도 큰 자신감의 원천이 되었다고 후에 말해주었다. 어느 날 의뢰원고의 취지를 너무 명쾌하게 파악하고 있어서 "그렇게 하고자 하는 바가 명확하다면 직접 책을 써보면 어떨까?" 하고 물은 적이 있다. 결국에 그녀는 편집자에서 저자가되었고, 지금은 일본 유수의 코믹 연구자로 활약하고 있다(후지모토, 2008).

독자에게 전달하라

자기 책을 간행하는 행운을 얻은 신인 저자에게 꼭 해주는 말이 있다. "책을 내기 위해서는 독자에게 전달하지 않으면 아무 소용이 없다. 당신의 책에 돈을 내고 자신의 시간을 투자해 읽어주는 독자에게 전달하고자 한다면 지방을 순회하는 인기 없는 가수가 자신의 CD를 돌아다니며 팔듯 자신의 책을 팔아라. 그것이 저자의 책임이다." 책은 출판된 시점에서 저자의 책임이 끝난다고 생각하는 사람도 있을지 모르지만 그렇지 않다. 책을 낸다는 것은 출판시장에 하나의 상품을 내놓는 일이다. 이는 학술서도 마찬가지다. 따라서 나는 편집자뿐 아니라 출판사 영업 담당자나 서점 관계자들의 역할을 높이 평가한다.[6]

젊고 용감한 저자에게 한 가지 더 경고하고 싶은 말이 있다. 간행 기회가 있으면 있을수록 재능이 소비되고 소모된다는 것이다. 출판업계에서 저자는 소모품의 하나이고 얼마든지 대체 될 수 있다. 나는 실력 있는 편집자를 '하이에나'라고 부른다. 물론 이는 내

가 그들에게 보내는 최고의 찬사인데 나약한 저자는 그들에게 잡아
먹히는 신세가 된다.

최신 텍스트론에 따르면 텍스트는 생산-유통-소비의 과정을
거쳐 완결된다. 독자가 여러분의 텍스트를 소비하는 과정에서 비로
소 텍스트가 재생산되는 것이다. 아무도 읽지 않는 텍스트는 불량
재고로 남을 뿐이다.

독자는 매우 감사한 존재다. 나는 훌륭한 편집자를 만나기도 했
지만 훌륭한 독자들을 만났다. 텍스트는 비판에 노출되고 수많은 오
해를 낳았으나 그 이상으로 정확한 해석을 보여주는 독자의 존재가
나를 지탱해주었다. 저자를 성장시키는 것은 궁극적으로 독자다. 그
리고 저자와 독자를 연결해주는 것이 편집자를 포함한 매체다.

프로듀서형 인재의 필요성

매체에는 콘텐츠가 필요하며, 콘텐츠에는 매체가 필요하다. 마셜
매클루언의 용어를 빌리면 미디어와 메시지로 바꿔 말할 수 있을
것이다.

일본의 코미디와 애니메이션은 거대한 콘텐츠 산업으로 성장했
다. 이 콘텐츠는 개인의 제작물이라기보다 집단 작업 속에서 만들어
지고, 오늘날 메이드 인 재팬이라는 각인 없이 전 세계에 유통된다.

나는 도쿄대학교 학생들에게 여러분은 콘텐츠를 파는 사람이 될
수는 있어도 콘텐츠를 제작하는 사람은 될 수 없다고 말한다. 다양
한 분야를 골고루 평균 이상으로 잘하는 그들은 고집이 세서 '하나

의 포인트'에서 독창적인 작품을 생산하는 크리에이터가 되기는 힘들다. 물론 파는 사람 쪽이 창조하는 사람보다 돈을 더 벌기도 한다. 이 이야기를 일본의 게임회사 도완고의 가와카미 노부오 씨에게 했을 때, 그의 대답은 명쾌했다. 콘텐츠 제작은 매우 수지가 맞지 않아서 진심으로 욕심을 버리고 좋아하지 않으면 할 수 없는 일이라고 했다.

다만 훌륭한 콘텐츠를 제작하기 위해서는 프로듀서가 필요하다. 편집자가 이 프로듀서에 해당한다. 프로듀서는 매우 신기한 역할이다. 영화 프로듀서를 떠올려보자. 감독도 못하고, 촬영기술도 없으며, 연기도 못하는 사람이라도 각 분야의 재능을 끌어내고 이를 한데 모으는 능력이 있으면 된다. 따라서 나는 여러분이 특별한 재능을 가지고 있지 않더라도 프로듀서가 될 수 있으며, 유능한 누군가를 사용하는 능력만 있다면 가능하다고 생각한다. 다만 자신이 원하는 재능이 무엇인지를 알아야 한다. 이른바 꿈을 꾸는 능력, 그뿐 아니라 나아가 꿈을 구체적으로 만드는 능력이라고 해도 좋을 것이다.

일본에 필요하지만 부족한 것이 이 프로듀서 인재들이다. 하나하나의 전문분야에는 탁월한 인재가 있는데, 그들을 한데 모아 화학반응을 일으켜 1+1+1 해서 합한 것보다 훨씬 더 뛰어난 제작물을 만드는 능력이라 해도 되지 않을까 싶다. 그런 인재가 부족하므로 육성해야 한다는 인식이 이제야 서서히 공유되기 시작했다.

일본의 콘텐츠 산업에서 뛰어난 프로듀서 중 한 명인 지브리의 스즈키 토시오 씨에게 다음과 같은 질문을 한 적이 있다. "프로듀서를 육성한다는 것은 가능한 일인가요? 가능하다면 어떻게 할 수 있나요?"

대답은 '예스' 그리고 '노'였다. 프로듀서는 육성할 수 있어도 육성되는 것은 아니라는 말이었다.

나는 프로듀서 양성 강좌를 개설하면 어떨지 스즈키 씨의 의중을 물어봤다. 이에 전혀 마음이 없을 것 같지 않은 스즈키 씨라면 어떤 커리큘럼을 가지고 있을까? 최근에는 야마자키 료 씨처럼 자칭 '커뮤니티 디자이너'가 도호쿠예술공과대학 커뮤니티 디자인학과에서 인재육성을 하고 있으므로 전혀 불가능한 일도 아닌 듯했다(야마자키, 2012). 그러나 가와카미 씨가 스즈키 씨에게 '제자'로 들어갔듯이(가와카미,2015) 기본은 이미 프로듀서로 일하는 사람 옆에서 그 모습을 보며 OJT(On the Job Traning)를 받는 것이 가장 좋다.

온라인 환경이 갖춰지면서 인쇄 미디어의 지위가 하락했다. 그러나 신뢰할 수 있는 정보 콘텐츠에 대한 니즈가 사라진 것은 아니다. 나는 출판업이 사라져도 편집자는 사라지지 않는다고 생각하기 때문이다.

정보생산자를 육성하다

이 책은 정보생산자가 되기 위한 노하우를 전한다. 정보생산자가 되기 위해서는 기술과 노하우도 필요하다. 그리고 정보생산자가 되면 그 지적 생산물을 공유재로 전달할 수 있다. 그렇다면 프로듀서가 되기 위해서도 기술과 노하우가 필요하고, 이를 전달할 수 있는

지식의 집합으로 만들 수 있어야 하지 않을까. 물론 자원과 재능도 필요하다. 연구자의 세계는 장인으로서의 정보생산자를 육성하기 위한 노하우를 조직 차원에서 축적해왔다. 이것만 습득한다고 훌륭한 퍼포먼스를 할 수 있는 것은 아니지만 표준적인 성과물을 생산할 수 있다. 그것이 가능해지면서 대학이라는 학문과 지성의 제도적 재생산이 가능해졌다. 이 책에 내가 알고 있는 노하우를 아낌없이 공개했다.

마지막에 프로듀서가 되는 법을 추가한 것은 정보생산자는 동시에 자신의 프로듀서가 되지 않으면 안 되기 때문이다. 그중에는 오늘날 온라인상의 아이덴티티 관리나 자기 브랜딩, 마케팅 전략 등도 포함될 것이다. 인쇄 미디어밖에 없던 시대와 비교해 앞으로 등장할 정보생산자에게는 힘든 시대다.

나는 정보생산자이기도 하나 정보생산자를 육성하는 입장이었다.

우에노 세미나의 수강생들이 내게 해준 말 중에 기분 좋았던 말을 소개하겠다. "우에노 교수님은 우리가 아직 발견하지 못한 가능성을 끌어내주는 산파와 같은 존재였다." 이 말 그대로 '아직 발견하지 못한 것'은 원래 그 사람 안에 존재한다. 이를 구체화할 수 있도록 도와서 세상에 내놓는 것이 교육자의 역할이다. 그리고 그것이 탄생하는 순간에 만나는 것이 바로 교수의 묘미다. 나 자신도 이런 방식으로 학문적으로 도움을 준 선배나 동료 연구자, 그리고 주문을 많이 하는 편집자들을 통해 성장해왔다. 저자는 훌륭한 독자가 키운다는 것을 잊지 말자.

정보생산자는 미처 발견하지 못한 콘텐츠를 세상에 내놓는 사람들이다. 그리고 이를 공공재로 만들고자 하는 사람들이다. 이를 위해서는 여러분 스스로가 '지금, 여기 없는 것'을 꿈꾸는 능력을 갖춰야 한다. 다시 앞으로 돌아가면 그것이 바로 '질문을 설정하는 능력'이다.

행운을 빈다. 여러분이 진정으로 세상에 내놓고자 하는 정보를 생산하는 데 이 책이 도움이 된다면 그보다 기쁜 일은 없을 것이다.

나오며

이 책은 넓은 의미에서 정보생산자가 되기 위한 노하우를 망라하고
있다. 교토학파 우메사오 다다오 씨의 명저 《지적 생산의 기술》이
책 제목을 정하는 데 영향을 주었다. 나는 교토학파의 지적환경 안
에서 감화받은 것을 자랑스럽게 생각한다. 그러나 중요한 것은 대
학에서는 무엇 하나 배우지 못했다. 대학 밖에서 혹은 대학을 둘러
싼 주변에서 또는 아르바이트를 하던 연구소에서 정보생산이란 무
엇인지를 실제로 몸에 익혔다. 교토학파의 지식은 사변적 지식이
아닌 실천적 지식이다.

　게다가 서른 살 이후 해외연수를 나가거나 강의를 하러 간 해외
대학의 커리큘럼에서 고등교육에서의 교육 부가가치란 무엇인지

를 배웠다. 나는 내가 배운 노하우를 교육현장에 적용했다. 이 책은 이런 내 교육경험의 총체다.

교육과 연구라고 한마디로 말하지만, 대학교수 대부분에게 교육과 연구는 같은 것이 아니다. 그리고 대학원 교수는 대학원생에게 연구자로서의 정체성은 형성되어 있으나 교육자로서의 정체성과 노하우는 전혀 형성되어 있지 않다. 무엇보다 대학교수는 교수면허증이 없어도 교단에 설 수 있는 직업이기 때문이다. 직위를 얻고 비로소 교단에 섰을 때 연구자 대부분은 이것이 내 생계수단이라는 것에 아연실색한다.

그렇지만 여기서 물러설 수는 없는 노릇이다. 내 교육 역사도 벌써 40년 가까이 되었다. 현장에 서서 악전고투하며 최전선에서 몸에 익힌 노하우를 이 책에 아낌없이 공개했다. '들어가며'에서도 말했듯이 내 교육 역사는 전문대에서 대학원, 사립대에서 국립대, 사회교육에서 평생교육, 여기에 더해 일본뿐 아니라 해외 교육기관에 이르기까지 폭넓다고 생각한다. 이런 다양한 교육현장에서 그야말로 다양한 '손님'(교수는 학생을 선택할 수 없다)을 상대하며 배운 것은 배움의 기본은 상대가 변해도 변하지 않는다였다. 그렇다고 해서 내가 하고자 하는 말이 교수의 마음가짐이나 자세, 열정이나 이상과 같은 정신론은 아니다. 이 책이 전달하고자 하는 것은 나이, 성별, 직위, 성적과 상관없이 사람이 답이 없는 질문을 마주하기 위해 누구나 알 수 있고 어디서나 통용되는 노하우다. 이 노하우에 난해한 부분이나 신기한 것은 아무것도 없다. 누구나 이렇게 하면 반드시 정보생산자가 될 수 있는 노하우다.

고등교육의 가치는 지식을 얻기 위한 것이 아니라 어디까지나 지식을 생산할 수 있는 메타 지식을 얻는 데 있다. 일본 문부과학성이 가치가 없다고 하는 인문사회과학이 중요한 것도 이들이 메타지식을 얻는 데 필요한 지식이기 때문이다. 메타 지식이 중요한 것은 설령 이미 존재하는 지식이 있다고 해도 새로운 지식을 스스로 창출할 수 있기 때문이다. 즉 예측도 제어도 불가능한 세계 속에서 언제 어디서라도 살아가기 위한 지혜를 갖출 수 있게 해준다. 점점 한치 앞도 예측하기 힘든 21세기 사회에서 이 능력의 중요성은 점점 부각될 것이다.

'교육 부가가치'라는 말이 식상한 사람도 있을 것이다. 하지만 18~22세까지, 또는 한창 20대의 대부분을, 또 일을 그만 두고 시간과 비용을 들여 대학으로 돌아오는 사회인 등 지긋하게 나이를 먹은 성인이 몇 년이나 시간을 보내는 장소로, 고등교육을 받아서 다행이라며 진학하기 전보다 확실히 스스로 어떤 문제에 대처하는 힘이 생겼다고 자신 있게 말할 수 없다면 고등교육에 무슨 가치가 있겠는가.

나를 교육자로 성장시켜준 것은 학생과 수강생 여러분이다. 여러분과의 만남에 진심으로 감사한다. 또 이 책의 집필을 추천한 사람은 치쿠마 쇼보의 편집자 하시모토 요스케 씨였다. 내 교육현장

을 직접 보기 위해 하시모토 편집자는 릿쿄 세컨드 스테이지 대학
의 세미나에 1년 동안 출석했다. 그로부터 5년이 흘러 이 책이 세상
에 나오게 되었다. 약속을 지키지 못했다면 얼굴을 들지 못했을 것
이다. 오랫동안 기다려준 그에게 감사의 말을 전한다.

　이 책이 배우는 사람, 그리고 학문을 가르치는 이들에게 도움이
되기를 바란다.

2018년 여름 한가운데서

우에노 지즈코

주
ㅡ

I부 정보생산의 사전단계

1장 정보란 무엇일까?

1) '경계인'이라고도 한다. 미국의 도시사회학자 파크가 고안한 용어로, '인종의 용광로'라 불리는 미국 이민 사회에서 복수의 사람이 융합하지 않고 때에 따라서는 대립하는 문화에 함께 속함으로써 각각의 문화로부터 거리를 두고 상대적으로 유리한 관찰자 입장에 서는 것을 말한다(Stoneguist 1937, Park 1950).

2) 미국의 사회학자 가핑클(H. Garfinkel)이 고안한 용어로(Garfinkel, 1967=1987), 타문화를 연구하는 인류학의 방법을 자문화에 적용해 익숙한 일상을 주변인의 눈으로 관찰하는 방법이다.

2장 연구질문을 설정하라

3) 일본 홋카이도 우라카와에 있는 정신장애인을 위한 자립 지원센터로 '당사자 연구'를 제창한 사회복지사 무카이야치 이쿠요시(向谷地生良)가 설립했다. 《베델의 집의 '비'원조론》(2002) 《베델의 집의 '당사자 연구'》(2005) 등이 유명하다.

4) 여성에 관한 학제 연구(interdisciplinary studies on women)에 불과했던 영역을 '여성학'이라 명명하고, '여성의 여성에 의한 여성을 위한 학문'이라고 정의한 사람이 이노우에 데루코(井上輝子, 1980)다.

II부 바다의 지도가 되는 계획 세우기

3장 선행연구를 비판적으로 검토하라

1) 물론 과학의 세계에는 수식이 존재하고, 다른 자료를 사용해 동일한 발견에 이르는 과정을 확인하는 행위 자체가 중요하다.

2) 원어로 읽는 수준까지는 필요하지 않다. 일본은 번역본이 많은 나라고 소수언어도 포함해 다국어 문헌을 일본어로 읽을 수 있다는 점에서, 일본어를 알면 세계의 정보를 알 수 있는 가성비가 좋은 언어다. 영어는 분명 세계 공용어지만 영어로 번역되기 전에 일본어로 번역된 문헌도 종종 있다. 한자문화권의 연구자 가운데 일본어 공부를 통해 세계 사정을 연구하는 학자도 있을 정도다.

3) 일본의 연구자들이 금기 의식에 얽매여 있을 때 독일인 여성 연구자가 일본 자위대를 연구했다(Frühstück, 2007=2008).

4장 연구계획서를 작성하라

4) 고등학교와 대학교육의 연결을 생각하는 과제. 대학진학률의 상승을 바탕으로 대학의 교육환경에 적응하지 못하는 학생의 증가가 최근 문제로 부상하고 있다.

5) 도쿄대학교육학부 교수로 오랫동안 필드 워크 중심으로 연구 지도를 해왔으며, 이를 바탕으로 상당수의 뛰어난 연구를 발표했다(미노우라, 1999).

6) 과제해결을 위한 액티비즘과 관련된 연구다.

5장 연구계획서를 작성하라(당사자 연구 버전)

7) 당사자 연구에 관한 우라카와 베델의 집(2005)을 참고. 나카니시와 우에노(2003)는 '당사자 연구'라 칭했다.

8) '몬스터 클레이머'라는 부정적 표현도 있으나 claim maker라는 학술용어에는 그렇게 부정적 의미는 없다. claim making activity를 수행하는 사람을 claim maker라 부른다.

9) 1988년 일본 전국의 변호사가 '과로사 110번'을 개설했다. 2007년에는 과로사

로 자살한 소아과 의사에 대한 재판에서 산업재해로 인정받았다. 2014년에 과로사 등 방지대책추진법이 통과되었다. '과로사'는 일본 특유의 현상이며 "karoshi"라는 용어로 국제적으로 통용된다.

10) 릿쿄 세컨드 스테이지 대학 다치바나 교수의 '현대사 속의 자기 역사' 강좌에 서는 책(다치바나, 2013)도 출간했다.

11) 곤도 히로시, 《가정 내 재혼》(1998)에서 나왔다.

12) 지금은 등교 거부 연구자로 잘 알려진 사회학자 기토리에가 게이오기주쿠대학 오구마 세미나에 제출한 졸업논문의 제목이다. '아동 보육'을 주장한 논문으로 당시 전국의 아동을 대상으로 요코하마에서 진행한 방과 후 아동 '하마코 스 쿨'을 비판했다. 같은 교사(校舍) 안에 있는 방과 후 아동 교실은 아이들에게 학 교의 연장선에 지나지 않으며, 애초에 학교에 오지 않는 등교 거부 학생은 갈 수조차 없다. 기토리에의 등교 거부 연구에는 《등교 거부는 끝나지 않았다: '선 택'의 이야기에서 '당사자'의 이야기로》(2004)가 있다.

13) 제일공간(가족이나 지역 등의 커뮤니티)과 제이공간(학교와 사회 등의 단체) 에 존재하지 않는 출입이 자유롭고 편하게 교류하는 제삼의 공간으로 도피처 나 머물 곳, 살롱 외에 도서관과 카페 등 다양한 공간이 포함된다.

III부 이론도 방법도 사용하기 나름

6장 방법론이란 무엇일까?

1) 종교화에서 conception이란 성모 마리아의 예수 잉태를 의미한다.

2) 영어로는 개인주의화(individualization)와 개인화(individuation)를 구별하기도 한 다. 다만 후기 근대에서의 '개인화된 사회'를 주장한 울리히 벡(Ulrich Beck)에 따르면, 개인화는 개인주의화와 같은 individualization(독일어 Individualisierung) 이라는 용어로 제시되었고, 이를 '개인화'로 번역한 것은 번역자다(Beck, 1986=1988/1998)

3) 데이터에 대한 접근 가능성은 연구의 대상과 방법을 설정하기 위한 중요한 판단 기준(criteria)이다. 신문 매체인 《요미우리신문》이 샘플로 자주 이용되는 것은 기사검색의 전자 데이터베이스가 비교적 이른 시기에 정리되어 무상으로 이용자에게 제공되는 영향이 크다.

7장 연구대상과 방법을 선택하라

4) 아베의 책(2006) 제목에 '민족지학'이라는 말은 없으나 연구방법은 스스로 폭주족이 되어 참여관찰법으로 얻은 민족지학이다.

5) '재귀성(reflexivity)'(Giddens, 1990=1993)이라 불리기도 한다.

6) 자연과학의 관찰조차 상대성 이론 이후에는 관찰자가 현상의 완전한 외부에 존재하는 것은 불가능하며, 관찰은 피관찰대상에 개입하고 이를 변화시킨다고 알려졌다. 그러므로 순수하게 '객관적 · 중립적'인 관찰은 성립하지 않는다.

7) 네팔을 필드로 하는 인류학자다. 필드에서 만나는 맥락 없는 정보를 필드 노트 안에서 계통적으로 추출해 문맥화하는 방법을 취한다. 후에 KJ법 보급협회를 설립하고, 신슈의 이동대학에서 실천적 보급에 힘썼다.

8) 이치노미야 시게코 · 차조노 토시미, 우에노 지즈코 감수, 《담화 분석— '바로 사용하는' 우에노식 질적 분석방법의 실천》, 〈생존학 연구센터—보고〉 27호, 2017, 리쓰메이칸대학교 생존연구센터. 리쓰메이칸대학교 생존연구센터-홈페이지에 무료로 공개 중(http://www.ritsumei-arsvi.org/publications/index/type/center_reports/number/27).

9) 전쟁 전의 철학자 니시다 기타로를 중심으로 한 '교토학파'와는 다른 전후 우메사오 다다오 등의 인류학자를 중심으로 형성된 독특한 연구 집단을 말한다. 사회학의 가토 히데토시, 생활학의 카와조에 노보루, 현대 풍속학의 타다미치 다로 등이 있다.

10) 일본 문화인류학의 일인자로 문화인류학뿐 아니라 다양한 방면에서 활약하며 독자적인 문명론을 전개해 다양한 영향을 미쳤다.

11) 생활학의 창시자. 우메사오 다다오와 고마츠 사쿄 등과 함께 1970년부터 일본 만국박람회에 힘썼다.

12) 일본의 SF를 대표하는 소설가로 《일본침몰》《수도소실》 등 다수의 작품을 남겼다.

13) 파르코 출판국에서 펴낸 《월간 어크로스》는 1982~1994년까지 통권 97호의 크리에이티브 비즈니스 정보지다.

IV부 정보를 수집해 분석하다

8장 질적 정보란 무엇일까?

1) 거대한 데이터 소스에서 특정 단어나 텍스트 데이터를 채집하는(mining) 조사 기술을 말한다. 컴퓨터의 발달로 가능해진 기술이다.

2) 푸코의 《성의 역사》는 담론 분석방법을 제시했다고 잘 알려져 있는데, 무엇을 담론집합으로 봐야 하는지, 담론의 망라성은 보증되는지 등의 주장에는 답을 하지 못했다. 담론 분석의 방법론에 관해서는 아카가와 마나부의 《섹슈얼리티의 역사 사회학》(1999)을 참고할 수 있다.

3) 발명자 카와키타 지로의 머리글자(KJ)를 딴 질적 데이터 처리방법이다. 문제의식의 발견, 수집 데이터의 정리, 공동토론의 방법을 첨가하는 등에 널리 이용된다.

4) 사회학자 글레이저(Glaser)와 슈트라우스(Strauss)가 질적 정보에서 근거를 바탕으로 이론을 만들어내는 방법으로 개발한 분석방법이다. 일본어로 된 참고문헌에는 글레이저와 슈트라우스의 《데이터 대화형 이론의 발견》(1967=1996)과 기노시타 야스히토의 《근거이론 접근의 실천》(2003)이 있다.

5) 비언어정보(non-verbal message) 또는 문맥정보(contextual message)라고도 한다.

9장 인터뷰란 무엇일까?

6) 인생 과정을 유아기, 취학기, 취직기, 임신육아기, 포스트 육아기, 빈둥지 기간 등 인생의 중요한 시기로 나누는 구분법이다.

7) 정보제공자를 의미한다. 피조사자나 피면접자보다 좀 더 넓은 의미로 쓰인다.

8) 사실 조사대상에 따라서는 신뢰 관계가 구축되지 않은 채 연달아 다음 조사자를 방문해서 '정보를 누락'하는 정보제공자나 정돈되지 않은 조사 현장 등을 만나기도 한다.

11장 KJ법의 발전형

9) 동료, 즉 동료 연구자를 의미한다. 학계에서는 논문의 조사연구는 연구자의 커뮤니티에 속한 다른 구성원들에 의한 '동료 리뷰'에 의해 행해진다.

V부 아웃풋하다

12장 차례를 작성하라

1) 서양명화 속 자화상을 촬영해 아이덴티티가 무엇인지에 큰 반향을 일으킨 예술가다.

2) 매우 잘 쓴 졸업논문이었기에 일본여성학연구회에서 출간한 《여성학 연보》에 투고해 채택되었다. 당시 제목은 변경해 게재했다(시라이, 2006).

13장 논문을 작성하라

3) http://www.gakkai.ne.jp/jss/bulletin/guide.php

14장 비판능력을 기르자

4) 《여성학 연보》는 1980년에 창간해 2017년에 38호를 마지막으로 폐간되었다. 약 40년 동안 이어진 것이다. 각호에는 '여성학 연보 Q&A'가 실렸고, 그 안에 '비평제도에 관해'라는 항목이 있었다. 편집위원회에서 몇 개를 개정했지만, 기본 룰은 창간 당시 만든 것과 별로 변하지 않았다.

5) 학회지의 심사위원은 학문 공동체에서 동료 리뷰의 일종인데, 이로 인해 논문의 질을 보증하는 심사 과정의 하나가 되고 있다. 따라서 심사위원이 있는 저널과 그렇지 않은 저널 사이에는 논문의 업적으로서의 평가에 차이가 생긴다. 예

를 들어 학위논문을 제출하는 자격요건에 '심사위원이 있는 학술 저널에 게재된 논문 3권 이상'과 같은 조건을 제시한 대학이 많다. 일반적으로 학회지에는 심사위원이 붙는데 대학의 간행물 등에는 심사위원이 없다.

6) 공정을 위해 일반적으로 심사위원(레퍼리)은 논문집필자를 모른 채 심사를 하고, 집필자에게도 심사 위원이 누구인지 밝히지 않는 시스템이다. 이를 복면심사위원제도라 한다.

VI부 독자와 소통하는 글쓰기

16장 구두로 보고하다

1) 독일어로 Kritischer Punkt는 스키 점프 경기에서 그 이상 높게 뛰면 위험한 극한점을 말한다.

18장 프로듀서가 돼라

2) http://wan.or.jp/

3) 2017년에 38호를 끝으로 폐간되었다.

4) '여성학 연보의 지향점', 《여성학 연보》 제38호, 일본여성학연구회, 2017년 IV쪽. 이 '지향점'은 매호 앞표지에 실렸다.

5) 문체 밸런스는 문체 모방을 의미한다. 최근에는 간다 게이이치·기쿠치 료의 《만약 문호들이 야키소바 컵라면 만드는 법을 쓴다면》(2017)이 주목을 받았다.

6) 이 때문에 《신편 일본의 페미니즘》 제7권 〈표현과 미디어〉(2009)에서는 출판업계와 텔레비전의 역할에 대해 언급했다.

참고문헌

—

阿部真大,《搾取される若者たち──バイク便ライダーは見た!》,集英社新書, 2006

赤川学,《セクシュアリティの歴史社会学》,勁草書房, 1999

天野正子, 伊藤るり, 井上輝子, 伊藤公雄, 加納実紀代, 江原由美子, 上野千鶴子, 大沢真理 編, 斎藤美奈子編集協力,《新編 日本のフェミニズム》第七巻 〈表現とメディア〉,岩 波書店, 2009

新雅,《東洋の魔女論》,イースト新書, 2013

藤本由香里,《私の居場所はどこにあるの?──少女マンガが映す心のかたち》,朝日文庫, 2008

福岡愛子,《文化大革命の記憶と忘却──回想録の出版にみる記憶の個人化と共同化》,新 曜社, 2008

遥洋子,《東大で上野千鶴子にケンカを学ぶ》,筑摩書房, 2000/ちくま文庫, 2004

平田 オリザ,《下り坂をそろそろと下がる》,講談社現代新書, 2016

一宮茂子,《移植と家族──生体肝移植ドナーのその後》,岩波書店, 2016

井上輝子,《女性学とその周辺》,勁草書房, 1980

磯野 真穂,《なぜふつうに食べられないのか──拒食と過食の文化人類学》,春秋社, 2015

神田桂一, 菊池良,《もし文豪たちがカップ焼きそばの作り方を書いたら》,宝島社, 2017

春日 キスヨ,《父子過程を生きる──男と親の間》,勁草書房, 1989

川喜田二郎,《発想法——創造性開発のために》,中央新書,1967/中央文庫, 1984

川喜田二郎,《続·発想法——KJ法の展開と応用》中央新書, 1970

貴戸理恵,《不登校は終わらない——「選択」の物語から〈当事者〉の語りへ》,新曜社, 2004

木下康仁,《グラウンデッド·セオリー·アプローチの実践——質的研究への誘い》,弘文堂, 2003

近藤裕,《家庭内再婚——夫婦の縁とは何か》,丸善ライブラリー, 1998

Malinowski, Bronislaw, Argonauts of the Western Pacific: An account of native enterprise and adventure in the archipelagoes of Melanesian New Guinea, Routledge & Kegan Paul, 1922(=泉靖一, 増田義郎編訳,〈西太平洋の遠洋航海者〉,《世界の名著(59) マリノフスキー,レヴィ=ストロース》所収, 中央公論社, 1967/1980泉靖一, 増田義郎編訳, 新装普及版,《世界の名著(71) マリノフスキー/レヴィ=ストロース》, 中央公論社, 1980/増田義郎編訳《西太平洋の遠洋航海者》, 講談社学術文庫, 2010

箕浦康子,《フィールドワークの技法と実際——マイクロ·エスノグラフィー入門》, ミネルヴァ書房, 1999

溝口明代, 佐伯洋子, 三木草子編,《資料日本ウーマンリブ史》I, II, III, ウイメンズ·ブックストア松花, 1992~1995

目黒依子,《個人化する家族》,勁草書房, 1987

森村泰昌,《藝術家Mのできるまで》,筑摩書房, 1998

中河伸俊,《社会問題の社会学——構築主義アプローチの新展開》,世界思想史, 1999

中西正司, 上野千鶴子,《当事者主権》,岩波新書, 2003

中野円佳,《育児世代'のジレンマ——女性活用はなぜ失敗するのか》,光文社新書, 2014

野辺陽子,《養子縁組の社会学——〈日本人〉にとって〈血縁〉とは何か》,新曜社, 2018

野田正彰,《漂泊される子供たち——その眼に映った都市へ》,情報センター出版局, 1988

小熊英二,《〈日本人〉の境界——沖縄·アイヌ·台湾·朝鮮植民地支配から復帰運動まで》, 新曜社, 1998

佐藤文香,《軍事組織とジェンダー—自衛隊の女性たち》, 慶應義塾大学出版会, 2004

佐藤郁哉,《暴走族のエスノグラフィー—モードの叛乱と文化の呪縛》, 新曜社, 1984

佐藤雅浩,《精神疾患言説の歴史社会学—「心の病」はなぜ流行するのか》, 新曜社, 2013

澁谷知美,《日本の童貞》, 文春新書, 2003 / 河出文庫, 2015

白井裕子,〈男学生の出現で女子高生の外見はどう変わったか—母校県立女子高校の共
　　学化を目のあたりにして〉,《女性学年報》17号, 日本女性学研究会《女性学年報》編
　　集委員会發行, 2006

立花隆,《自分史の書き方》, 講談社, 2013

上野千鶴子,《〈私〉探しゲーム》, 筑摩書房, 1987 / ちくま学芸文庫, 1992

上野千鶴子,《家父長制と資本制—マルクス主義フェミニストの地平》, 岩波書店, 1990 /
　　岩波現代文庫, 2009

上野千鶴子,《セクシィ·ギャルの大研究—女の読み方·読まれる方·読ませ方》, 光文社,
　　1992 / 岩波現代文庫, 2009

上野千鶴子,〈歴史学とフェミニズム「女子史」を超えて〉,《岩波講座 日本通史》別巻一,
　　1995(上野千鶴子,《差異の政治学》, 岩波書店所, 收 2002)

上野千鶴子,《サヨナラ, 学校化社会》, 太郎次郎社, 2002 / ちくま文庫, 2008

上野千鶴子, 三浦展,《消費社会から格差社会へ—中流段階と下流ジュニアの未来》, 河出
　　書房新社, 2007 / ちくま文庫, 2010

上野千鶴子,《女縁を生きた女性たち》, 岩波現代文庫, 2009

上野千鶴子,〈当事者研究としての女性学〉, 熊谷普一郎編,《みんなの当事者研究》, 金剛
　　出版, 2017

上野千鶴子監修, 一宮茂子, 茶園敏美編,《語りの分析—〈すぐに使える〉上野子規質的分
　　析法の実践》(《生存学研究センター 報告》27号), 立命館 大存生存学研究センター,
　　2017

浦河べてるの家,《べてるの家の「非」援助論—そのままでいいと思えるための25章》, 医
　　学書院, 2002

浦河べてるの家，《べてるの家の「当事者研究」》，医学書院，2005

山田泉，《「いのちの授業」をもう一度——がんと向き合い，いのちを語り続けて》，高文研，
　　2007

山崎亮，《コミュニティデザインの時代——自分たちで「まち」をつくる》，中公新書，2012

Becker, Howard S., Outsiders: Studies in the Sociology of Deviance, Free Press, 1963（＝
　　《村上直之訳，《アウトサイダーズ——ラベリング理論とはなにか》，新泉社，1978）

Frühstück, Sabine, Uneasy warriors: Gender, memory, and popular culture in the
　　Japanese army, University of California Press, 2007（＝花田知恵訳，《不安な兵士た
　　ち——ニッポン自衛隊研究》，原書房，2008）

Garfinkel, Harold, Studies in Ethnomethodology, Englewood Cliffs, Prentice Hall,
　　1967（＝山田冨秋，好井裕明，山崎敬一 訳，《エスノメソドロジー——社会学的思考の
　　解体》，セリか書房，1987

Glaser, Barney G. and Strauss, Anselm, L., The Discovery of Grounded Theory:
　　Strategies for Qualitative Research, Aldine Pub.Co. 1967（後藤隆，大出春江，水野節
　　夫訳，《データ対話型理論の発見——調査からいかに理論をうみだすか》新曜社，
　　1996）

Goffman, Erving, Gender advertisements, Harper & Row, 1979

Morris, Desmond, Manwatching: a field guide to human behavior, Jonathan Cape,
　　1977（＝ 藏田統訳，《マンウォッチング——人間の行動學》，小学館/小学館文庫，
　　2007）

Park, R. E., Race and culture, Free Press, 1950

Stonequist, E. V., The marginal man: A study in personality and culture conflict,
　　Scribner/Simon & Schuster, 1937

Ungerson, Clare, Policy is personal: Sex, gender and informal care, Tavistock
　　Publication, 1987（＝平岡公一，平岡佐智子訳，《ジェンダーと家族介護——政府の政
　　策と個人の生活》，光生館，1999）

가와카미 노부오, 황혜숙 옮김, 《콘텐츠의 비밀》, 을유문화사, 2016

레이 올든버그, 김보영 옮김, 《제3의 장소》, 풀빛, 2019

로버트 D.퍼트넘, 정승현 옮김, 《나홀로 볼링》, 페이퍼로드. 2009

롤랑 바르트, 이화여자대학교기호학연구소 옮김, 《모드의 체계》, 동문선, 1998

미셸 푸코, 이규현 옮김, 《성의 역사: 지식 의지》, 나남, 2004

앤서니 기든스, 이윤희 옮김, 《포스트 모더니티》, 민영사, 1991

오구마 에이지, 조현설 옮김, 《일본 단일민족신화의 기원》, 소명출판, 2003

우메사오 다다오, 김욱 옮김, 《지적 생산의 기술》, 에이케이커뮤니케이션즈, 2018

울리히 벡, 홍성태 옮김, 《위험사회》, 새물결, 2014